네가
남긴
3 6 5 일

KIMIGA NOKOSHITA 365 NICHI
Copyright ©Yuiha 2024
All rights reserved.
Originally published in Japan in 2024 by Poplar Publishing Co., Ltd.
Korean translation rights arranged with Poplar Publishing Co., Ltd.
through Danny Hong Agency

이 책의 한국어판 저작권은 대니홍 에이전시를 통한 저작권사와의 독점 계약으로 ㈜오팬하우스에 있습니다. 저작권법에 의해 한국 내에서 보호를 받는 저작물이므로 무단전재와 복제를 금합니다.

네가 남긴 365일

유이하 장편소설
김지연 옮김

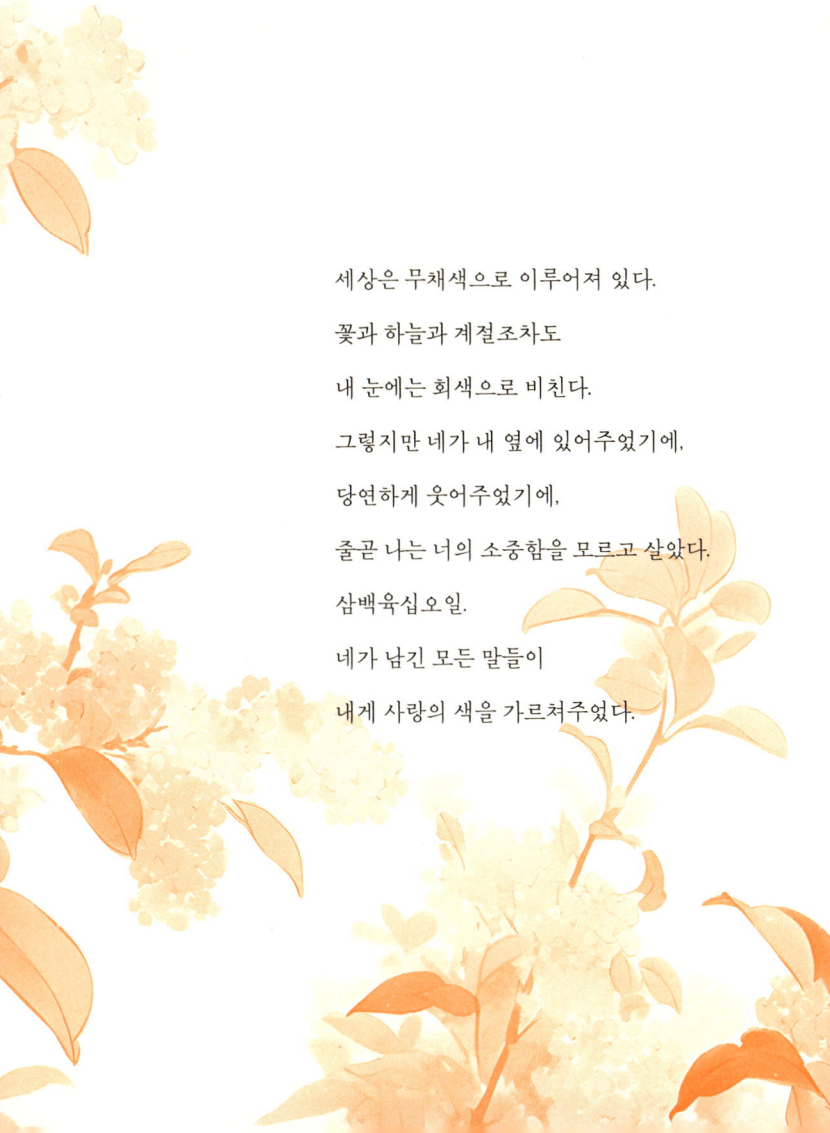

세상은 무채색으로 이루어져 있다.
꽃과 하늘과 계절조차도
내 눈에는 회색으로 비친다.
그렇지만 네가 내 옆에 있어주었기에,
당연하게 웃어주었기에,
줄곧 나는 너의 소중함을 모르고 살았다.
삼백육십오일.
네가 남긴 모든 말들이
내게 사랑의 색을 가르쳐주었다.

일러두기

1. 외래어는 국립국어원의 외래어 표기법을 따랐으나 필요한 경우 관용에 따라 표기했습니다.
2. 각주는 모두 옮긴이 주입니다.

차례

금목서는 시들어 떨어지고 9

하늘빛은 눈이 시릴 만큼 선명하다 49

눈물에도 색은 비치고 111

마음은 무슨 색일까 211

사랑의 색 297

우리의 색 341

금목서는 시들어 떨어지고

    소꿉친구인 이즈미 가에데가 죽은 건 가을비가 내리던 어느 날 밤이었다.

    전날의 날씨가 마치 거짓말이었던 것처럼 안경 렌즈가 반짝이는 햇빛을 반사했다. 한 손은 교복 재킷 주머니에 찔러 넣고 나머지 한 손으로 안에 껴입은 카디건 소매를 잡아당겼다. 시선을 바닥으로 떨어뜨리자 시들어 버린 작은 꽃잎에서 비누처럼 달콤한 냄새가 확 올라왔다. 금목서다. 가을에만 맞닥뜨리는 특유의 향에 기침이 나와서 손등으로 입을 막고 고개를 들었다.

    이 자리에 모인 이들 대다수는 하늘로 사라지는 연기를

바라보며 눈물을 흘리고 있다. 코를 훌쩍이는 소리가 귓가에 울려 퍼졌다.

전혀 현실감이 느껴지지 않았다.

가에데를 마지막으로 만난 건 약 2주 전, 병원 1인실에서였다.

가에데는 얼룩 한 점 없는 깨끗한 침대 위에 앉아 창밖을 바라보다가 내 쪽으로 얼굴을 돌리며 생긋 웃었다.

"뭐야, 건강해 보이잖아."

내가 이렇게 말하자 "그렇지?"라는 밝은 목소리가 돌아왔다. 그러나 1년 전과 달리 깡마른 몸이 남은 시간을 말해주고 있었다.

"봐봐."

침대 옆에 놓인 의자를 탁탁 두드리며 빨리 앉으라고 재촉한다. 가느다란 팔 어디에서 그런 힘이 나오는지 의아해하면서 의자에 앉아 창밖으로 눈을 돌렸다. 병원 입구와 맞닿은 길에 가로수가 늘어서 있었다.

"어쩌라고?"

창밖을 힐긋 쳐다보고는 무슨 말이 하고 싶은지 이해가 되지 않아서 다시 가에데에게로 시선을 옮겼다. 가에데는 저기 좀 보라며 손끝으로 가로수를 가리켰다.

"예쁘잖아."

"그런가?"

"응, 불타오르고 있어. 심장을 푹 찌르는 듯한 색깔이야."

가에데의 손가락이 가리킨 나무가 무슨 색인지 나는 모른다. 태어났을 때부터 색깔을 인식하지 못했다. 나의 할아버지도 나처럼 색을 구분하지 못하는 사람이었다. 시력이 나쁜 내 눈에 비친 세상은 흑백과 농도가 연한 회색으로만 이루어져 있다.

그렇다고 열등감을 느낀 적은 없다. 날 때부터 색을 모르는 사람에게는 자연스러운 일이니까. 그래서 나와 타인이 보는 세상이 다르다는 사실을 알고 나서도 부러워하지 않았다.

색깔이 없는 세상을 당연하게 받아들인 내게 색이란 그저 하나의 개념일 뿐이었고, 설령 세상 모든 것이 회색빛으로 보일지라도 보고 있는 대상은 다르지 않다고 생각했다.

나보다 두 살 많은 가에데는 예전부터 그 사실을 잘 알면서도 매번 나를 이리저리 끌고 다니며 저게 예쁘다느니 이건 색이 어떻다느니 하고 설명을 늘어놓았다. 말로 설명한들 한 번도 본 적 없는 색을 상상할 순 없는 노릇이다. 그런데도 가에데는 포기하지 않고 끈덕지게 물고 늘어졌다.

끝까지 한결같았다.

가에데가 병에 걸린 건 약 1년 반 전, 그러니까 내가 고등학교 1학년이 되던 해였다. 그날 갑작스러운 입원 소식을 들었을 때는 놀랐지만, 금방 회복해 돌아올 줄 알았다. 그런데 처음에는 2주, 다음에는 한 달, 그다음에는 반년이 되더니 횟수를 거듭할수록 입원 기간은 점점 더 길어졌다.

본인이 병세에 관해 먼저 입을 열지 않는 한 꼬치꼬치 캐묻고 싶지도 않았고, 또 정말 심각한 상태라면 꼭 말해주겠지 싶었다. 바보가 아닌 이상 그럴 거라고 내 마음대로 생각했다.

하지만 내 예상과는 달리 5월쯤 재입원한 후로 가에데는 병원 침대 위를 떠날 수 없게 되었다. 바깥을 걸어 다니는 모습을 마지막으로 본 게 언제였더라. 그런데도 가에데는 얼굴을 일그러뜨린 내 앞에서 "봐, 나 다이어트 성공했어"라며 너스레를 떨었다.

그래서 나도 평소와 똑같이 가에데를 대했다. 오지랖이 넓은 소꿉친구에게 털끝만큼도 달라지지 않은 내 모습을 있는 그대로 보여주었다. 앙상하게 마른 모습을 보고 마음이 아프지 않았다고 하면 거짓말이다. 다만 내가 아는 가에데라면 모든 상황을 극복하고 나타나 천연덕스럽게 웃으며 다 나았다고 말해줄 거라 믿었다.

돌이켜 보면 가에데는 아주 어릴 적부터 쭉 그랬다. 열 살 무렵이었나, 둘이 놀다가 계단에서 굴러떨어져 뼈가 부러진 적이 있는데, 이튿날 깁스를 하고 붕대를 감은 다리를 질질 끌면서도 아무렇지 않은 얼굴로 같이 놀자며 나를 찾아왔다.

중학생 시절, 사귀던 남자 친구에게 차이는 순간을 내게 들켰을 때는 실실 웃는 얼굴로 우리 집에 찾아와 충격이 이만저만 아니라며 험담을 잔뜩 늘어놓더니, 다음 날에는 새로운 사랑을 시작할 거라고 호기롭게 말했다.

무슨 일이 있어도 다시 일어서고, 아무리 힘든 상황도 이겨낸 뒤엔 늘 웃었다. 참견하기 좋아하는 밝고 긍정적인 사람, 이즈미 가에데는 그런 사람이었다. 먼 훗날 가에데가 누군가와 맺어져 행복한 가정을 이루더라도 만날 때마다 엄마처럼 간섭하려 들 게 뻔하다고 믿어 의심치 않았다. 내게 가에데는 누나이자 친구 같은 사람, 그러나 연인이나 가족은 아닌 말로는 표현할 수 없는 그런 존재였다.

그렇기에 오늘은 슬픔의 눈물을 흘리게 될 줄 알았는데 나는 그저 입을 벌린 채로 굴뚝에서 뿜어져 나오는 연기를 멍하니 바라볼 뿐이었다. 슬픔도 괴로움도 느낄 수 없었다.

아. 죽었구나. 그게 다였다.

내일부터는 가에데가 없는 일상이 당연해진다. 이따금 호출을 받고 병실을 찾아가는 일도, 가에데가 내 방에 들이닥치는 일도 이제는 없다. 그 사실에 가슴이 쿵 내려앉았다.

가에데가 이 세상에 없다. 오직 그 생각만이 머릿속을 가득 채웠다.

그런데도 눈물 한 방울 나오지 않고 상실감도 들지 않았다.

"와줘서 고마워."

손수건을 손에 쥐고 초췌한 얼굴로 미소를 짓는 상복 차림의 여성은 가에데의 어머니다. 그 뒤에서 가에데의 아버지가 우리 부모님과 대화를 나누는 모습이 눈에 들어왔다. 다들 눈가가 빨갛게 물들었을 테지만 나는 멀쩡했다.

"아니에요."

"갑자기 몸 상태가 나빠져서…… 원래는 오늘 퇴원할 예정이었는데."

억지로 미소를 지으려 애쓰는 아주머니의 얼굴을 차마 볼 수가 없어서 시선을 바닥으로 내렸다.

알고 있었다. 퇴원하면 어디든 데리고 가달라고 했었다. 집에서 안정을 취한다는 조건으로 퇴원을 허락받았으니 아무 데도 가면 안 되지만 말이다.

가에데가 금목서를 보고 싶다며 하도 떼를 쓰기에 나는 마지못해 집 근처를 산책하는 정도라면 괜찮겠다고 대답했다. 가에데는 납작한 스마트폰 화면 너머에서 "약속한 거다!"라며 천진하게 웃었다.

10월의 끝자락, 겨울이 머지않았음을 알리는 가을비를 맞고 길바닥에 떨어진 금목서는 사람들의 발에 짓밟혀 무참히 흩어졌다. 우리의 약속은 깨져버렸다.

"우리 가에데가 폐를 많이 끼쳐서 미안하구나."

"아뇨, 그런 일……."

없었어요, 라고 끝까지 말하지 못한 건 지금까지 살면서 가에데가 내게 폐를 끼친 일이 너무나도 많이 떠올랐기 때문이다. 이런 자리에 어울리는 말을 건넬 수 있으면 좋으련만 안타깝게도 그런 말은 나오지 않았을뿐더러 가에데가 나를 귀찮게 했던 기억들이 머릿속을 휘감았다.

"걔는 늘 유고 네 걱정을 했어."

"오지랖은……."

무심코 새어 나온 말이 들렸나 보다. 가에데의 어머니가 피식 웃었다.

"그러게 말이야. 아무리 소꿉친구래도 그렇지, 교우 관계까지 걱정하는 게 말이 되니? 나도 여러 번 뭐라고 했어."

나는 어릴 때부터 친구가 없었다. 지금은 가볍게 대화를 나누는 반 친구 정도는 생겼지만, 방과 후에 어울려 놀거나 연락을 주고받는 사람은 없다. 이것도 내 눈이 다른 사람과 다르기 때문이다.

인간은 잔인해서 자신과 다른 부류를 보면 거부한다. 내가 신경 쓰지 않아도 상대방은 내게 호기심 어린 시선을 보낸다. 색깔이 안 보인다니 섬뜩해, 저 녀석은 정상이 아니야. 나쁜 짓을 하지도 않았는데 수많은 거절을 경험한 나는 친구 사귀는 법을 알지 못했고, 언제부턴가 비뚤어져서는 친구 같은 건 없어도 된다고 생각하기에 이르렀다.

실제로 친구가 없어도 사는 데 지장은 없었다. 하지만 가에데는 용납하지 않았다. 내 얼굴만 보면 친구가 생겼는지 묻고 사람을 진심으로 대하라고 잔소리했다. 더 어릴 때는 나를 데리고 다니면서 자기 친구들과 같이 놀게 하기도 했다.

어째서 그렇게 입이 닳도록 친구를 만들라고 했는지 아직도 잘 모르겠다. 물어보기 전에 세상을 떠났으니 앞으로도 영영 답을 알 수 없다.

친구를 만들어라, 적당히 연애도 해라, 사람을 호의적으로 대해라, 비굴해지지 말고 긍정적으로 앞을 보고 살아라.

가에데는 죽기 직전까지도 계속 이렇게 말했다.

귀가 따갑도록 듣다 보니 나도 오기가 생겨서 중학교 2학년 때쯤 한꺼번에 뚝딱 해치웠다. 그럭저럭 괜찮은 친구, 무던한 여자 친구, 붙임성 있는 미소에 긍정적인 언행과 올바른 자세까지. "봤지? 단번에 끝냈어"라며 내가 으스대자 가에데는 눈썹 끝을 아래로 늘어뜨리고 웃기만 했다.

자기가 그렇게 하라고 성화를 부려놓고 막상 해내고 나니 왜 기뻐하지 않느냐고 불만을 터뜨린 것도 잠시, 밀려오는 피로감에 몽땅 내팽개쳤다.

마음이 맞지 않는 사람과 같이 있는 것보다 더 괴로운 일은 없다. 여자 친구도 예외는 아니었다. 억지웃음을 지었더니 뺨이 바들바들 떨릴 지경이었고, 긍정적인 언행 역시 가에데처럼 진심에서 우러나온 건 아니었다. 또 자세는 새우등을 하고 있을 때가 훨씬 편했다.

순식간에 원래대로 돌아온 나를 손가락질하며 배를 잡고 웃다가 갑자기 침대 위에서 자세를 고쳐 앉아 앞으로도 계속 해보라고 말한 이유도 끝까지 물어보지 못했다.

"가에데랑 친하게 지내줘서 고마웠어."

"아아, 네."

대충 얼버무리는 내게 부드럽게 웃어주는 모습이 딸과 닮았다. 가에데가 어머니를 닮은 거겠지만. 뒤에 서서 대화하던 가에데의 아버지가 불러서 아주머니는 그쪽으로 가고 나는 또다시 혼자가 되었다.

스마트폰을 켜자 화면 위로 문자가 떠올랐다. 읽기만 하고 답장은 보내지 않은, 여느 때의 내가 거기 있었다. 불어온 바람이 머리카락을 헝클어뜨리자 실감이 나지 않는 상실감이 내 가슴에 아주 작은 무언가를 남긴 듯한 기분이 들었다.

'기대할게.'

이모티콘이 붙어 있는 문자를 들여다보면서 집까지 걸었다. 올 때는 부모님과 한차를 타고 왔지만, 슬픔으로 가득한 차 안 분위기가 감당이 안 돼서 집에 갈 때는 혼자 가겠다고 말했다. 그러자 상심이 너무 커서 그런다고 착각한 부모님은 흔쾌히 그러라고 해주었다.

솔직한 속마음을 말할 수 없었다.

길어진 전봇대 그림자가 시간의 흐름을 알려주었다. 색깔이 보이지 않아도 불편함은 없지만 사람들이 말하는 하늘빛의 변화가 내 눈에는 보이지 않아서 하늘만 보고는 때를 가늠하지 못한다. 그 대신 그림자의 길이와 주위 명암을 기준으로 판단을 내린다. 애초에 현대사회에서는 이 얄팍한 스마트폰만 있으면 뭐든 단번에 알아낼 수 있으니 색깔 따위 꼭 필요하지 않을지도 모르겠다.

이런 사정으로 하늘을 바라보는 행위를 이해하지 못하는 나는 늘 시선을 바닥에 떨구고 다녔다.

'금목서는 이미 졌어.'

문자를 입력하고 전송 버튼을 누르기 직전에 엄지손가락이 멈췄다. 보내서 뭐 하게. 이제 와서 무슨 말을 한들 가에데에게는 닿지 않는다. 죽음은 죽음이다. 받는 사람은 어디에도 없다.

슬픈 감정조차 느껴지지 않았다. 오로지 가에데가 없어졌다는 생각만 들 뿐이었다.

키보드의 삭제 버튼을 눌러 한 글자씩 지워나갔다. 새까만 어둠이 내려앉은 스마트폰을 호주머니에 집어넣었다. 웬일로 아스팔트로 향했던 고개를 들어 올렸다. 하늘은 회색빛이고 평소와 다를 바 없는 일상이 이어졌다. 가에데가 죽었다고 세상이 달라지는 일은 없었다.

아침에 일찍 일어난 탓인지 졸음이 쏟아졌다. 하품을 참고 오늘 밤엔 일찍 자야겠다고 생각하며 걸음을 재촉했다.

세상이 달라지리라고는 상상도 하지 못한 채로.

"난, 가에데! 이즈미 가에데! 너보다 두 살 많은 누나야!"

처음 만났을 때 가에데는 단발머리에 반바지 차림이었다. 아마도 가에데가 여섯 살이 되는 해였을 것이다. 울고 있던 나를 쳐다보며 눈을 깜빡이다가 내 안경을 빼앗아 렌즈에 묻은 눈물 자국을 소매에 쓱쓱 문지르고는 이유를 알 수 없는 함박웃음을 지어 보였다.

"옆집으로 이사 왔어!"

내 두 손을 붙잡고 악수하던 가에데는 성격이 쾌활한 데다 남자아이들도 당해내지 못할 정도로 장난기가 심한 탓에 아주머니가 종종 머리를 감싸곤 했다. 겨우 네 살이었던 나는 가에데에게 좋은 장난감이었을지 모른다. 그 나이 또래의 여자아이는 자기보다 어린 아이를 챙기는 걸 좋아하는 법이니까. 나도 예외 없이 가에데가 챙기는 '어린아이'가 되었다.

엄마 뒤에 숨어 있던 내 팔을 잡아끌고 "가자" 하며 뛰기 시작한 가에데는 아주머니에게 야단을 맞으면서도 나를 이리저리 끌고 다니는 걸 멈추지 않았다. 내 눈이 보통 사람과 다르다는 사실을 알고 난 뒤로는 자기가 색을 가르쳐주겠다고 나섰다. 그건 불가능한 일이었지만 어린 가에데는 만날 때마다 온갖 표현을 써가면서 색을 알려주려고 애를 썼다.

"봐! 이 색은 말이야……."

당연하게도 나는 색을 이해하지 못했다. 그런데도 가에데는 그만둘 줄 몰랐다.

"진짜 끈질기다니까."

우리가 처음 만난 뒤로 계절이 여러 번 바뀌었다. 검은색 책가방을 등에 멘 나는 앞장서서 기분 좋게 걸어가는 가에데의 등에 대고 말을 내뱉었다.

"아무리 설명해 봤자 이해 못 하는 거 알잖아."

가에데는 깜짝 놀란 표정을 짓더니 이내 다시 웃음을 머금었다. "왜?"라는 내 물음은 들리지도 않는지 대답 대신 "싫지는 않구나?"라고 반문했다.

"유고 넌 한 번도 싫다고는 안 하더라. 지금도 그렇고."

의기양양하게 손가락질하는 가에데를 보는 내 얼굴에 주름이 잡히는 게 느껴졌다.

"싫다고 하면 그만두겠지만, 아마 평생 계속하게 될걸? 왜냐면 우리는 함께 있으니까."

"너무 끈질겨."

"이해 못 하는 건 나도 아는데, 그게, 뭐라고 설명해야 하나……."

가에데는 팔짱을 끼고 생각에 잠겼다. 그러다가 드디어 답을 찾았다는 듯이 고개를 쳐들었다.

"내가 전해주고 싶으니까."

가에데는 활짝 웃으며 자신이 느낀 감동과 기쁨을 가장 먼저 전해주고 싶어서인 것 같다고 말하더니 그게 분명하다고 혼자 납득하면서 다시 걷기 시작했다.

"꽃은 색깔이 선명하고 좋은 향이 난다, 물은 반짝거린다, 피부색은 온기가 느껴진다, 나는 앞으로도 이런 말을 계속할 거야."

"……언젠가 미움받아도 난 몰라."

"끈질겨서?"

"그래."

"너 말고는 아무한테도 안 이러는데?"

"그럼 언젠가 나한테 미움받을 거야. 장담해."

책가방 어깨끈을 움켜쥐고서 태연히 말할 수 있었던 건 그때 이미 주위 사람들이 나를 멀리하기 시작해서였다. 나는 타인과 얼마나 거리를 둬야 하는지, 어떻게 소통해야 하는지 알지 못했다. 이런 말을 하면 상대방이 싫어한다는 생각도 못 했다. 왜냐하면 사람들이 내게 했던 불쾌한 말들을 그대로 돌려줘도 된다고 생각했으니까.

지금도 그런 성향이 남아 있지만 그때와 비교하면 제법 나아졌다. 사람들과 엮이기 전에 거리를 두는 법을 배워서인지도 모르겠다.

"그럼, 언젠가 미워하기 전에 미리 말해줘."

가에데가 콧노래를 흥얼거렸다. 음악 시간에 배운 노래인 듯했다. 나는 한숨을 푹 내쉬고 흘러내린 안경을 치켜올렸다. 그때 가에데의 표정은 색깔을 알지 못하는 내 눈에도 빛이 나는 것처럼 보였다.

알람 소리에 눈이 떠졌다. 시끄럽게 울려대던 스마트폰은 팔을 뻗어 손끝으로 여러 번 터치한 후에야 간신히 조용해졌다.

침대 밖으로 나가야 했지만 기분이 울적해서 꼼짝도 하기 싫었다. 어제 가에데의 장례식에 참석하느라 학교를 하루 쉬어서 더더욱 일어나기 힘들었다.

계단 밑에서 나를 부르는 엄마의 목소리를 들으며 잠이 덜 깬 눈을 비볐다. 안경을 찾으려고 상반신을 일으켰다가 불현듯 위화감을 느꼈다.

방 안이 환했다. 커튼도 안 치고 잠자리에 들었나, 그렇더라도 이건 뭔가 다른데. 단순히 밝다는 표현만으로는 부족한 이 느낌을 뭐라고 해야 할까. 안경을 손에 쥔 채 눈을 끔뻑거리고 나서야 자리에서 일어났다.

창가로 다가가 안경을 낀 그 순간이었다.

"……응?"

무채색이어야 할 시야에 뭔가가 섞여 있었다. 아니, 섞여 있다기보다는 새로 나타났다는 말이 더 어울렸다. 베란다 난간 너머의 하늘. 건물 틈새에 흰색도 검은색도 아닌 것이 존재했다. 한 번 더 눈을 비비고 깜빡여 봐도 사라지지 않았다.

이게 뭐지. 아침 하늘은 언제나 옅은 회색이었다. 그런데 지금 내 눈에 들어온 하늘은 완전히 달랐다. 구름 한 점 없이 맑고 투명해서 손을 뻗으면 녹아 없어질 것만 같았다.

이게 하늘색이라는 건가.

"유고!"

엄마의 고함 소리가 평소와 다르게 들렸다. 보통은 빨리 일어나라고 화를 내면서 이름을 불렀을 텐데 오늘은 어쩐지 슬픔이 깃들어 있는 느낌이었다.

그러거나 말거나 나는 하염없이 하늘만 바라보았다. 눈을 깜빡이는 것도 잊고서 기적이 일어난 건가 생각했다. 어쩌면 아직 꿈속을 헤매고 있을지도 모른다. 그만큼 있을 수 없는 일이 일어나 버렸다.

하늘이, 아름다웠다. 이 비현실 속에 조금 더 잠겨 있고 싶었다. 할 수만 있다면 꿈에서 깨지 않기를 바랐다. 하지만 다시 한번 엄마의 목소리가 울려 퍼졌고, 마지못해 문손잡이에 손을 올렸다.

만약 꿈이라면. 내가 하늘색을 봤다고 하면 부모님은 어떤 반응을 보일까. 기뻐해 줄까. 조금 들뜬 기분이 발소리에 묻어났다.

경쾌한 발걸음으로 아래층에 내려가 거실로 들어서는데 부모님이 할 말을 잃어버린 듯한 표정으로 서 있었다. 식탁에 차려진 아침밥은 손도 대지 않았고, 쓰러진 커피잔 옆에는 아버지가 매일 마시는 커피가 쏟아져 있었다. 식탁 위에서 떨어지는 물방울이 마룻바닥을 적시는데도 두 사람은 망연히 서 있기만 했다.

"엄마, 하늘이……."

그렇게 말하는 동시에 엄마 손에 들린 검은색 봉투와 받는 사람 칸에 적힌 내 이름이 설핏 눈에 들어왔다. 그 순간, 나는 이것이 꿈이 아님을 깨달았고 입에서 건조한 웃음이 흘러나왔다.

"내가, 무채병無彩病이래?"

부모님의 눈이 한층 더 휘둥그레졌다.

이 세상에는 무채병이라는 질병이 존재한다. 치료법이 밝혀지지 않았고 원인도 불분명하다. 다만 발병 1년 전후로 환자가 죽음에 이른다는 것만은 확실하다. 죽음이 가까워지면 시야에서 색이 하나둘 사라지다가 끝에 가서는 온 세상이 무채색으로 보인다는 이유로 무채병이라는 이름이 붙여졌다.

내 눈은 선천적으로 색을 인식하지 못한다. 하지만 무채병은 그것과 상관없다는 말을 전에 병원에서 들은 적이 있었다. 내가 무채병에 걸리면 눈에 어떤 증상이 나타날지 아무도 모르지만, 어찌 됐건 이 병은 누구나 걸릴 수 있다고 했다.

그 말을 들을 때는 남의 일이라고 생각했다. 애초에 발병 사례가 아주 극소수였다. 걸리면 반드시 죽는 병인데도 치료법이 밝혀지지 않은 것은 이 병에 걸릴 가능성이 거의 제로에 가까웠기 때문이다.

1년 동안 전 세계에서 이 병으로 죽는 사람의 수는 한 손에 꼽을 수 있을 정도라 그다지 위협적이지 않다. 그러나 치사율이 높은 탓에 학교와 회사에서는 1년에 한 번씩 색채 감지 검사를 받게 했다. 내 눈은 애당초 색을 인식하지 못한다. 그래서 해마다 시력 검사를 하는 김에 색채 감지 검사도 같이 받았다. 여태까지는 이 병을 판단하는 기준도 모르고 살았다.

치사율 100퍼센트, 사람의 시야에서 색채를 빼앗고 죽음에 이르게 하는 병.

그 병은 하늘빛을 보여주는 방식으로 나를 찾아왔다.

"유고……."

엄마는 뒷말을 잇지 못하고 나를 쳐다보았다. 어제 막 가에데의 장례식에 다녀온 터라 부모님은 크나큰 절망에 빠졌는데, 나는 묘하게도 이성적으로 대처할 수 있었다.

"하늘이 회색이 아니었어."

내 말이 두 사람에게 가닿은 순간 먼저 울음을 터뜨린 사람은 아버지였다. 한 손으로 얼굴을 감싼 채 몸을 떨던 엄마는 구깃구깃해질 정도로 봉투를 꽉 움켜쥔 다른 한 손을 내 몸에 대었다.

"너에게 이런 식으로 색깔을 보여주고 싶지는 않았는데."

그게 다였다. 엄마는 바닥에 주저앉아 눈물을 쏟아냈다. 집 안을 가득 채운 오열과 절망 속에서 나는 나와는 상관없는 일인 양 덤덤하게 두 사람을 바라보았다.

"무채병입니다."

심각한 표정으로 병명을 읊조리는 나이 든 남성은 어릴 때부터 시각장애가 있는 나를 담당해 온 의사 선생님이다. 나는 목소리를 떠는 부모님 옆에 앉아 선생님 뒤쪽 창문 너머의 하늘로 시선을 보내고 있었다.

"사람의 망막에는 원뿔세포라는 시각세포가 있는데, 이 세포가 특정한 파장을 감지하고 뇌에 정보를 전달해서 우리 눈이 색깔을 구분할 수 있는 겁니다."

이게 바로 파란 하늘이라는 건가. 잡힐 듯 잡히지 않고 끝없이 펼쳐져 있으며 눈이 시릴 정도로 아름다운 색깔. 그냥 보기만 해도 정신이 번쩍 들게 하는 맑고 시원한 색깔. 사람들이 걸음을 멈추고 하늘을 바라보는 이유를 이제야 알 것 같았다.

"그런데 유고는 태어날 때부터 원뿔세포가 제 기능을 하지 못했어요. 그래서 색을 알아볼 수 없었습니다. 원뿔세포는 밝은 곳에서는 색을 구분하지만, 어두운 곳에서는 그러지 못하거든요."

이토록 아름다워서였구나.

"사람은 빨간색, 초록색, 파란색, 이 세 가지 세포 색을 섞어서 여러 가지 색을 인식합니다. 본래 무채병은 원뿔세포가 조금씩 사멸하다 끝에 가서는 온 세상이 회색빛으로 보이면서 죽음을 맞이합니다. 맨 처음에 사라지는 색은 예외에 해당하지만, 기본적으로는 진한 색부터 차례차례 안 보이게 되지요."

담담하게 설명하는 선생님의 회색 머리카락이 하늘과의 경계선을 희미하게 만들었다.

"유고의 경우는 전례가 없다 보니 앞으로 어떤 증상이 나타날지 저로서는 예측이 불가능합니다. 색깔이 보이게 될지,

혹은 지금 보이는 색이 사라지고 다시 원래대로 돌아갈지 판단을 내릴 수가 없어요."

흰색 가운의 소매를 걷어 올린 선생님이 내 쪽으로 눈을 돌렸다. 부모님이 어떻게 방법이 없겠냐며 매달렸지만, 선생님은 고개를 저을 뿐이었다. 절망적인 상황임이 분명하나 나는 이번에도 다른 사람 이야기인 것처럼 멀찍이 떨어져서 바라보았다.

치료법은 없다. 발병 후 1년이라는 유예 기간이 주어질 뿐. 고요한 죽음은 환자 본인만 들을 수 있는 발소리를 울리며 가까이 다가온다. 이 병에 걸리면 반드시 죽는다는 건 어린아이도 다 아는 사실이다. 그러니 지금 여기서 의사 선생님을 붙들고 하소연해 봤자 달라지는 것은 없다.

나와 부모님의 온도 차가 너무 심해서 의아해하는 동시에 만약 입장이 바뀌었더라면 나 역시 필사적으로 매달렸을지 모르겠다고 생각했다. 애초에 내가 누군가와 사랑에 빠져 결혼을 하는 미래를 그려본 적도 없지만, 이제는 정말 이루어질 수 없는 미래가 되고 말았다.

"이건 어디까지나 제 추측인데요, 일반적으로는 진한 색부터 시야에서 사라지지만 유고의 경우는 연한 색부터 차례차례 보이기 시작해서 온 세상이 색채를 띠게 될지도 모릅니다."

"무슨 말씀이죠?"

"하늘색은 옅은 파랑입니다. 다시 말해, 파란색 원뿔세포와 관련이 있습니다. 그러니까 이대로 병이 진행된다면 다음에는 파란색이 보일 가능성이 큽니다."

"그러면 맨 마지막에 보이는 색은 뭔가요? 빨간색? 초록색?"

"그건 그때 가봐야만……."

말문이 막힌 선생님을 보자 더는 참지 못하고 집에 가자는 말을 내뱉고 말았다. 어떤 질문을 하고 어떤 대답을 들어도 현실은 바뀌지 않는다. 선생님도 살릴 수만 있다면 살리고 싶겠지. 그렇지만 그게 불가능하니까 입술을 지그시 깨물고 있는 거다.

인사를 하고 부모님보다 먼저 진료실을 빠져나왔다. 작게 한숨을 쉬고 안경을 벗은 다음, 눈을 감고 손가락으로 미간을 문질렀다. 다시 눈을 뜨자 흐릿한 시야 속에서 여전히 하늘만 아름답게 빛났다.

곧장 학교로 가기 위해 병원 앞에서 부모님과 헤어지고 위쪽을 보며 걷다가 하마터면 빈 깡통에 발이 걸려 넘어질 뻔했다.

지금까지는 절대로 있을 수 없는 일이었다. 길섶을 데굴

데굴 굴러가는 사이다 캔이 시야 끄트머리에 걸렸다. 유일하게 보이는 색깔 사이로 거품이 그려진 디자인이 시선을 붙잡았다. 나도 모르게 그 캔을 쫓아갔다. 캔에는 '청춘의 맛!'이라고 적혀 있었다.

사람들이 청춘이라는 말을 듣고 떠올리는 색이 이건가. 뚫어지게 쳐다보다가 빈 캔을 주워 들었다. 평소에는 빈 캔을 주워서 버리는 짓은 하지 않지만 오늘은 특별했다. 쓰레기통을 찾아 캔을 버린 나는 자판기 상단의 스포츠 음료에도 색이 깃든 것을 보고 또다시 멈춰 섰다.

자꾸만 발이 멎었다. 그러다 본래 목적을 깨닫고 멈추지 않은 채 걸음을 재촉하려 애썼다. 하지만 온통 회색인 세상에서 그 색깔은 너무도 눈에 띄었다. 멀리서 하늘색이 보이면 그 대상이 아무리 작을지라도 그쪽으로 다리가 움직였다. 카페 안에 앉아 있는 여자의 손톱, 산책 중인 강아지의 목줄, 가방에 처박혀 있던 참고서, 스마트폰 앱 아이콘까지 번번이 내 시선을 붙잡고 놓아주지 않았다.

왠지 재미있어져서 자리에 쪼그리고 앉아 고개를 들어 올렸다. 하늘빛은 어느 각도에서 봐도 아주 선명했다.

이런 걸 아름답다고 하는 거겠지? 난생처음 보는 색깔이 얼굴을 내비칠 때마다 눈에 흥분이 어리는 기분이었다. 1년 후에 죽는다는데도 가슴이 두근거렸다. 나는 그 후로 한참이나 어린아이처럼 이리저리 두리번거리며 걸었다.

오후에는 등교를 해야 함에도 내 발은 학교가 아닌 다른 곳으로 향했다. 온갖 각도에서 하늘을 올려다보다가 화면 너머로도 똑같은 색으로 보이는지 궁금해져서 사진을 찍었다.

"사람들은 하늘이 파랗다고 하지만, 난 하늘은 파란색이 아니라고 생각해."

문득 들려온 목소리에 뒤를 돌아보았지만 아무도 없었다. 그저 바람이 지나갈 뿐이었다.

오래전 가에데의 목소리가 귓가에 날아들었다.

"보는 장소와 각도에 따라 달라져. 말로 표현하기 힘든데 한 가지 색이 아닌 것 같아."

"그래봤자 난 모른다고."

방 안에 접이식 책상을 펴고 마주 앉은 가에데는 턱을 괴고 내 등 뒤로 보이는 창밖을 응시하고 있었다. 내가 익숙한 그 방에 있을 때마다 가에데와 나는 접이식 책상을 사이에 두고 마주 보고 앉았다. 나라면 절대로 고르지 않았을 캐릭터가 그려진 귀여운 머그잔이 눈앞에 놓여 있었다.

그날은 무얼 하고 놀았더라. 기억에 남지도 않을 만큼 평범한 하루였다.

"시간이 지날수록 색이 달라지는 건 아는데, 진짜 초 단위로 변하는 기분이 든다니까."

"난 모른다고."

"참 신기해."

"모른다는 사람한테 줄기차게 설명하는 네가 더 신기하거든."

들고 있던 펜으로 볼을 콕 찔렀다. 가에데는 아파 죽겠다며 엄살을 부렸지만 나는 결코 세게 찌르지 않았다.

"어떻게 하면 알려줄 수 있을까."

"불가능하니까 포기해."

"기적이 일어날지도 모르잖아."

"몇 년째 빌고 있지?"

"10년은 넘었어."

"거봐, 안 일어나잖아."

"안 돼, 소년이여, 희망을 가져라!"

두 팔을 펴고 손끝으로 내 팔뚝을 쿡쿡 찌르는 가에데를 보자 한숨이 절로 나왔다. 나는 색 같은 건 안 보여도 상관없다고 여러 번 말했다. 왜냐하면 내게는 지금이 자연스러운 상태니까. 그런데도 가에데는 기적이 일어날 거라며 포기할 줄 몰랐다. 지긋지긋해서 넌더리가 날 지경이었다.

"언젠가 말이야."

책상에 턱을 괴고 말을 꺼내는 가에데는 한없이 건강해 보였고, 병마의 그림자 같은 건 찾으려야 찾을 수 없었다.

"색깔이 보이면, 어린애처럼 흥분해서 팔짝팔짝 뛸 거 같아?"

"전혀."

"말로는 안 하겠지. 그래도 행동은 어린애처럼 될걸?"

"안 된다니까."

"될 거야. 왜냐면……."

책상에 팔꿈치를 괸 채 턱을 손바닥에 올리고 히죽거리던 가에데가 넌 그런 사람이니까, 하고 덧붙였다. 나는 그런 날은 오지 않을 거라며 또 한 번 펜으로 가에데의 볼을 콕 찔렀다.

그런데 그 '언젠가'가 오고 말았다.

바삐 움직이던 발이 멈췄다. 가에데의 말이 떠오른 순간, 그 말이 맞았다는 걸 알아차렸다. 어떻게 알았냐고 투덜대고 싶지만 물어볼 사람은 이제 없다.

벅차올랐던 가슴이 차분히 가라앉자 학교에 가기 위해 발걸음을 돌렸다. 가슴이 뻥 뚫린 듯한 기분이었다.

"땡땡이?"

교실로 들어가자 내 자리에 앉아 있던 남학생이 헤벌쭉 웃으며 나를 향해 손을 흔들었다. 카디건 소매는 꼬질꼬질하고 구겨진 넥타이는 주머니 밖으로 삐죽 튀어나와 있었다. 실내화를 꺾어 신은 채 칠칠맞은 모습을 그대로 드러내고 있는 고우치 아라타에게 비켜, 라고 한 소리 하며 자리에서 밀어냈다.

"땡땡이친 거 맞지?"

"아니거든. 내가 왜 땡땡이야?"

"유고 네가 학교를 빼먹는 이미지는 아니니까."

아라타가 내 머리를 마구 흐트러뜨렸다. 내가 손을 뿌리치거나 말거나 신경 쓰지 않는 모습은 어딘가 가에데를 닮았다. 그건 그렇고, 아라타는 손에 닿는 건 뭐든지 꾀죄죄하게 만드는 묘한 재주가 있다.

아라타는 몇 안 되는 내 친구 중 한 명으로 사교적인 미소가 돋보이긴 하나, 한마디로 말해 단정함과는 거리가 먼 남학생이다. 툭하면 물건을 잃어버리고 청소도 깨끗이 못 하고 귀찮다는 말을 입에 달고 사는데도 어째선지 성적은 우수한 괴짜였다.

"아니래도. 볼일이 있었어."

"나 노트 필기 안 했으니까 기대하지 마."

"……죽겠네, 정말."

가에데의 장례식으로 빠져야 하는 수업의 노트 필기를 보여달라고 부탁한 내가 어리석었다. 진짜 안 했다며 백지상태의 노트를 들이밀기에 대체 언제부터 필기를 안 한 거냐고 물으려다 괜히 입만 아플 것 같아서 관뒀다.

"딴 사람한테 부탁할까? 어이, 반장!"

"야, 됐어."

한 여학생이 의아한 눈빛으로 돌아보다가 이쪽으로 걸어왔다. 긴 머리와 규정대로 단정하게 차려입은 교복이 인상적인 미카미 모에였다.

"유고한테 노트 필기한 거 좀 보여줘."

"오노한테? 네가 보여주면 되잖아."

"내 노트?"

아라타가 새하얀 노트를 다시 펼쳐 보이자 미카미가 눈살을 찌푸렸다. 당연한 반응이다. 미카미는 자기 자리로 돌아갔다가 노트 몇 권을 꺼안고 와서는 내 이름을 불렀다.

"백지는 아무런 도움이 안 될 테니까."

"지당하신 말씀, 고맙다."

"나도 고맙다, 미카미."

아라타가 이름을 부르자 미카미는 머리카락을 만지작거리며 수줍게 웃었다. 그런 미카미의 입에서 참, 하는 소리가 튀어나왔다.

"하늘색이 수학이고, 핑크색이 영어…… 앗, 미안! 지금 들고 있는 게 수학이고……."

"직접 펴보고 확인할게."

이름밖에 적혀 있지 않은 노트를 들고 정성스레 설명하는 미카미에게 한 번 더 고맙다고 말했다.

미카미는 내가 색을 인식하지 못한다는 사실을 알고 있다. 실은 1학년 때부터 널리 알려져 있었다. 입학하고 얼마 지나지 않아 담임 선생님이 학급회의 시간에 말을 꺼냈기 때문이다. 선생님은 좋은 뜻으로 그랬을 테지만, 대대적으로 알려지는 것을 원치 않았던 나는 머리를 싸맸다.

입학 후 한동안 나는 호기심에 가득 찬 눈빛을 견뎌야 했다. 하지만 내 태도가 별로였던지라 모여들었던 애들은 차례차례 떠나갔다. 결국 그런 내 성격에도 아랑곳하지 않고 웃으며 말을 걸던 아라타만 곁에 남았다. 올해 같은 반이 된 아라타와는 이렇게 거리낌 없이 대화를 주고받는 사이이긴 해도 방과 후에 같이 어울려 논 적은 단 한 번도 없었다.

자리로 돌아가는 미카미의 뒷모습을 바라보면서 아라타

가 중얼거렸다.

"미카미는 참 착해, 야무지고."

"그러게, 미카미가 좋은 사람인 건 맞지만, 네가 칠칠치 못하다는 생각은 안 해……?"

얼렁뚱땅 웃어넘기는 아라타를 무시하고 미카미에게 빌린 노트를 펼쳤다. 또박또박 예쁘게 쓴 글자가 적혀 있었다. 사람이 글씨를 이렇게 잘 쓸 수도 있다는 사실에 감탄했다. 내가 아는 여자, 그러니까 가에데가 글씨를 워낙 갈겨썼어서 더 그랬다.

"감기라도 걸렸어? 연락해도 답장도 없고 말이야."

"아. 미안. 그냥 깜빡했어."

거짓말이다. 아라타에게서 연락이 온 건 알고 있었다. 단지 답장할 마음이 들지 않았다. 메신저 앱을 열면 가에데가 보낸 문자가 눈에 들어오는 탓이었다.

"와, 진짜, 기껏 친구가 걱정돼서……."

"미안, 미안."

노트를 베끼면서 적당히 얼버무렸다. 그러거나 말거나 아라타는 말을 계속했고, 나는 점점 더 대충대충 받아치기만 했다.

"……그래서, 진짜 결석한 이유가 뭔데?"

아라타는 정말로 궁금해서 그렇게 물었을 것이다. 그냥 집안일이라고 둘러댔으면 좋았겠지만 숨기고 싶지 않아서 소꿉친구가 죽었다고 말해버렸다.

그러자 조금 전까지 들리던 아라타의 목소리가 사라졌고 나는 시선을 들었다. 얼이 빠진 아라타의 얼굴을 보자 역시 집안일이라고 할 걸 그랬다고 살짝 후회했다.

"미안."

"아냐, 괜찮아. 숨기려던 건 아니니까."

"소꿉친구라면, 그 선배? 두 살 위……."

"아 참, 만난 적 있구나."

두 살 위의 가에데와 나는 같은 고등학교에 다녔다. 가에데는 3학년 때 병이 발병하는 바람에 5월까지밖에 등교를 못했지만, 그때부터 여러 사람의 도움을 받아 어찌어찌 졸업은 했다. 그러나 그렇게 졸업했던 가에데는 이제 없다.

"근데 어쩌다 그런 거야?"

"병. 내가 말 안 했나?"

"진짜 금시초문이야. 네가 말을 안 하는데 내가 어떻게 아냐?"

나는 그러네, 하고 수긍하며 고개를 끄덕였다. 몰라도 될 것 같아서 굳이 말하지 않았다. 나도 가에데가 정말 죽을 거라고는 생각하지 않았기에 더더욱 말할 필요를 못 느꼈다.

"그렇게 예쁜 사람이……."

"예뻤나……?"

"예쁘게 생긴 연상의 소꿉친구가 있는 네가 얼마나 부러웠다고……."

충격을 받은 아라타가 나보다 훨씬 더 가에데의 죽음을 슬퍼하는 것처럼 보였다. 넌 어떻게 그렇게 아무렇지 않냐고 물어서 그러게, 하고 짧게 대답했다. 나도 도무지 알 수가 없었다.

"물어봐서 미안하다."

아라타의 말에 괜찮다고 대꾸하고 다시 노트 필기를 계속했다.

"그러면 오늘 늦게 온 것도……."

"아니, 그건 다른 일 때문에."

"그랬구나."

앞에 앉은 아라타에게 무채병이라고 알려주려고 입을 떼다가 도중에 말을 삼켰다.

사실대로 말할까 말까 망설여졌다. 말한다고 뭐가 달라질까. 1년 후에 죽는다는 실감도, 슬픔도 느껴지지 않는데 괜히 여기서 그런 말을 입에 올리면 아라타의 마음만 상하지 않을까.

며칠 전이었다면 망설임 없이 내뱉었을 그 말을 하지 못한 이유도 모른 채 작게 한숨을 내쉬었지만 아라타의 귀에는 들리지 않은 듯했다.

창밖으로 보이는 하늘을 한 번 쳐다보고 다시 노트로 눈을 돌렸다.

"안 보여."

오후 4시 30분의 하늘은 회색이었다. 나는 안경을 벗었다가 다시 쓰고 익숙한 계단을 내려와서 집 근처 역 개찰구를 빠져나왔다. 시시각각 달라지던 가을날의 하늘빛이 보통 때의 회색으로 돌아와 버려서 빛깔을 찾아볼 수 없었다. 어쩐지 조금 아쉬웠다. 발끝을 내려다보며 빠르게 걸었다. 죽음의 발소리는 들리지 않았다.

1년 후 이 세상은 어떻게 변할까. 색채로 넘쳐날까. 처음 보는 색을 마주할 때마다 어린아이처럼 눈빛을 반짝이게 될까. 목숨을 내주는 대가로 색깔을 얻는다니 기가 막혔다.

하지만 지금 나는 죽음이 별로 두렵지 않다. 죽고 싶지는 않지만, 그렇다고 딱히 살고 싶은 마음도 없다. 산소를 마시고 이산화탄소를 내뱉는다. 내 몸은 그 과정을 반복할 뿐이다. 느닷없이 내일 죽는다는 말을 듣게 되더라도 최후의 순간까지 실감이 나지 않을 것 같았다.

하고 싶은 일은 없다. 꿈도 없다. 진로나 미래에 관해서도 깊이 생각해 보지 않았다. 그냥저냥 대충대충. 쭉 그렇게 살아왔다.

목표를 세워라, 꿈을 가져라, 그런 말을 들어도 쉽게 정할 수 없었다. 애당초 이 나이에 자기 미래를 확실히 결정하는 사람이 과연 몇이나 될까. 지극히 수준 높고 우수한 애들만 가능하지 않을까. 나는 절대로 불가능하다.

아라타는 나와 별반 다르지 않겠지만 미카미는 야무지니 철저하게 계획을 세웠겠지. 그런 생각을 하며 집 쪽으로 걸어가고 있는데 낯익은 뒷모습이 눈에 들어왔다.

"아주머니."

뒤를 돌아보는 여성은 어제도 만났던 가에데의 어머니였다. 오늘도 여전히 얼굴이 퀭한 게 슬픔에 잠겨 있는 듯 보였다. 나를 알아본 가에데의 어머니는 놀랐는지 눈을 크게 뜨더니 내 이름을 부르며 이쪽으로 빠르게 다가왔다.

"아니, 왜요……."

성큼성큼 다가오는 그 모습을 보고 흠칫 놀라 나도 모르게 뒷걸음쳤다. 가에데의 어머니는 내 양쪽 어깨를 거머쥐고 잘 만났다며 안도하는 표정을 지었다.

"만나러 가고 싶었는데 어제 보고 오늘 또 찾아가려니 민폐라는 생각이 들었거든."

"아뇨, 괜찮아요. 근데 무슨 일이세요?"

"아아, 너한테 주고 싶은 게 있어서."

아주머니는 어깨에 메고 있던 토트백에서 노트 한 권을 꺼냈다. 손에 든 노트를 내게 내미는 아주머니의 얼굴에 그늘이 졌다.

"우리가 갖고 있어도 되는데, 아무래도 가에데는 너한테 주고 싶어 할 것 같아서."

검은색 노트였다. 크기는 B5 정도. 표지에 테이프가 붙어 있고, 테이프 위에는 가에데가 직접 쓴 글자가 적혀 있었다.

"싫으면 안 받아도 돼. 그래도, 괜찮으면 받아줄래?"

내가 손을 뻗다가 멈칫한 이유는 가에데의 글씨가 엉망이어서가 아니라 거기 적힌 글자를 보고 숨이 컥 막히는 기분이 들었기 때문이다.

'건강해지면 하고 싶은 일 리스트.'

할 말을 잃은 내 표정을 본 아주머니가 쓴웃음을 지었다. 아주머니는 "이런 거 받아봤자 난처하기만 하지"라면서 노트를 다시 가방에 넣으려 했고, 나는 얼결에 그만 그 손을 덥석

잡고 말았다.

"받을, 게요."

"정말이니?"

"네. 아주머니가 저한테 주는 게 맞다고 생각하셨다면 그게 정답일 것 같거든요."

뭐가 정답이야. 내 입에서 튀어나온 말을 스스로 비웃었다. 그러나 가에데의 어머니는 입술로 부드러운 호를 그리며 내 손에 노트를 쥐어 주었다.

"고맙구나."

아주머니는 내 두 손에 들린 노트를 보고 흡족한 듯 눈웃음을 짓다가 다음에 보자는 말을 남기고 자리를 떠났다.

길 한복판에 홀로 서 있던 나는 뒤에서 들려오는 따르릉대는 자전거 소리에 정신이 번쩍 들어 길가로 비켜섰다. 자전거가 시야에서 벗어나고 나서야 비로소 손가락을 움직일 수 있었다.

노트를 펴고 안을 살펴보았다.

무선 노트에는 가에데의 큼직큼직한 글씨로 한 페이지에 세 줄씩 적혀 있었다. 더없이 시시한 것들이 내용이랍시고 주르르 쓰여 있었다.

"컵라면 먹기, 생크림 흡입하기?"

어이없어하는 목소리가 새어 나왔다. 하잘것없는 내용이 다음 페이지에도, 또 그다음 페이지에도 계속 이어졌다. 뭐야, 이게. 하고 싶은 일이 하찮아도 너무 하찮았다. 그러다가 놀이공원 가기, 여행 가기 등등 가에데가 이루지 못한 일들이 눈에 들어오자 팔랑팔랑 페이지를 넘기던 손이 멈췄다.

더 넘겨 보다가는 불만이 터져 나올 것 같았다.

"……설마 나더러 하라고?"

메마른 웃음이 흘러나왔다. 아주머니도 사람이 참 고약하다. 가에데라면 자신이 하지 못하는 일을 내게 떠넘길 걸 알고 이 노트를 준 것이다.

그래도 영 잘못 짚지는 않았다. 가에데는 그런 사람이니까.

"이게 뭐야."

문득 시야를 파고든 문장이 '파란 하늘 보기'여서 병실에서 허구한 날 보지 않았냐며 한 소리 하고 말았다. 간혹 이해가 안 가는 내용이 적힌 노트를 덮고서 눈꺼풀 안쪽에 새겨진 가에데에게 물었다.

"해보라는 거지……?"

대답은 들리지 않았다. 다만 가에데는 장난에 성공한 어린아이 같은 얼굴로 고개를 끄덕였다.

아아, 가에데는 이제 없지만, 분명 그렇게 고개를 끄덕거렸겠지.

어쩌면 이렇게 말했을지도 모른다.

"나한테 신세 진 게 얼만데, 이 정도는 해줄 수 있잖아"라고.

눈을 뜨자 발에 밟힌 금목서 꽃잎이 시야에 들어왔다. 나는 알았다고 대꾸했다.

"할게."

하고 싶은 일은 하나도 없다. 미래도 꿈도 희망도 기대도 없다. 남은 1년 동안 마땅히 할 일도 없으니 그저 흐르는 시간에 몸을 맡겨야겠다는 생각뿐이었다.

그런데 지금, 어차피 삶을 마감해야 한다면 죽기 전에 뭔가를 달성해 보는 것도 나쁘지 않겠다는 생각이 들었다.

내가 아니라 먼저 죽은 그녀가 하고 싶어 한 것들을.

남은 시간은 365일.

나는 내게 허락된 마지막 1년을 가에데의 소원을 이루는 데 쓰기로 결심했다.

하늘빛은 눈이 시릴 만큼 선명하다

1. 소파에 누워서 감자칩 한 봉지 다 먹기

"유고! 엄마가 소파에 과자 봉지 펴놓지 말랬지!"

엄마의 목소리에 얼굴을 들었다. 소파 등받이 뒤에서 나를 내려다보는 엄마는 잔뜩 화가 나 있었고, 나는 항복이라도 하듯 다소 과장되게 두 팔을 들어 올렸다. 먹기 편하게 봉지를 뜯어 펼쳐놓은 감자칩 조각이 소파 틈새에 떨어져 있었다.

손가락을 소매에 쓱쓱 닦고 엄마를 향해 알겠다고 고개를 끄덕이자, 평소에는 안 그러던 애가 왜 그러냐고 해서 그냥 한번 해보고 싶었다며 적당히 둘러댔다.

나는 콩소메 맛 감자칩을 먹고 있었다. 가에데가 좋아하던 브랜드에서 나온 과자였다. 마지막 하나를 입에 털어 넣고 과자 봉지를 공처럼 욱이고는 엄마에게서 도망치듯 계단을 뛰어올라 내 방으로 돌아왔다.

2. 학교 가기 전 편의점에서 커피를 사서 한 손에 들고 박력 있게 등교하기

"한 손에 커피라. 유고, 그게 뭐 하는 짓이냐? 아주 허파에 바람이 단단히 들었어."

"아, 그냥 커피가 마시고 싶었어."

자리에 앉아 뜨거운 커피를 입으로 가져갔다. 쓴맛이 입에 닿는 순간 인상을 팍 쓰니 아라타가 그러게 그런 걸 왜 샀냐며 수상하게 쳐다보기에 다 이유가 있다고 대답하고 한 모금 더 마셨다.

이런 게 어른의 맛이라면 평생 어린아이여도 좋겠다고 생각하면서.

3. 스마트폰 게임 결제하기

아침에 편의점에서 사 온 선불카드 뒷면을 긁은 뒤 적혀 있는 코드를 스마트폰에 입력했다. '네가 유료 게임을 한다

고?'라고 묻는 듯한 아라타의 시선을 외면하고 가끔 시간을 때울 때 하던 퍼즐 게임을 시작했다. 원하는 아이템이 없어 적당한 것들을 사들이다 1,000엔짜리 카드를 다 써버렸다.

4. 방과 후에 햄버거 먹으러 가기

"야, 아라타."

"왜?"

"혹시 시간 있어?"

처음으로 친구에게 같이 놀자는 말을 꺼냈다. 아라타는 눈을 휘둥그레 뜨고 할 말을 잃은 듯한 얼굴을 하더니 이내 표정을 바꾸고 싱긋 웃었다. 내 어깨에 팔을 걸치고 어디 갈 거냐고 물어서 유명한 패스트푸드점 이름을 입에 올리자 한 번 더 놀란 표정을 짓고 나서야 걸음을 뗐다.

가게에 도착해 아라타가 주문하러 간 사이 자리를 잡고 앉아 최근에 산 형광펜으로 노트에 줄을 그었다. 혹시나 색깔이 보일까 싶어 기대했지만 파란색이라고 불리는 그 색은 내 눈에는 아직 회색으로 비쳤다. 샤프로 써놓은 글자를 물들이던 형광펜은 찌익 소리와 함께 마침표에 색을 덧입혔다.

"아주 북적북적하네."

쟁반 두 개를 들고 온 아라타에게 짧게 고맙다고 말하고 노트를 가방에 넣은 뒤 쟁반 하나를 받아 들었다. 햄버거와 감자튀김과 너깃과 콜라는 몇 시간 뒤에 먹을 저녁밥이 걱정될 정도로 양이 많았다. 마주 앉은 아라타의 쟁반에도 똑같은 양이 놓여 있었는데 대식가인 아라타에게 이 정도는 간식이나 다름없을 터였다.

"그나저나 무슨 바람이 불었대?"

"그냥 오고 싶었어."

"허허."

감자튀김을 집는 아라타를 보고 나도 똑같이 따라 했다. 아직 따끈따끈한 감자튀김은 바삭바삭하고 짭조름해서 입에 짝짝 달라붙었다.

"난 좋아. 너랑 방과 후에 같이 놀고 싶었거든."

"……좀 더 일찍 말해주지 그랬냐?"

"뭐래. 맨날 학교 끝나기 무섭게 내빼던 녀석이 누군데? 잘 가라는 인사를 끝내기도 전에 사라지는 녀석을 무슨 수로 붙드냐?"

1학년 때는 단순히 다른 애들과 친해지고 싶은 마음이 없어서였다. 눈 때문에 호기심의 대상이 된 뒤로 그런 생각이 한층 강해진 데다 한편으로는 누군가와 필요 이상으로 가까워지는 게 두렵기도 했다. 적당한 거리를 유지하면 불쾌한 일을 겪지 않아도 된다고 생각했다.

하지만 아라타는 개의치 않는 눈치였다. 내가 보는 세상은 흑백으로 이루어져 있다고 말했을 때도 관심 없다는 듯이 그렇구나, 하고 한마디 하는 게 고작이었다.

그날 이후로 우리는 마음을 터놓는 친구가 되었다.

"가에데. 가에데 때문이었어."

"아…… 미안."

"됐어, 난 괜찮아. 2학년에 올라오고 나서는 대체로 그랬어."

포장지를 벗기고 햄버거를 덥석 베어 물었다. 몸에 나쁜 음식에는 10대들을 사로잡는 성분이라도 들어 있는 걸까. 입원 중에도 가에데는 툭하면 햄버거가 먹고 싶다고 투덜거렸다.

1학년 말 무렵부터 가에데가 나를 병실로 부르는 횟수가 늘었다. 하굣길에 뭘 좀 사 오라거나 할 일 없으면 놀러 오거나 하면서. 처음에는 혼자 있으려니 외롭겠지 싶어서 병문안을 갔다.

내게 남아 있던 약간의 선한 마음이 발걸음을 병원으로 향하게 했을 것이다. 그러다가 점차 그것이 당연해졌고, 나는 한 시간도 채 되지 않는 면회 시간을 위해 방과 후 거의 매일 병실을 방문했다. 하지만 이제 더 이상 그럴 일은 없다.

오늘도 혼자 햄버거를 먹으러 올 수 있었다. 그런데도 아라타에게 같이 오자고 한 이유가 내게 남은 시간을 알고 있어서인지, 아니면 가에데를 보러 가지 않았더라면 깊어졌을지 모를 우정을 이제라도 키우고 싶어서인지 스스로도 알 수 없었다.

방과 후에 마음을 터놓을 수 있는 동성 친구와 아무 영양가 없는 잡담을 주고받고 낄낄대는 시간이 지닌 가치를 열일곱이 되고서야 처음으로 깨달았다. 우리는 학교에서 있었던 일과 소문과 요즘 유행과 인터넷에서 본 정보에 대해 떠들었다. 나중에 돌아보면 너무 시시해서 무슨 말을 주고받았는지조차 기억하지 못하겠지만, 시시덕거리며 함께 웃었던 시간이 존재했다는 사실은 잊지 못하리라.

불현듯 아라타의 왼쪽 손목에 감긴 미산가 팔찌*의 색깔이 눈에 들어와 입꼬리를 내렸다.

하늘색이었다. 구름 한 조각 없는 듯 선명해 아라타에게 잘 어울리는 색. 누군가에게 어떤 색이 어울린다고 느끼는 날이 올 줄이야.

---

* 자수 실이나 리본으로 만든 팔찌. 착용하다가 자연스레 끊어지면 소원이 이루어진다고 한다.

"왜 그렇게 봐?"

빨대를 입에 문 채로 묻는 아라타에게 아무것도 아니라고 대답했다. 색깔이 예쁘네, 너한테 잘 어울려, 라고 말할 수 있으면 좋았으련만.

그렇게 말하면 아라타는 위화감을 느낄 것이다. 색을 인식하지 못하는 내가 갑자기 색을 볼 수 있게 됐다고 하면 아무리 허슬한 아라타라도 따지고 들 게 분명하다.

"미산가 꼈었어?"

"꼈어, 꽤 오래전부터."

"오래 안 빨았겠네? 윽, 더러."

"그건 미산가를 끼고 다니는 모든 사람을 적으로 돌리는 발언인데?"

"알았어, 취소할게."

햄버거로 입을 막았다. 더 이상 입을 놀렸다가는 쓸데없는 말이 튀어나올 것 같았기 때문이다. 아라타는 패션이라며 웃어넘겼지만 기분 탓인지 몰라도 제법 아끼는 것처럼 보였다. 원래 깊이 파고드는 성격이 아닌지라 먹는 데 집중하자고 결심했을 때였다.

"진짜 대박이지?"

웃음소리와 커다란 발소리가 계단을 타고 올라왔다. 그러더니 우리와 같은 고등학교 교복을 입은 여학생 몇 명이 나타났다. 심하게 개조해서 입은 탓에 같은 학교 교복이라는 사실이 믿기지 않을 정도였다.

맨 앞에 선 머리카락 색이 연한 여학생을 어디선가 본 적 있다는 사실을 떠올린 순간, 나도 모르게 얼굴에 경련이 일었다. 아라타가 요란한 금발이라며 웃어대기에 머리색이 금색임을 알았다. 긴 머리카락과 속눈썹, 거기다 화장까지 하고 거드름을 피우는 그 여자애는 옆 반의 야자와 마레였다. 반에서 가장 눈에 띄는 그룹에 속하는 화려한 여학생. 소위 날라리. 나와는 인연이 없는 세상에서 살아가는 인간이었다.

나는 야자와가 거북했다. 합동 수업 때 말 한마디 나눈 적 없는 나를 보고 우중충한 남자라며 비웃었다. 내가 우중충한 건 어제오늘 일이 아니지만, 그래도 그 말은 너무 심하다고 생각했다.

나는 시선을 피했지만 야자와가 아라타의 웃음소리를 들은 모양이었다. 우리 테이블을 탁탁 두드리고는 씩 웃으며 아라타에게 "지금 내 욕했지?" 하고 물었다.

"아닌데? 그냥 화려하다고 생각했을 뿐인데?"

"꼭 비웃는 것처럼 들리던데?"

"아니라니까, 안 그래?"

동의를 구하는 아라타에게 뭐라고 대꾸하기도 전에 야자와가 먼저 나를 알아보고는 "우중충한 남자잖아"라며 빈정거렸다.

"뭐?"

"옆 반이지? 이름은 모르지만, 아라타랑 친하다니 의외네."

"아라타 너, 애랑 친해?"

역시나 무례한 인간이라고 생각하면서 아라타에게 물었다.

"야자와? 작년에 같은 반이었어."

야자와는 아라타를 째려보다가 그에게는 안 통한다고 생각했는지 그 눈빛을 내게로 돌렸다. 제발 끌어들이지 말라고 눈짓을 보내는데도 아라타는 모르는 척 잡아뗐다.

"왜 이런 애랑 친하게 지내?"

"이런 애라니, 나 말이야?"

"여기 너 말고 또 누가 있어?"

어째서인지 화살 끝이 나를 향했다. 멀리서 볼 때는 몰랐는데 야자와는 이목구비가 뚜렷했다. 화장을 해서 더 그렇게 보였겠지만 콧대가 반듯하고 눈이 컸다.

그러거나 말거나.

나는 짜증이 나서 네가 무슨 상관이냐며 받아쳤다. 야자와가 빨갛게 달아오른 얼굴로 안경잡이라고 놀리기에 대뜸 목소리를 낮추고 "뭐?"라고 짧게 한마디 했다. 잠깐 얼빠진 표정을 짓던 야자와가 다시 입을 벌리면서 말싸움이 시작되려던 찰나, 다급한 목소리가 끼어들었다.

"그만, 그만. 미안해, 유고. 야자와가 원래 입이 거칠어."

"아니, 무슨!"

"유고 너만큼은 아니지만."

"아무렇지 않게 푹 찌르네."

"야자와, 애 이름은 오노 유고. 안경 벗으면 꽤 잘생겼어."

나 참, 무슨 소개가 이래. 어이가 없어서 이마를 짚었던 손으로 앞머리를 쓸어 올렸다. 그러자 야자와는 눈살을 찌푸렸고, 아라타는 "내 말이 맞지?"라며 의기양양해했다. 잘생겼다는 말은 들어본 적도 없을뿐더러 이 타이밍에 그런 말을 들은들 하나도 기쁘지 않았다.

"자, 미안하다고 말해."

"왜 내가 미안하다고 해야 하는데!"

야자와의 말에 열이 뻗쳐서 나도 모르게 불쑥 끼어들고 말았다.

"당연한 거 아냐? 네가 먼저 시비 걸었잖아."

"유고, 입 좀 다물어."

야자와는 어린애처럼 볼을 볼록하게 부풀리고는 두 손을 맞잡은 채 부르르 떨다가 "아, 됐어!" 하더니 쿵쾅거리며 계단을 내려갔다. 당혹스러워하던 야자와의 친구들은 우리와 떨어진 자리에 앉아 음식을 먹기 시작했다.

"뭐 저런 애가 다 있나."

다 먹은 햄버거 포장지를 돌돌 만 뒤 팔꿈치를 올리고 턱을 괴었다. 아라타는 글쎄다, 라며 내 감자튀김에 손을 뻗었다. 나는 이걸 다 먹으면 저녁밥이 안 들어갈 것 같아서 남은 감자튀김을 아라타 쪽으로 밀어주었다.

"음, 나쁜 애는 아닌데 말이야."

"저게 안 나쁘다고?"

"보기와 달라. 말싸움도 잘 못하고."

"그래서 아까 껴들었어?"

"너랑 말싸움하면 100퍼센트 네가 이기잖아. 그러면 야자와는 어린애처럼 엉엉 울 거고. 여기서 그랬다가는 얼마나 성가시겠냐?"

아닌 게 아니라 아라타에게 사과하라는 말을 들은 야자와는 꼭 야단맞은 어린아이 같았다. 겉모습은 화려하지만 내면은 다른 듯했다.

"어떻게 그렇게 잘 알아? 너, 무슨 일 있었어?"

"야자와랑? 아무 일 없었는데?"

"진짜지?"

"그래, 그렇다니까."

나는 아라타의 대답을 듣고 입을 다물었다. 설령 둘 사이에 무슨 일이 있었다고 해도 내게는 물어볼 권리가 없다는 생각이 들어서였다. 내게도 털어놓지 않은 이야기가 많다. 할까 말까 망설이는 말도 있다. 감추려는 건 아니지만 말할 필요 없다고 결론을 내린 일도 있다. 이를테면 가에데 일이 그랬다. 굳이 아라타에게 말하지 않아도 되는 일이 있다. 나 혼자만 알면 되는 일이 있다.

그나저나 남에게 관심이 없던 내가 둘 사이의 일을 궁금해하다니, 어느새 내게도 구경꾼의 습성이 생긴 걸까. 아니면 친구니까 알고 싶은 걸까.

어느 쪽인지 판단을 내리지 못했다.

다만 막연하게 떠올랐다. 언젠가 아라타에게 내 병에 관해 제대로 이야기해야 한다는 생각이 가슴 한구석에서 피어올랐다.

15. 인형 뽑기 게임에서 경품을 딸 때까지 집에 돌아가지 않기

가에데의 리스트를 시작하고 2주가 지났을 무렵부터 여러 가지 파랑이 내 시야에 얼굴을 들이밀었다. 지금까지는 보이지 않던 시간에 색이 비쳐 들면서 이른 아침과 대낮의 하늘빛이 미묘하게 다르다는 사실도 알게 되었다.

아침과 저녁과 밤에 나타나는 하늘빛이 똑같을 거라고 내 맘대로 단정 지었었는데 그게 아니었다. 그렇지만 아침과 낮의 하늘이 얼마나 다른지 말로 설명하기는 어려웠다. 왜냐하면 2주 전까지만 해도 나는 색을 알지 못했으니까. 색에 관해서라면 갓난아이가 나보다 더 잘 알지 않을까.

이제껏 내 세상은 온통 무채색이어서 오로지 명암으로만 색을 구분할 수 있었다. 하지만 지금은 어떨까. 아직 밝은 파란색 계열밖에 인식하지 못하지만 무채색 시야에 그 색이 비칠 때마다 깜짝깜짝 놀란다. 색깔을 보고 기분이 좋아지는 일은 없을 거라고 믿었는데 이제 조금이나마 가에데의 마음을 이해할 수 있을 것 같다.

예전부터 가에데는 색깔에 민감하게 반응했다. 내가 색을 인식하지 못하는 탓에 더 그랬을지도 모르지만, 원래 가에데는 계절에 따라 달라지는 세상을 바라보는 것을 좋아했다. 평상시 가에데의 모습으로는 상상하기 힘들지만, 의외로 정취를 아는 사람이었다.

매 순간 눈빛을 반짝이면서 어제와 다른 세상을 보고 기뻐했다. 꽃의 색을 알아보지 못해도 명암으로 구분하라는 가에데의 말을 들었던 건 바로 어제 일처럼 똑똑히 기억한다.

오늘도 형광펜을 손에 들고 리스트에 적힌 문장을 칠했다. 그러다 15번을 본 순간 미간에 짙은 주름이 새겨졌다. 그때의 기분을 한마디로 표현하면 '뭔 헛소리야?'였다.

"인형 뽑기 잘하냐?"

내 물음에 아라타는 고개를 갸우뚱했다. 생뚱맞게 무슨 소리를 하는 거냐고 묻는 듯한 표정이었다. 암요, 암요. 나도 같은 기분이야.

"인형 뽑기에 잘하고 못하고가 있나?"

"몰라. 적어도 난 잘 못해."

"나도 그런데. 그거 절대 안 뽑히잖아. 돈만 넙죽넙죽 받아먹고."

"그러니까."

팔꿈치를 괴고 손가락으로 책상을 톡톡 두들겼다. 짜증난 거냐고 묻는 아라타에게 그건 아니라고 대답했지만 사실 맞았다.

"근데 유고, 너 요즘 무슨 일 있어?"

"무슨 일?"

"너 엄청 달라졌어. 방과 후에 같이 놀자는 것도 그렇고, 어쩐지 밝아진 것 같단 말이지."

"그래 보여?"

두 팔을 쭉 뻗고 책상에 엎드렸다. 카디건 소매 안으로 차가운 바람이 들어와 몸이 떨렸다. 아직 가을이지만 계절은 겨울을 향해 한 걸음씩 나아가고 있었다. 가에데가 죽은 뒤로 시간이 그렇게 많이 흐르지도 않았건만 세상은 기다려 주지 않았다. 내게 남은 시간도 내 사정과 무관하게 잘만 흘러갔다. 시간이 멈추기를 바라지는 않지만, 이렇게 눈앞에서 사라진 사람은 과거로만 남게 되겠지 하는 생각이 들었다.

나도 예외는 아닐 테고.

"이거였군."

아라타가 자리에서 일어나면서 내 책상 서랍에서 노트를 빼냈다. 막으려고 했을 때는 이미 아라타의 손에 넘어간 뒤였다.

"요새 맨날 이 노트만 보고 있더라니."

뭔지 궁금해하며 노트 표지를 쳐다보던 아라타는 또다시 고개를 갸웃거렸다. 그도 그럴 것이 표지에는 '건강해지면 하고 싶은 일 리스트'라고 적혀 있다. 그러니 의아해하고도 남았다.

순간 아라타의 손에서 노트를 잡아채려다가 그만뒀다. 좋은 기회라고 생각했다. 최근 2주간 이 리스트에 나와 있는 대로 하기 위해 아라타를 이용했다. 노트가 없었더라면 방과 후에 같이 놀자는 말 따위 꺼내지 않았을지도 모른다.

"형광펜은 왜 칠한 거야? 넌 안 보이잖아."

"그게 문제야? 내용이 아니고?"

"뭐냐 이건. 소파에 누워서 감자칩 한 봉지 다 먹기?"

"너도 어이없지?"

형광펜으로 줄을 친 부분을 소리 내 읽던 아라타는 이제야 이해가 간다는 듯이 웅얼거렸다.

"달라진 이유가 이거였구나."

"……할 말 있으면 하든가."

"따로 할 말은 없는데, 나, 은근히 이용당하고 있었던 거지? 재밌네."

"아…… 미리 말 안 해서 미안."

"아냐, 상관없어. 그렇다고 즐거웠던 일이 없어지는 건 아니니까. 이 노트 덕에 같이 놀 수 있었던 거라 오히려 좋은데?"

왠지 우쭐거리며 나를 응시하는 아라타의 얼굴을 바라보면서 '그래, 이 녀석은 원래 이런 놈이었지' 하고 떠올렸다. 아라타는 좀처럼 화를 내지 않는다. 매사를 긍정적으로 받아들이는 건 아라타의 장점이었다. "리스트 만세!" 하면서 노트를 높이 치켜든 아라타를 향해 쓴웃음을 날렸다.

"그거, 가에데의 고별 선물인데."

"앗."

아라타는 허둥지둥 노트를 돌려주면서 유품이면 유품이라고 말을 하라며 내 팔을 툭 쳤다.

"소중한 거잖아!"

"그런가?"

"당연하지, 넌 그런 쪽으로는 둔해 빠졌다니까."

"그냥 평범한 노트잖아."

"앞으로 가에데 선배가 쓴 글씨를 못 보는데?"

그 말에 움찔 놀랐다.

아라타는 차마 예쁘다고 할 수 없는 가에데의 글씨를 이제 더는 못 본다고 했지만, 여기에 남아 있다. 가에데네 집에 가면, 내 방에 들어가면, 어딘가에 가에데가 쓴 글씨가 남아 있을 것이다. 그렇기에 가에데의 글씨를 특별하게 생각하지 않았다.

하지만 가에데의 글씨가 더 이상 늘어나는 일은 없다. 새로 끼적거리지 못한다. 그런 당연한 일을 새삼스레 깨달았다.

"네 말이 맞다."

"그렇지? 소중하게 여겨."

"알았어."

리스트를 바라보는 내 마음에 구멍이 뚫린 느낌이 들었다. 작은 구멍이다. 왠지 위화감이 들었지만 무시했다. 그때 아라타가 말문을 열었다.

"15번을 해치우려고 인형 뽑기를 하자는 거였어?"

"맞아."

"마침 어제 알바비도 들어왔겠다 안 할 이유가 없지."

뻐기듯 팔짱을 끼고 나를 향해 히죽거리는 아라타에게 "성은이 망극하옵나이다"라며 허리를 굽신거렸다.

"으아, 미치겠다!"

"또 실패야, 이 집게가 사람 놀리는 것도 아니고! 아니, 세게 확 들어 올려서 떨어뜨리라고!"

남고생 둘이 게임기 앞에 달라붙어 푸념을 늘어놓는 꼴을 보면 빈말로라도 보기 좋다고는 못 할 것이다. 평소 화를 내지 않는 아라타가 나보다 더 심하게 불평을 늘어놓았다.

여러 번 도전했지만 아크릴판 너머의 인기 애니메이션 캐릭터 피규어는 꿈쩍도 하지 않았다.

"혹시 들어 올리려는 게 문제 아닐까?"

"그러면 조금씩 옆으로 밀자고? 눕혀서?"

"그래, 이렇게 힘껏."

온몸으로 표현하면서 자리를 바꿨다. 한 번씩 교대로 도전하고 있는데 과연 이게 의미가 있는지 잘 모르겠다. 가게에 들어올 때 교환해서 버튼 옆에 쌓아둔 동전도 이제 몇 개 남지 않았다. 벌써 3,000엔이나 썼다. 차라리 돈을 주고 사는 게 더 싸게 먹힐 것 같았다.

"그냥 사자, 됐다 그래, 뽑은 걸로 치지 뭐."

"리스트 지우는 거 아니었어?"

"돈 주고 사는 게 더 싸, 내 생각은 그래."

이미 몇 차례 내 진심을 토로했다. 피규어를 옆으로 밀어서 떨어뜨리자는 아라타의 작전 덕분에 털끝만큼 기울기는 했지만, 말 그대로 털끝만큼이었다. 아라타는 절규하며 주저앉았고, 나도 그 옆에 앉아 안경을 벗고 인상을 썼다. 도무지 끝이 보이지 않았다.

어쩌자고 이런 소원을 적은 건지 묻고 싶었다. 그냥 별생각 없이 썼겠지. 뽑히면 좋고 안 되면 어쩔 수 없고, 이런 느낌으로.

"목표물을 바꾸는 게 어때?"

"근데 돈을 이렇게나 쏟아부었는데 우리 다음에 온 사람이 단번에 뽑기라도 하면 나는 다신 일어서지 못할 것 같아."

낙담한 아라타를 보자 과연 그렇겠다는 생각이 들어 나도 모르게 수긍하고 말았다. 애당초 피규어를 노린 게 실수였다. 더 가벼운 걸 골랐어야 했다.

게임 센터에 들어온 뒤 이왕이면 가에데가 좋아했던 걸 노려보자는 아라타의 제안을 받아들여 머릿속의 서랍을 열고 기억을 끄집어냈다.

병실에서 가에데가 남아도는 시간을 주체하지 못해 심심풀이로 보던 애니메이션 캐릭터가 떠올랐다. 여자들이 좋아할 만한 미남 캐릭터였다. 내가 그 캐릭터를 가리키자마자 아라타는 꼭 뽑고 말겠다며 팔을 걷어붙였다.

그게 30분 전의 일이다.

"비법을 알려주는 영상이 어디 없나…… 한번 찾아봐야겠다."

나보다 훨씬 흥분한 아라타는 일단 머리를 식히고 레벨 업 해서 돌아오겠다며 자리를 떴지만, 별반 달라지지 않을 거라는 생각에 한숨이 나왔다.

혼자 남은 나는 팔짱을 낀 채 캐릭터를 노려보았다. 이제 더는 꼴도 보기 싫을 지경이었다. 그러면서도 영 뽑힐 기미가 보이지 않는 이 상황이 못내 분했다. 어떻게 하면 뽑을 수 있을지 고민하면서 여러 각도에서 피규어를 살펴보고 있을 때였다.

"엇!"

"어?"

등 뒤에서 들려온 날카로운 목소리에 돌아보자 야자와 마레가 서 있었다. 머리를 하나로 묶고 줄무늬 재킷을 입은 채. 가슴팍에 붙은 로고를 보고 여기서 일한다는 걸 눈치챘다. 거래를 시도할까 잠시 망설이다가 어차피 씨알도 안 먹힐 게 뻔해서 그만뒀다.

"너, 저번에 걔잖아!"

"……안, 녕."

내가 대놓고 불쾌한 표정을 지어서인지 야자와가 쩔쩔매는 기색을 보였다.

"여긴 웬일이야?"

"왜, 오면 안 돼?"

"아라타도 같이 왔어?"

"지금 잠깐 나갔어."

"역시 같이 왔구나."

시큰둥한 얼굴로 아크릴판을 열고 경품 위치를 조정하는

야자와를 흘끗 보다가 다시 피규어로 눈을 돌렸다.

"······얼마 썼어?"

"3,000엔 넘게. 사는 게 더 싼데 말이야."

"저건 게임 센터 한정판이라 딴 데서는 안 팔아."

"말도 안 돼······."

비매품이다. 어쩌면 3,000엔보다 높은 가치가 있을지도 모른다. 100엔짜리 동전을 몇 개 넣고 다시 시도하는 나를 야자와가 옆에서 지켜보았다. 내가 집게를 움직이자 그렇게 해서는 안 된다며 참견했다.

"조용히 해, 집중하고 있잖아."

"그래서는 못 뽑아."

"거참 말 많네."

집게는 피규어를 스치고 지나갔고, 나는 한 판 더 하기 위해 동전을 거머쥐었다. 이 돈까지 넣으면 4,000엔을 초과한다.

이제 정말 그만둬야 할 때가 아닐까. 리스트를 오늘 당장 해치워야 하는 것도 아니고 순서를 지켜야 할 이유도 없다. 할 수 있을 때 하면 된다.

"유 님을 너한테 보내긴 싫은데."

"유 님?"

"이름도 모르고 뽑으려 했어?"

나는 그 피규어에 관해 설명하면서 싱글벙글하는 야자와를 보고 뜨악했다. 애니메이션 같은 걸 챙겨 볼 줄은 몰랐는데 열변을 토하는 모습을 보니 진심으로 좋아하는 마음이 전해졌다.

"애니메이션 보는구나."

"보면 안 돼?"

"아니. 이미지랑 달라서. 근데 내가 갖고 싶어서 뽑으려는 건 아니야."

"아라타가 갖고 싶대?"

"아니."

"뭔 소리래."

가시 박힌 말만 골라 해도 그냥 넘어가기로 했다. 나도 친해지고 싶은 마음은 없었다. 피규어만 뽑고 나면 안녕이다. 다시는 이 게임 센터에 오나 봐라. 야자와는 아크릴판을 노려보는 나를 향해 크게 한숨을 쉬었다.

"비켜."

"뭐?"

"됐으니까 비키라고."

야자와가 밀치는 대로 밀려났다. 야자와는 호주머니에서 열쇠를 꺼내더니 아크릴판을 열고 피규어의 위치를 바꿨다.

"위에서 집게를 밀어 넣어. 여기로."

야자와는 뽑기 쉽게 비스듬히 놔둔 피규어 상자 위쪽 동그란 스티커를 가리킨 뒤 아크릴판을 닫고 열쇠를 돌렸다.

"빨간색 부분."

"빨간색…… 아, 스티커."

"어?"

"뭐?"

수상쩍어하는 그 시선은 한두 번 받아본 게 아니었다. 무슨 말이 하고 싶은지 바로 파악한 나는 머리를 긁적이며 다른 곳으로 시선을 돌렸다.

"색깔. 난 안 보이거든."

"……아! 네가 1학년 때 화제가 된 걔구나!"

"마, 맞아."

그렇구나, 라며 혼자 납득하는 야자와를 내버려두고 주머니에서 동전을 꺼냈다. 또 무슨 소리가 날아오겠구나 싶었다. 그런데 야자와는 아크릴판을 톡톡 두드릴 뿐이었다.

"왜?"

"감사 인사는?"

"뭐?"

"위치 바꿔줬잖아."

야자와는 색이 보이지 않는다는 내 얘기는 관심 밖이라는 듯 경품 위치를 옮겨준 것에 대한 감사 인사를 요구했다. 나는 어리둥절한 나머지 눈을 몇 번 껌뻑이다가 감사의 말을 입에 올렸다.

"……고맙다."

"가르쳐줄 테니까 빨리 시작해."

야자와의 성화에 시달리는 사이 아라타가 돌아왔다. 야자와는 눈을 동그랗게 떴지만 아라타는 별로 놀라는 기색도 없이 어이, 하며 손을 흔들었다.

"야자와가 뽑기 쉽게 도와줬어?"

"여기를 공략하면 될 거래."

"진짜? 이번에 성공하면 투자한 만큼 보상을 받을 수 있겠다."

야자와는 잠시 우리 대화에 귀를 기울이다가 빨리 하라며 재촉했다.

"아라타가 해."

"나? 아냐, 유고가 해야지. 애초에 이건 유고가 뽑아야 하는 거거든."

"무슨 소리야?"

"이런저런 사정이 있어."

동전을 몇 개 집어넣자 음악이 흘러나왔다. 야자와는 떨떠름한 얼굴로 지시를 내렸다. 좀 더 앞으로 가, 바짝 붙여, 라며 시종일관 명령조로 말했지만 피규어를 뽑기 위해 꾹 참고 지시에 따랐다.

　"스톱!"

　한층 큰 소리로 명령하는 야자와의 지시를 받고 내림 버튼을 눌렀다.

　"제발, 제발, 제발!"

　아라타는 기를 모으고 나는 집게 끄트머리를 주시했다. 피규어 상자가 집게에 걸린 채 밀려 나오더니 쿵 소리와 함께 떨어졌다.

　"앗싸!"

　얼떨결에 아라타와 둘이 하이파이브를 했다. 드디어 우리가 해냈다며 등을 두드리기에 나도 똑같이 해주었다. 4,000엔짜리 피규어가 게임기 출구에 떨어져 있었다.

　아라타가 상자를 꺼내 들고 "뽑았다!"라며 소리를 지르는 바람에 나도 같이 흥분해서 상자를 높이 치켜들었다. 야자와는 고개를 절레절레 젓다가 다시 아크릴판을 열고 경품을 새로 채워 넣었다.

　"아라타, 필요해?"

"필요 없어. 너 가져."

"돈은?"

"다음에 한턱 쏘기나 해."

내게 상자를 떠넘기고 화장실에 다녀오겠다며 뛰어가는 아라타를 보자 입이 쩍 벌어졌다. 자기 돈을 쓰면서까지 갖고 싶지도 않은 경품을 뽑기 위해 어울려 줬다는 사실이 믿기지 않았다. 사람이 좋아도 너무 좋다고 생각하던 차에 등 뒤에서 "아라타는 원래 그런 애야"라는 목소리가 들려오자 바로 수긍이 갔다.

"게임은 즐기지만 물욕이 없어서 경품은 필요 없는 타입."

"아라타에 대해 잘 아네?"

"뭐, 작년에도 비슷한 일이 있었으니까."

야자와가 경품을 넣을 비닐봉지를 건네줘서 고맙다고 인사하고 상자를 담았다. 시야 끝으로 경품을 힐끔힐끔 쳐다보는 야자와에게 왜 그러냐고 물었더니 아무것도 아니라는 대답이 돌아왔다. 다음 말을 내뱉으려다가 넌 꼭 쓸데없는 말을 한마디 더 해서 탈이라던 가에데의 목소리가 들리는 듯해 입을 다물었다.

"그거 누구 줄 건데?"

야자와가 피규어를 가리키며 물었다. 나는 말문이 막혔다.

그렇다, 고생해서 뽑았지만 주고 싶은 사람은 이 세상에 없다.

가에데의 부모님께 드려도 되지만 그랬다가는 괜히 더 슬프게 만들지 모른다.

그렇다고 내가 이 캐릭터를 잘 아는 것도 아니었다. 가에데가 시청하는 걸 옆에서 봐왔기 때문에 어렴풋이 알 뿐이었다. 내 방에 둘까도 생각했지만 머지않아 죽음을 맞이하게 될 걸 알기에 물건을 늘리는 게 망설여졌다.

여전히 뭔가 못마땅해 보이는 야자와의 얼굴이 시야 끄트머리에 걸렸고, 나는 후우 한숨을 내쉬며 비닐봉지를 내밀었다.

"줄게."

"어?"

"좋아하잖아, 줄게."

"뭐? 줄 사람이 있어서 뽑은 거 아냐?"

고개를 저었다. 야자와는 영문을 모르겠다는 듯 얼떨떨한 표정으로 나를 쳐다보았다.

"이제 의미 없어."

"무슨 뜻이야?"

"어찌 됐든 네 덕에 뽑았고, 이왕이면 좋아하는 사람이 갖는 편이 낫잖아."

아라타도 불만은 없을 거라고 딱 잘라 말한 뒤 비닐봉지를 야자와의 손에 쥐여 주었다. 나는 당황한 야자와를 그대로 내버려둔 채 바닥에 놓여 있던 가방을 등에 둘러메고 그 자리를 뜨려 했다.

발걸음을 뗀 순간, 등 뒤에서 날아온 목소리에 다시 몸을 돌렸다.

"내 이름은 너가 아니야."

"알아, 야자와잖아."

"……고마워, 오노."

내 이름을 알고 있었구나. 야자와는 놀란 나를 보며 짓궂게 웃다가 피규어를 꼭 껴안았다. 그 모습에 눈길이 가는 건 다소 의외였지만, 그렇다고 달리 이유가 있지는 않았다. 단지 방금까지 험악했던 분위기가 아주 조금 부드러워져서, 껄끄럽다고 생각했던 사람이 알고 보니 좋은 사람이라서, 그게 다였다.

아라타를 데리러 화장실로 걸어가면서 형광펜을 꺼내 15번에 줄을 치고 가에데였다면 어떤 표정을 지었을까 상상했다.

마른 낙엽이 산산이 부서지는 소리에 걸음이 멈췄다. 신발 밑창을 보니 산산조각이 난 이파리가 소리도 없이 붙어 있었다. 신발에 붙은 낙엽을 떼어내기 위해 뒤축을 지면에 석석 비빈 다음 고개를 들고 걸음을 옮겼다. 계절은 겨울이라는 옷으로 갈아입기 직전이었다.

"지난번 내 예측이 들어맞은 것 같네."

흰색으로 둘러싸인 진료실 안에서 의사 선생님이 심각한 표정으로 말을 뱉었다. 나는 맞은편에 앉아 의자를 뱅글뱅글 돌리면서 선생님 말씀을 듣고 있었다. 선생님이 "힘들지?"라며 말을 붙여왔지만 그래서 의자를 돌리는 건 아니었다. 그냥 따분했다. 나름 진지하게 귀를 기울이는 시늉을 했더니 선생님은 내가 실의에 빠졌다고 착각한 모양이다.

"보통 무채병 환자는 시야가 서서히 회색으로 변하면서 세상이 흑백으로 보인단다."

지시봉 끄트머리가 모니터에 비친 풍경 사진을 가리켰다. 아주 평범한 일상의 단면을 오려낸 듯한 사진 두 장이 띄워져 있었다. 오른쪽 사진에 펼쳐진 하늘은 파란색이었다. 그리고 그보다 훨씬 진하고 검은색에 가깝지만 검은색은 아닌, 감색이라는 이름의 색이 칠해진 간판도 눈에 들어왔다. 왼쪽은 아무 색도 안 보이는 걸 보니 아마도 흑백사진인 듯했다.

"이런 식으로."

오른쪽 사진의 색채가 점차 옅어지더니 잿빛에 가까워졌다. 이윽고 감색마저 사라지고 검은색에 가까운 무채색으로 변해 왼쪽 사진과 똑같아졌다.

"하지만 반대로 유고 네 시야에는 색깔이 늘어날 거야. 간단히 설명하면 보통 무채병을 앓는 환자의 시야에서는 진한 색부터 사라지지만, 너는 연한 색부터 차례차례 볼 수 있게 된다는 말이다."

그래서 맨 처음에 나타난 색깔이 하늘색이었구나. 그렇게 생각하니 저절로 이해가 갔다. 눈에 보이는 색이 조금씩 늘어나면서 아침 하늘은 색이 연하다는 걸 알았다. 하늘은 밤이 가까워질수록 색이 짙어졌다. 똑같은 하늘이라도 아침에는 색이 연하기 때문에 가장 먼저 눈에 들어온 것이다.

왜 하늘색부터 비쳐 들었는지 그 이유는 모른다. 무채병 초기에 사라지는 색은 사람마다 천차만별이지만 보통은 애착이 가는 색부터 사라지는 듯했다. 나는 애초에 색이 없는 세상에서 살아왔기에 특별히 좋아하는 색이 있을 리 없지만.

선생님이 내민 종이에 적혀 있는 글자를 멀뚱멀뚱 쳐다보았다. 파란색 옆에는 초록색과 보라색이라는 글자가 적혀 있었다.

"둘 중 하나거나, 어쩌면 둘 다일지도 몰라."

선생님 말씀에 눈으로 글자를 좇았다.

보라색 옆에는 빨간색, 빨간색 옆에는 주황색과 노란색, 그리고 초록색 계열이 이어지다가 다시 파란색으로 돌아왔다. 시작은 하늘색이었지만 끝은 무슨 색일까. 전례가 없어서 그때가 되어보지 않으면 알 수 없다. 애당초 내 눈은 유전될 확률도 지극히 낮았다.

딱 하나 확실히 말할 수 있는 건 마지막 색깔이 보이는 순간, 곧 죽는다는 사실이다. 그것만은 틀림없다.

"그럼 다음 달에 다시 이야기하자꾸나."

그게 의미가 있냐고 받아친 건 내 성격이 나빠서였다. 선생님은 어색하게 내 시선을 피했다.

"죄송해요, 비꼬려던 건 아니었어요."

"그래, 나도 다 안다. 네가 무슨 말이 하고 싶은지."

어차피 죽을 텐데 또 올 필요가 있나요.

"난 네 주치의이기도 하지만, 다른 무채병 환자도 여럿 담당한 적이 있단다. 다들 처음 몇 번은 진찰을 받으러 오다가 곧 발길을 끊더구나. 어차피 죽을 거면 병원에 올 시간에 다른 일을 하겠다면서."

"틀린 말은 아니네요."

"……그래, 나도 맞는 말이라고 생각해. 환자가 병원에 와도, 의사가 아무리 환자를 살리고 싶어 해도, 아직 이 세상에는 무채병을 치료할 방법이 없거든."

선생님은 눈을 돌리며 원통한 표정을 지었다. 얼굴에 새겨진 주름이 한층 더 진해졌다.

"결국 데이터를 모으는 것 말고는 할 수 있는 게 없어."

"어쩔 수 없죠."

죽음에 이르는 이유도 알려진 바가 없다. 의사들이 할 수 있는 최선의 치료는 앞으로 이 병에 걸리게 될 사람들을 살리기 위해 사례를 하나라도 더 파악하는 것이었다. 그렇게 생각하자 병원에 계속 와야 할 것 같은 기분이 들었다. 내 증상이 도움이 될 거란 생각은 손톱만큼도 들지 않지만, 그래도 언젠가 누군가를 살릴 수 있다면 말이다.

"꼭 올 테니까 걱정하지 마세요."

선생님이 놀랐는지 눈을 번뜩였다.

"죽는 게 두렵지 않니?"

지극히 타당한 질문이었다. 하지만 내 입에서는 메마른 웃음소리가 흘러나왔다.

"스스로 삶을 끝내고 싶은 마음은 없어요. 하지만 살고 싶다고 생각한 적도 없어요."

순백색 커튼이 바람에 휘날렸다. 티 없이 맑고 깨끗한 그 천을 보니 가에데의 병실에 걸려 있던 얼룩진 커튼이 머릿속에 떠올랐다. 가에데가 몰래 컵라면을 먹다가 국물이 튀는 바람에 생겨버린 작은 얼룩이었다. 가에데는 증거를 은닉하기 위해 얼룩을 지우려고 무진장 애를 썼는데, 끝내 지워지지 않자 나중에는 처음부터 있던 자국이라고 억지를 부렸다.

"그런데 해야 할 일이 생겨서 끝까지 살아볼 생각이에요."

차근차근 진행하고 있지만 노트를 끝까지 넘겨보지 않은 탓에 전체 항목이 몇 개나 되는지 알지 못한다. 그래도 노트 두께와 가에데의 글씨 크기로 추측건대 얼추 300개는 될 것 같았다. 한 달에 10분의 1씩 해치우면 되니까 지금처럼 큰 난관에 부딪치지만 않으면 죽음이 찾아오기 전에 거뜬히 끝낼 수 있을 것이다.

선생님이 우리를 휘감았던 침묵을 깨뜨리며 다시 입을 열었다.

"……오랜 시간 너를 봐왔지만 그런 표정은 처음 봤다."

"그런 표정이라뇨?"

"너는 늘 세상일에 달관한 사람처럼 보였는데 지금은 왠지 즐거워 보여. 색이 더해진 세상이 너를 그렇게 만들었을지도 모른다고 생각하니 뭐라 표현할 수 없을 정도로 마음이 복잡해지는구나."

아마 맞을 것이다. 왜냐하면 지금껏 회색빛이 지배하는 세상에서만 살아왔으니까. 온 세상을 둘러싼 색채를 모두 볼 수만 있다면 무채병에 걸리길 잘했다는 생각마저 들었다.

선생님이 다음 말을 이었다.

"네가 죽고 싶지 않은 이유를 찾길 바라야 할지, 못 찾길 바라야 할지 모르겠어."

병원을 뒤로하고 학교로 갔다. 정오가 지난 하늘은 오늘도 한없이 투명한 물색이었다.

오전 수업을 빼먹고 병원에 간 건 오늘로 두 번째다. 한 달에 한 번이니까 앞으로 열 번 남았다. 그게 끝나면 죽는다. 열 번도 많다. 그 숨 막히는 공간을 그렇게 여러 번 경험하고 싶지는 않은데.

"죽고 싶지 않은 이유?"

손끝이 차서 주머니에 손을 넣었다. 선생님에게 들은 말을 머릿속으로 여러 번 재생했지만 답을 찾지 못했다. 애당초 계속 살고 싶은 명확한 이유 같은 걸 찾을 수 있을까. 겨우 열일곱 살짜리가 그 답을 찾아내는 게 더 대단한 거 아닌가.

만약에 내가 부모였다면 남겨두고 갈 아이들 걱정에 죽

음이 두려웠을까. 혹시 내게 여자 친구가 있었다면 그 애만 미래로 가버리고 나는 혼자 남겨진다는 사실에 고통스러웠을까.

부모님께는 죄송하지만 불가항력적인 일이므로 어쩔 수 없다. 친구들은 슬퍼하긴 하겠지만 그렇더라도 나를 영원히 잊지 못하는 사람은 없을 것이다. 애초에 내게는 그 정도로 깊이 사귄 친구가 없다. 아라타도 슬퍼할 순 있어도 울고불고하지는 않을 거라고 생각한다.

내가 없어도 세상은 돌아간다. 그 사실은 아주 오래전부터 알고 있었다. 최근 가에데의 죽음을 통해 더 깊이 깨달았다.

가에데가 죽고 없어도 세상은 잘만 돌아갔다. 쩌렁쩌렁하게 울리던 그 목소리가 들리지 않아도 위화감조차 느껴지지 않았다. 아침이 찾아오면 하루가 시작되고, 밤에 잠들면 하루가 끝난다. 그런 하루하루가 되풀이되고 있다. 죽은 사람 따위는 내 알 바 아니라는 듯 시간은 자기 할 일을 했다.

"그런 건 없어."

앞으로도 그 이유는 찾지 못할 것이다. 나는 짧게 숨을 내쉬고 서둘러 걸음을 옮기면서 다음에는 쉽게 끝낼 수 있는 항목이 나오게 해달라며 존재할 리 없는 신에게 기도했다.

23. 이성과 데이트하기

"아, 망했어."

빨대로 종이 팩에 든 레몬티를 쪽쪽 빨아들이며 노트를 들여다보는 아라타에게서 벗어나듯 머리를 감싸안았다. 아라타는 싱글벙글했지만 나는 하나도 즐겁지 않았다. 아라타가 내 안경을 벗겨서 자기 얼굴에 쓴 채로 지껄였다.

"잘됐네."

"뭐가?"

내놓으라고 말하기도 전에 손에 돌아온 안경을 고쳐 쓰고 눈을 비볐다. 안경 렌즈에 묻은 지문을 지우려 소매로 문질러 닦았으나 얼룩은 점점 더 커지기만 할 뿐 깨끗해지지 않았다.

"데이트. 좋잖아."

"데이트할 사람이 없는데?"

"그건, 잘 찾아봐."

강 건너 불구경이다. 빨대로 숨을 불어 넣으며 뽀글뽀글 소리를 내는 아라타에게 하지 말라고 했지만 그는 잔뜩 신이 난 얼굴을 내 쪽으로 돌릴 뿐이었다.

"근데 반드시 순서대로 할 필요는 없잖아."

"……그렇긴 한데."

"그럼 나중으로 넘겨. 여자 친구 생겼을 때나……."

아라타가 말을 하다 말고 멈췄다. 그러고는 기발한 아이디어라도 떠오른 양 능글거리는 웃음을 내비쳤다.

"여자 친구가 아니어도 괜찮겠다."

"뭐?"

그렇지, 라며 혼자 납득한 아라타가 말을 이었다.

"'이성과 데이트하기'라고만 적혀 있으니까 꼭 사귀는 사이가 아니어도 되잖아. 그러니까 내 말은, 친구도 상관없다고."

"난 이성 친구가 없는데?"

"저런."

입가에 손을 갖다 댄 채 대놓고 딱하다는 표정을 짓는 아라타의 발을 책상 밑에서 냅다 걷어차 주었다. 아라타가 작게 비명을 내질렀지만 못 들은 체했다.

"그럼 반장은 어때? 반장!"

"야, 관둬."

"왜?"

아라타가 부르는 소리를 듣고 이쪽으로 걸어온 미카미는 오늘도 교복을 단정하게 입고 있었다. 학교에서 지정한 카디건을 입었는데도 촌스러워 보이지 않는 건 미카미에게서 기품이 배어 나오기 때문이리라.

"학교 끝나고 유고랑 데이트 안 할래?"

"아라타!"

"뭐어?"

"부탁할게."

두 손을 모으고 부탁하는 아라타의 뒤통수를 세게 한 대 쳤다. 아라타는 뭐가 문제냐며 나를 원망했지만 진짜 원망하고 싶은 사람은 나였다. 미카미의 얼굴 위로 회색빛이 모여들었다. 미카미는 우리 둘을 번갈아 쳐다보다가 이윽고 그건 좋은 생각이 아니라고 한마디 했다.

"맞아, 좋은 생각이 아니야."

"데이트라는 이름을 빼면 어때? 같이 놀러 간다거나."

"아라타, 그만 좀 해."

미카미가 난처해했다. 빨갛게 달아오른 듯한 두 뺨을 감싸고 왜 이러는 거냐고 묻는 미카미의 눈을 피하며 어물쩍거렸다. 리스트에 관해 털어놓을 수도 있었지만 그걸 적은 소꿉친구가 죽었다는 말에 미카미가 어떻게 반응할지 몰라 망설여졌다.

"데이트하고 싶대서."

아라타의 입에서 튀어나온 말을 듣고 반사적으로 손이 위로 올라갈 뻔했지만 간신히 참고 미카미에게 미안하다고 사과했다.

"음······."

"신경 쓰지 마, 농담이니까."

"괜히······ 미안하네."

멀어지는 미카미를 보고 있자니 어쩐지 차인 기분이 들어서 아라타를 쏘아보았다. 아라타가 노트를 거머쥐고 싱글벙글 웃으며 다음 페이지를 넘기려고 하기에 허둥지둥 말렸다.

"안 볼 거야?"

"안 봐. 미리 보는 걸 싫어하는 성격이거든."

늘 그랬다. 바로 코앞의 미래도 알려고 하지 않았다. 가에데는 나를 끌고 다니면서 그때그때 되는 대로 맞춰가는 게 좋다는 말을 자주 했었다. 제 눈으로 직접 확인할 때까지 영화나 만화 스포일러도 절대로 보지 않을 정도로 아무것도 모르는 채 봐야 더 재미있다고 생각하는 사람이었다. 그런 가에데의 생각을 조금이나마 존중해주고 싶어서 항목을 완수할 때까지 다음 페이지는 넘겨 보지 말자고 다짐했다.

미리 넘겨 보려니 두려운 마음이 드는 것도 사실이었다. 난관에 부딪칠까 봐 걱정되기도 했지만, 가에데가 하고 싶었던 일을 하나씩 알게 될 때마다 허무감이 엄습하는 게 더 큰 이유였다. 항목을 하나 완수하면 즐거운 추억이 늘어나는데도 마음에 바람이 부는 느낌이 들었다. 그렇기에 내용을 먼저 다 아는 것보다는 하나씩 마주하는 쪽이 마음이 더 편할 것 같았다.

"근데 왜 데이트일까."

"……글쎄. 나야 모르지."

내가 아는 가에데라면 데이트는 질리도록 했을 것이다. 그래서 '이성과 데이트하기'처럼 구체적이지 않은 소원이 나오리라고는 생각도 못 했다. 질리도록 했기 때문에 장소 같은 것도 정하지 않은 건가. ……아니, 지금 그게 중요한 게 아니지.

"유고, 여자 친구 사귄 적은?"

"있어."

"그럼 그걸로 했다고 치면 되잖아."

"그거 좋네."

나는 지금 당장 이성을 사귀고 데이트할 수 있는 인간이 아니다. 그러면 과거의 경험을 포함하면 되겠다 싶었으나, 아라타가 "아무래도……" 하고 입을 떼는 바람에 열었던 형광펜 뚜껑을 도로 닫았다.

"그건 안 되겠지?"

"그래. 나도 마음에 걸렸어."

"상대를 한번 찾아보자. 정 불편하면 나도 뒤에서 따라갈게."

일대일 데이트라는 말은 없다. 그러나 가에데의 의중을 헤아리자면 이건 반드시 일대일이어야 했다. 하지만 그렇게까지 존중할 필요가 있을까. 뜬금없이 데이트가 말이 되냐고.

둘이서 끙끙대고 있는데 창문을 두드리는 소리가 들렸다. 창문 밖에 서 있는 야자와를 본 순간 깜짝 놀라서 소리를 질렀다. 교실 창문 너머 베란다는 일직선으로 연결되어 있기 때문에 쉬는 시간만 되면 이 반 저 반 애들이 벽을 따라 왔다 갔다 했다. 야자와가 거기서 친구들과 떠드는 광경도 여러 번 보았는데 오늘은 혼자였다.

"쟤 뭐냐……."

나는 얼떨떨해하고 아라타는 야자와를 향해 가볍게 손을 흔들었다. 반응이 대조적이었다. 창문을 열어달라는 야자와의 말에 아라타가 일어났다. 분명 아라타에게 볼일이 있을 터였다.

노트로 눈을 돌리려는 찰나였다.

"오노."

"……나?"

"어? 너 오노 아냐?"

"그렇긴 한데, 왜?"

"왜라니?"

어찌 된 영문인지 야자와가 나를 불렀다. 예상치 못한 상황에 튀어나온 내 대답을 듣고 야자와는 이맛살을 찌푸렸다. 보나 마나 또 버럭하겠지. 그렇게 생각하고 있는데 야자와가 창문 밖에서 불쑥 팔을 내밀었다. 손에는 종이봉투가 들려 있었다.

"자."

"그게 뭔데?"

"……지난번! 답례!"

"참, 유고가 피규어 줬다며?"

아라타가 이제야 생각났다는 듯이 말을 보태자 야자와는 그쪽을 짧게 쳐다보다가 다시 내게로 눈을 돌리더니 얼른 받으라며 종이봉투를 흔들었다.

"됐어, 답례를 바라고 준 것도 아닌데."

"……너, 인기 없지?"

"여기서 그런 얘기가 왜 나와?"

"네가 안 받으면 내가 이걸 다시 들고 돌아가야 하는데, 그러면 내 기분이 얼마나 비참해질지 몰라서 그래?"

그러니까 찌질하다는 소릴 듣는 거라는 야자와의 말에 반격하려다가 그 말이 맞다는 생각이 들어 입을 꾹 다물었다. 일부러 생각해서 사 왔는데 받지 않는 건 야자와의 마음을 짓밟는 거나 매한가지다.

"여자한테는 다정다감하게 대해줘."

불현듯 가에데가 했던 말이 떠올라 나는 한숨을 쉬면서 종이봉투를 받았다. 야자와에게는 별로 하고 싶지 않았던 고맙다는 말도 했다.

"이제 퉁친 거다?"

야자와가 손을 살랑살랑 흔들며 돌아서던 그때였다.

"이거야!"

야자와는 아라타의 고함 소리를 듣고 그 자리에 멈춰 섰다. 나는 왠지 불길한 예감이 들어 야자와에게 받은 종이봉투를 꽉 움켜쥐었다.

"말도 안 돼! 이건 분명 꿈이야!"

야자와의 절규를 듣자 내 말이 그 말이라고 맞받아치고 싶었다.

방과 후에 야자와와 둘이 역 근처 쇼핑몰로 향한 건 순전히 아라타 때문이었다.

"야자와, 데이트해 줘."

"어? 어, 어쩔 수 없지!"

교실에서 아라타가 내뱉은 말을 듣고 야자와가 쑥스럽지만 아주 싫지만은 않은 듯한 얼굴로 승낙한 바로 그 순간, 아라타는 유고랑, 하고 뒷말을 덧붙였다.

"유고, 잘됐다, 어떻게든 될 거야."

함박웃음을 머금은 아라타와는 반대로 우리 둘의 얼굴에서는 핏기가 싹 가셨다. 야자와는 처음에는 싫다고 하다가 아라타에게 신세 진 일이 있어서 차마 거절할 수 없는지 입술을 잘근잘근 씹었다. 나 역시 이번 기회를 놓치면 리스트를 완수할 수 없다는 걸 알기에 거부하지 못했다.

야자와가 바득바득 버티자 아라타가 물었다.

"야자와, 그거 얼마야?"

아라타가 종이봉투를 가리켰고, 야자와는 안에 든 과자는 1,000엔이라고 대답했다.

"그 피규어는 4,000엔."

그게 결정타였다. 아라타의 수법이 너무 더럽고 치사해서 나도 모르게 야자와를 동정하고 싶어졌다. 설마 금액으로 제압할 줄이야. 평소에는 다정한 아라타도 야자와를 상대할 때는 삐딱하게 굴었다. 그렇다고 야자와를 싫어하는 눈치는 아닌데. 야자와는 입만 뻐끔뻐끔하다가 인상을 팍 쓰더니 하면 되잖아, 하고 웅얼거렸다.

"결정!"

두 사람이 타협하는 과정을 지켜보던 나는 아라타가 조금 무서워졌다.

아무튼 그렇게 해서 지금 여기까지 왔다.

"무조건 일찍 집에 갈 거야."

"듣던 중 반가운 소리네."

"내가 왜 너 같은 애랑 데이트를 해야 하냐고."

"그건 내가 하고 싶은 말이거든."

말싸움을 벌이며 쇼핑몰 안으로 들어왔다. 데이트가 뭘 하는 거더라. 경험이 아예 없지는 않지만 방과 후에, 그것도 접점이 거의 없는 사람과 몇 시간을 함께 보낼 생각을 하니 지옥도 이런 지옥이 없겠다 싶었다. 상대방의 취향도 모를뿐더러 안다고 한들 잘 맞을 성싶지도 않았다.

"영화나 보면서 대화할 시간을 줄이자."

"찬성."

어차피 대화가 통할 사람으로는 보이지 않아서 야자와의 제안을 바로 받아들였다. 곧장 영화관 쪽으로 향하는 야자와를 따라가면서 상영 스케줄을 확인했다. 가에데가 보고 싶어

했던 시리즈물이 상영 중인 것을 알고 결국 가에데는 보지 못했구나 하는 생각이 잠깐 스쳤다. 야자와가 뭘 볼지는 자기가 정하겠다면서 전광판을 찬찬히 훑어보았다.

"아, 저거, 로맨스 영화."

"탈락."

"……하기야 나도 너랑 로맨스 영화는 안 보고 싶어."

내 말이 그 말이다. 그때 야자와가 곧 시작하는 영화를 가리켰다. 가에데가 보고 싶어 했던 그 영화였다.

"아……."

"뭐야? 저건 괜찮잖아."

서양의 판타지 영화였다. 나는 좋다고 대답했지만 발음이 또렷하지 않았는지 야자와가 얼굴을 찡그렸다. 더는 아무 말도 듣고 싶지 않았던 나는 티켓 발권기 쪽으로 걸음을 옮겼다. 잔소리할 빌미를 제공하기 싫어서 야자와의 티켓까지 한꺼번에 사서 건넸더니 만족스러운 얼굴로 아무 말도 하지 않았다.

야자와가 영화관에 들어가 나란히 앉을 때까지도 불만을 감추지 않아서 그만 단념하라고 핀잔을 줬다. 나도 너랑 같은 심정이지만 어쩔 수 없어 포기했다면서. 야자와는 땅이 꺼져라 한숨을 쉬더니 내게 스마트폰을 끄라고 잔소리하고 자기도 전원을 껐다. 뜻밖에 야자와의 착실한 면을 엿본 것 같아 살짝 놀라면서도 하라는 대로 했다.

영화는 한마디로 최고였다. 전작에서 적에게 추격당하며 여주인공과 헤어졌던 주인공이 그녀와 다시 만나기 위해 여러 나라를 돌아다니면서 쫓고 쫓기다가 마지막에 둘이 다시 만나 이어진다는 해피 엔딩이었다.

대형 화면에 녹아드는 파란색을 보고서 색이 보이기 시작한 후로 영화를 처음 본다는 사실을 깨달았다. 요즘은 리스트를 해치우느라 정신이 없어서 영화를 볼 겨를이 없었다. 원래도 가에데가 보자고 할 때만 같이 봤지만.

엔딩 크레딧을 지켜보며 여운에 잠겨 있는 내 귀에 코를 훌쩍이는 소리가 들렸다. 고개를 옆으로 돌리자 야자와의 눈가가 반짝거렸다. 영화를 보고 감동해서 우는 타입이라는 사실에 한 번 더 놀랐다. 날라리에 화려하게 꾸미기만 할 줄 알았지 영화를 보고 감동할 사람은 아닐 거란 선입견이 있었는데, 역시 사람은 겉모습만 봐서는 모른다는 생각이 들었다.

"너무 좋았어."

"나도."

눈가를 닦으며 영화의 좋은 점을 열거하는 야자와가 어린애 같고 웃겨서 그만 풉 하고 웃음을 터뜨렸다. 야자와가 째려보기에 미안하다고 재까닥 사과했다.

"보기랑 달라서."

"내가 영화를 보고 감동할 사람으로는 안 보였다?"

"응. 오히려 관심 없을 줄 알았어."

"어째서?"

"노는 애 같아서. 영화보다는 친구들이랑 수다 떠는 걸 더 좋아할 줄 알았거든."

내 말에 야자와는 그랬구나, 하고 심드렁하게 대답했고 나는 생각이 틀렸다며 말을 이었다.

"사람을 겉모습만 보고 판단하면 안 되겠다고 생각했어."

"하아……."

"솔직히 네가 좀 불편했는데 지금은 아니야."

야자와에 대해 몰랐을 때는 불편한 부류라고 생각했다. 심지어 그런 부류 중에서도 맨 꼭대기에 있는 존재처럼 보였다. 하지만 애니메이션 캐릭터를 좋아하고 고지식하게 과자까지 사 와서 답례를 하고 영화를 보며 감동하는 모습을 보고 나니 내가 잘못 생각한 것 같았다.

야자와는 한동안 가만히 있다가 "지금 시간 돼?"라고 물었다.

"통금은 없으니까. 너무 늦지만 않으면 괜찮아."

"……저녁."

"응?"

"저녁, 같이 먹으면서, 영화 이야기, 안 할래?"

뚝뚝 끊어서 말하는 야자와의 목소리가 내 귓가에 울렸다. 또다시 야자와의 새로운 모습을 발견한 나는 눈을 반짝이며 좋다고 대답했다.

오후 6시가 지난 시각이었다. 평일의 푸드코트에는 사람이 별로 없었다. 일단 자리부터 잡고 나서 각자 원하는 가게 앞에 가서 줄을 섰다. 나는 햄버거를, 야자와는 한국음식을 골랐다. 야자와가 들고 온 쟁반에 냉면이 놓여 있는 것을 보고 이 계절에 무슨 냉면이냐며 타박했다.

"맛있겠다."

"안 추워……?"

"추워. 그래도 먹고 싶어."

"그래……."

흐뭇해하며 냉면을 후룩거리는 야자와와 마주 보고 앉아 햄버거를 입에 넣었다. 야자와가 감자튀김을 힐끔거리기에 그쪽으로 밀어줬더니 몇 개 집어 먹었다.

"……근데."

"뭐?"

햄버거를 입안 가득 넣고 우물거리는데 야자와가 젓가락질을 하면서 물었다.

"왜 갑자기 데이트 얘기를 꺼낸 거야?"

전후 사정도 모르고 아라타의 잔꾀에 넘어가 여기까지 온 야자와에게 아무 말도 안 하려니 양심에 찔렸다. 햄버거를 꿀꺽 삼킨 다음, 심호흡을 하고 입을 열었다.

"유언."

"유언?"

"아니, 유언이라기보다는 고인의 소원을 이뤄주고 있다…… 랄까?"

"무슨 뜻이야?"

나를 쳐다보는 야자와의 시선을 느끼며 햄버거를 내려놓았다.

"미리 말해두는데, 미안해하거나 동정하지 말아줘."

"내가 그런 걸 왜 해?"

"난 아무렇지 않은데 상대가 그런 식으로 반응하면 곤란하거든."

야자와는 젓가락을 내려놓고 다음 말을 재촉했다. 나는 가방에서 노트를 꺼냈다. '건강해지면 하고 싶은 일 리스트.' 야자와가 표지에 쓰여 있는 글자를 한 자 한 자 소리 내 읽었다.

"한 달 전에 소꿉친구가 죽었어."

"어……."

"그래서, 그 친구가 써놓은 소원을 이뤄주고 싶어서 현재 실행 중이야."

스물세 번째 문장을 손가락으로 가리키며 보여주자 야자와가 미안한 표정을 지으며 눈을 내리깔았다.

"괜히, 내가……."

"물어봐서 미안하다고? 그러지 마. 난 아무렇지 않고, 소원을 이뤄주고 싶은 이유도 미련이 남아서는 아니니까."

"……지난번에 그 피규어도?"

"15번, 인형 뽑기 게임에서 경품을 딸 때까지 집에 돌아가지 않기."

"그 피규어가 혹시……."

"뭐든 상관없었어. 그냥 아라타랑 얘기하다가 이왕이면 그 친구가 좋아했던 걸 뽑자는 말이 나왔거든."

그렇지만 받아줄 사람이 없어서 갖고 싶어 하는 사람에게 줬다. 내 이야기를 다 들은 야자와는 괜히 미안하다며 입술을 달싹거렸다.

"야, 그러지 말라니까."

"아니, 그게 아니라 너에 대해 오해했거든."

물어봐서 미안하다는 뜻이 아니라며 고개를 가로저었다.

"피규어를 받고 나서부터 너를 유심히 살펴봤어."

"뭐라고?"

"사례를 하고 싶은데 네가 뭘 좋아하는지 모르니까, 조사하는 차원에서."

그러면 아라타에게 직접 물어보지 그랬어. 남에게 의지하는 건 성미에 맞지 않았던 건가.

"보니까 엉뚱한 짓만 하길래 정상은 아니구나 싶었어."

"아하……."

나는 최근의 내 행동을 떠올렸다. 어떤 날은 트럼프 카드를 탑처럼 쌓아 올리고, 또 어떤 날은 책상 위에 과자를 도미노처럼 세워놓고 쓰러뜨리는 놀이를 했다. 솔직히 도무지 이해가 안 되는 짓만 골라 하고 있다는 자각이 없지 않았다.

그건 그렇고 가에데는 데이트를 많이 해봤다. 방과 후 데이트도 안 해봤을 리가 없다. '건강해지면 하고 싶은 일 리스트'에는 이미 경험해 본 일도 포함돼 있는 걸까. 곰곰이 생각해 보니 지금까지 노트에 적혀 있던 것들 대부분이 가에데는 경험해 봤을 법한 일이었다.

어차피 '건강해지면 하고 싶은 일'이니까 한 번 더 해보고 싶은 일이 적혀 있어도 이상하지 않지만.

"근데 그런 이유 때문인지는 몰랐어."

야자와의 목소리를 들으며 생각 속에서 빠져나왔다.

"모르고 보면 이상한 놈으로 보이고도 남지. 나도 매번 이걸 적은 당사자한테 제정신이냐고 묻고 있으니까."

"그러니까, 그런 의미에서 미안하다고."

잘 이해는 안 되지만 오해가 풀려서 다행이라는 뜻일까. 뭐, 계속 오해를 받는 것보단 낫겠지. 야자와가 기분이 어땠냐고 물었다.

"친구가 죽었을 때, 슬펐어?"

"솔직히 말해도 돼?"

"물론이지."

아라타에게도 하지 못한 말을 야자와에게 털어놓기로 결심한 이유는 나도 모른다.

"아무렇지 않았어."

"전혀?"

"죽었다는 건 알지만, 주위 사람들이 슬퍼하는 모습을 봐도 슬프지 않고 눈물도 안 나오더라."

지독한 놈이다. 원래대로라면 훨씬 더 슬퍼하는 게 맞다. 하루하루 당연하게 숨을 쉬던 사람이 죽었다. 당연히 슬퍼하고, 당연히 울어야 한다. 그러나 장례식 날도, 노트를 받았을 때도, 문득 떠오른 순간에도, 그리고 지금도, 가에데의 죽음은 하나의 사실로만 내 가슴에 존재할 뿐이다. 그렇구나, 죽었구나, 이제 없구나.

그 이상의 감정은 끓어오르지 않았다.

"……아니야."

야자와가 팔자 눈썹을 만들며 나를 똑바로 쳐다보았다. 어째서 이런 표정을 짓는 걸까. 나는 이해할 수 없었다.

"감정이 따라오지 못하는 것뿐이야."

"왜 그렇게 생각하는데?"

"슬픔이 북받치는 타이밍은 저마다 다르니까."

아까 그 영화처럼, 이라는 야자와의 말을 곱씹으며 오늘 본 영화를 머릿속에 그려보았다.

주인공의 친구가 죽었을 때 여자 주인공은 그 자리에서 울음을 터뜨렸지만 주인공은 그저 멍하니 서 있었다. 그러다가 그 친구에게 받은 용기를 가슴에 품고 모든 일을 끝낸 후에야 비로소 차분히 눈물을 쏟아냈다. 즉시 감정을 표현하는 여자 주인공과 다 끝내고 나서야 상실감과 마주하는 주인공. 대조적인 두 사람의 모습이 인상에 남았다.

"그때가 아직 오지 않은 것뿐이야."

"평생 안 올 수도 있잖아."

"그건 아니야."

"딱 잘라 말하네?"

"그건……."

야자와가 리스트를 가리키며 물었다.

"좋아했던 거 아냐?"

"……에이, 아냐."

"그치만 여기 나와 있는 대로 하고 있다는 것부터가 이미 뭔가 특별한 감정이 있는 것 같은데?"

과연 그럴까. 이 리스트를 완수하고 싶어진 이유는 내가 1년 후에 죽기 때문이다. 어차피 죽을 거고 특별히 하고 싶은 일도 없으니 가에데가 하고 싶었던 일이나 대신 해보자고 마음먹었다. 1년 후에 죽는다는 사실을 몰랐다면 그런 마음이 들지 않았을지도 모른다.

더는 아무 말도 못 하고 노트를 움켜쥐는 내 모습을 야자와는 놓치지 않았다. 내게서 눈을 돌리고 다시 냉면을 먹다가 소꿉친구라, 하며 입을 열었다.

"나도 있었어."

"소꿉친구?"

"과거형은 아닌데 상대방은 나를 기억하지 못해."

"왜? 너무 오래돼서?"

"겉모습이 너무 많이 변해서."

야자와가 머리카락을 만지작거렸다. 예전에는 검은색이었다고 말하면서 냉면을 삼켰다.

"어릴 때, 진짜 못생겼었어."

"예고도 없이 치고 들어오네?"

"뚱뚱한 것과 부은 눈이 콤플렉스였고, 그런 내가 싫었어."

어느새 야자와는 냉면을 절반 이상 먹어치웠고 또다시 내 감자튀김에 손을 댔다.

"근데 이웃에 살던 남자애는 내게 예쁘다고 말해줬어."

부드럽게 호를 그린 입술에서 고맙게도 말이야, 라는 말이 이어졌다.

"그러다가 부모님이 근무지를 옮기면서 이사를 가느라 못 만나게 됐어."

"그랬구나."

"당당하게 그 애와 다시 만날 수 있도록 죽어라 노력했어. 살을 빼고 매일 눈두덩이에 라인을 그려서 쌍꺼풀을 만들고 머리 색깔을 밝게 바꿨더니 기분까지 좋아지더라. 그래서 다소 화려해 보이더라도 내 취향대로 꾸며야겠다고 결심했어."

그게 제일이라며 가슴에 손을 얹고 자신만만하게 말하는

야자와를 보자 내 안에 있던 야자와의 이미지가 또 한 꺼풀 벗겨졌다.

"나중에 그 애와 다시 만났는데 나를 전혀 기억하지 못하는 거야."

"날라리처럼 보여서 그래."

"내가 좋아서 이렇게 꾸몄지만, 막상 못 알아보니까 서운했어."

"네가 직접 말하지 그랬어?"

"말할 수 없었어. 오랜만이라고 할 생각이었는데, 겁이 나서 그만 만나서 반갑다고 해버렸어."

재회에 실패한 것이다. 내가 지금이라도 말하라고 하자 야자와는 인제 와서 어떻게 말하냐며 반박했다.

"화려하게 꾸미고 다니니까 좋게 보지도 않을 거고."

"그런 거 신경 쓰는 타입이야?"

"글쎄, 모르겠어. 나도 몰라!"

별안간 팔을 벌리고 큰 소리로 외치는 야자와에게 뭐 하는 짓이냐고 주의를 줬다. 야자와는 주위의 시선이 자신에게 쏠린 걸 알고 허겁지겁 팔을 내렸다.

"……그렇지만 기억 못 하는 채로 헤어지기는 싫어."

"그럼 힘내서 말해보든가."

"그렇게 쉽게 말하지 말아줄래?"

나는 감자튀김을 집어 먹다가 혹시 나도 아는 사람이냐고 은근슬쩍 물어보았다. 내가 아는 사람이면 미력하게나마 도움을 줄 수 있을지 모른다. 하지만 야자와는 내 질문에는 대답하지 않고 괜찮다고만 했다.

"직접 말할게."

"정말?"

"……당장은 아니지만, 다음에 봐서."

"절대로 안 할 것 같은데?"

야자와는 실실 웃는 나를 향해 꼭 말할 거라면서 뾰로통한 표정을 짓고는 남은 냉면을 깨끗이 먹어치웠다.

"지금도 좋아한다고 할 거야?"

놀리듯 묻자 야자와는 입가를 닦고서 참견하지 말라며 고개를 홱 돌렸다.

"그것보다 아무한테도 말하면 안 돼."

"왜? 친한 애들은 이미 알 거 아냐."

"말한 적 없어!"

"야, 그런 일을 나한테 막 말하면 어떡하냐."

분명 상대를 잘못 골랐다고 생각했지만 야자와는 물어봤으니까, 라고 대꾸했다.

"솔직히 말이야. 오노 너도 딴 사람들한테 말 안 했지?"

"뭐…… 그렇긴 한데."

"그래서 교환한 거야. 나도 말 안 할 테니까 너도 하면 안 돼."

"걱정 붙들어 매. 어차피 난 말할 사람도 없으니까."

내 말에 코웃음을 치기에 역시 불어버려야겠다는 말을 내뱉어서 야자와를 난처하게 만들었다.

과연 이게 잘한 일인지 모르겠다. 형광펜으로 23번에 줄을 긋는 것을 본 야자와가 가끔씩이면 도와주겠다고 우쭐대며 말했다. 나는 꼭 필요할 때만 얘기하겠지만 그때마다 잘 부탁한다고 대답했다.

뜻밖의 즐거움을 안겨준 몇 시간이 내 마음을 아주 조금 가볍게 만들어 주었다.

눈물에도 색은 비치고

"사람의 뇌에는 한계가 있어."

"참 뜬금없다니까."

새하얀 병실에서 가에데는 팔짱을 끼고 진지한 얼굴로 고개를 끄덕였다. 나는 또 무슨 드라마를 봤나 싶었다.

침대 위에서 무료함을 달래야 하는 가에데에게 얇은 태블릿만큼 가까운 친구는 없기에 내 예상은 대개 들어맞았다. 가에데는 틈만 나면 그걸로 드라마를 시청했다. 내가 옆에 있을 때조차 태블릿을 보기 일쑤였다.

"용량이 정해져 있거든. 그래서 중요하지 않은 기억부터 사라지는 거야."

"그렇습니까?"

"그 이론에 따르면 네가 만화책 신간을 사 오지 않은 것도 그게 너에게 중요하지 않은 기억이기 때문이야."

"나한테 따지려고 그런 이론까지 들먹이는 거야?"

정말 질린다고 생각하면서 미적미적 일어났다.

그렇게 원하면 지금이라도 가서 사 오면 되잖아. 여기서 도보로 10분쯤 떨어진 곳에 복합 시설이 있으니 그곳 책방에 들러서 사 와야겠다고 마음먹었다.

그런데 행동으로 옮기기 위해 자리에서 일어서자마자 가에데의 가느다란 팔이 내 교복을 움켜쥐더니 다시 앉으라는 듯이 아래로 잡아당겼다.

"어쩔 수 없으니까 내일까지 봐줄게."

"아이고, 감사합니다."

일부러 허리를 굽신굽신해 보였지만 속으로는 '엄청나게 읽고 싶었던 것도 아니면서'라고 툴툴거렸다. 가에데가 자꾸 심심해 죽겠다고 해서 "전에 챙겨 보던 만화책 신간이 나왔는데 사다 줄까?"라고 말을 꺼냈더니 책방에 갈 일이 있을 때 겸사겸사 사 오면 된다고 했었다.

그다지 중요하게 여기는 것 같지도 않더니 오늘 갑자기 마음이 바뀐 모양이다. 변덕이 죽 끓듯 한다니까.

"사람의 뇌에는 한계가 있기 때문에 기억에도 용량이 정해져 있다."

"또야? 대체 무슨 드라마를 본 건데?"

"이거."

태블릿 화면 위에는 몇 년 전 인기를 끌었던 의학 드라마의 장면이 띄워져 있었다. 가에데가 입원하기 전에 의학 드라마는 절대로 안 볼 거라고 큰소리쳤던 일을 떠올리며 이제 볼 만한 드라마가 바닥났구나 생각했다. 진짜 흥미진진하다며 떠들어대는 가에데에게 일부러 피했던 거 아니냐고 묻자 편식은 좋지 않다는 대답이 돌아왔다. 지당한 말씀. 그럴 거면 식사 때 나오는 브로콜리를 나에게 떠넘기는 짓도 그만하면 좋으련만.

"어릴 때 일은 얼마나 기억나?"

"어디 사는 누군가에게 질질 끌려다녔던 건 기억나."

"왜 끌려다녔는지는?"

"그건 기억 안 나. 넌?"

"나도 기억 안 나. 근본적인 이유는 알지만, 그때그때 다른 사정이 있었거든. 근데 잊어버렸어."

"아, 그건 기억난다. 달팽이를 잡아 경주시켜야겠다고 해서 빗속에서 찾으러 다니다가 둘 다 감기에 걸렸던 일."

"난 기억 안 나는데?"

"진짜야. 결국 잡아서 경주까지 시켰는데 네가 달팽이들이 느려 터져서 지겹다고 집에 가자고 해서 그대로 끝났어."

 기억이 안 난다며 웃어대는 가에데에게 그런 일투성이였다고 받아쳤다. 머릿속에 전부 남아 있지는 않지만 대수롭지 않은 하루하루가 이어졌다. 그런 기억들이 쌓이고 쌓이다가 잊힌 것뿐이다.

 사람의 뇌는 지층처럼 기억을 차곡차곡 포개어 얹지 못한다. 뇌의 단면을 보고서 '아, 이건 그날의 기억이네' 하고 되돌아보는 일은 불가능하다.

 "잊어버린다고 생각하니까 좀 슬프다."

 "기억나는 일도 있잖아."

 "그렇긴 하지만, 모조리 기억하면 더 즐거울지도 모르니까."

 일기라도 쓸걸 그랬다면서 손으로 턱을 어루만지는 가에데에게 분명 작심삼일로 끝났을 거라고 일침을 날렸다. 가에데에게는 뭔가를 꾸준히 하는 이미지가 털끝만큼도 없었기 때문이다.

 "오늘 일도 언젠가 잊어버리겠지?"

 "뭐…… 그렇겠지?"

 "어떻게 하면 안 잊어버릴 수 있을까? 사람의 기억은 색깔이나 그 당시에 맡았던 냄새나 들었던 음악 같은 것과 연결된다던데."

"난 색깔을 모르니까 연결이 안 되겠다."

"내일부터 여기다 디퓨저라도 갖다 놓을까?"

"늦었어."

그렇냐며 뽀로통한 얼굴로 테이블 위에 엎드리는 가에데에게 왜 그러냐고 묻자 아무것도 아니라며 입술을 삐죽거렸다.

"바람이 찬 정도와 계절의 냄새로 기억해 낼 수 있을까."

"그걸로 뭘 기억하고 싶은데?"

"응? 글쎄…… 그건 직접 느껴봐야 알지."

"그때 가봐야 안다는 소리잖아."

"그렇지."

턱을 괴고 콧노래를 흥얼거리며 내민 가느다란 팔에는 튜브가 몇 개나 연결되어 있었다. 한순간 내 얼굴이 일그러졌지만 가에데는 눈치채지 못한 듯했다.

"잊어버린 기억은 어디로 갈까? 어쩌다 떠오르는 기억이 서랍 속에 잠들어 있던 거라고 쳐. 그러면 완전히 기억나지 않는 과거는 어디로 가는 걸까?"

"흐음. 사라지는 거 아냐?"

"사라진다. 그것도 슬프네."

"아니면, 사라지지 않고 어딘가에 보관되어 있을지도 모르지."

"어디?"

"잘은 모르지만, 열쇠가 없어서 열 수 없는 상자 같은 데?"

"묻은 장소를 잊어버린 타임캡슐처럼? 참, 우리도 타임캡슐 묻었잖아. 어디다 묻었지?"

"몰라."

완전히 사라지는 과거라는 게 존재할까. 기억나지는 않아도 마음속 깊은 곳, 머릿속 한구석에 남아 있지 않을까.

실제로 우리는 타임캡슐을 묻은 장소를 까맣게 잊어버렸다. 공터였다는 사실은 기억난다. 그런데 장소를 기억하지 못하니 찾지 못하겠지.

"그래봤자 도토리 같은 걸 넣어뒀으니까 상관없겠지?"

"뭘 넣었는지도 생각 안 나."

"종이로 만든 메달을 넣은 건 기억나. 다른 건 잊어버렸지만."

"땅에 묻기 직전에 네가 묻기 싫다고 떼를 쓰던 건 기억나는데."

"에이, 거짓말."

"진짜거든."

내가 기억하지 못하는 일은 가에데가 기억하고, 가에데가 기억하지 못하는 일은 내가 기억했다. 같은 시간을 공유했음에도 서로의 머릿속에 다른 조각이 남아 있다는 사실이 신기할 따름이었다.

"역시 잊어버리는구나."

토라진 어린아이처럼 입술을 삐죽 내민 가에데의 모습이 왠지 찝찝했다. 평소 가에데는 어려운 문제는 고민해 봤자 답이 나오지 않는다고 말하는 사람이었다. 모르는 문제를 계속 붙잡고 있는다고 답이 나오는 게 아니니 태세를 전환하고 즐거운 일을 생각하자는 게 가에데의 입장이자 장점이었다.

그랬던 만큼 오늘 같은 모습이 내게는 낯설게 다가왔고, 또 그렇기에 뭔가 마음에 걸리는 게 있구나 싶었다. 나는 오랫동안 가에데를 지켜봤다. 이런 상황에서 최적의 답안을 찾아내는 게 내 역할이었다.

"기억하기 위해 노력하면 되잖아."

그게 뭐냐며 씁쓸하게 웃는 가에데의 얼굴은 여전히 개운해 보이지 않았다.

"나랑 네가 기억하기 위해 열심히 노력하면, 둘 중 한 명이 잊어버리더라도 서로 확인해 줄 수 있잖아."

조금 전에 그랬던 것처럼 내 기억과 가에데의 기억을 연결하면 완전히 사라지는 과거는 줄어든다. 한 명이 잊어버리더라도 다른 한 명이 이런 일이 있었다고 이야기해 줄 수 있다.

몇 번이고 확인할 수 있다.

가에데는 순간 눈동자를 부풀렸다가 이내 눈썹을 내리고 입꼬리를 끌어올리며 역시 일기를 써야겠다고 중얼거렸다.

"믿을 수가 있어야지."

"너무하네."

"기억을 조작해서 내가 너한테 나쁜 짓을 했다고 말할지도 모르잖아."

"그건 너지. 나 똑똑히 기억나. 일곱 살 때 네가 너네 오빠 물건 부숴놓고 나한테 뒤집어씌웠잖아."

"……내가 그랬다고?"

"다 기억하는 얼굴인데?"

가에데의 이마에 딱밤을 먹였다. 일부러 이마를 감싸고 아프다며 호들갑을 떨던 가에데가 그때는 다른 방법이 없었다고 해서 역시 기억하고 있었다는 걸 알고 한 번 더 딱밤을 날렸다.

"오늘은 절대로 못 잊을 거야……. 딱밤을 두 대나 맞았으니까."

"그럴 만했어. 그날 형이 내 뒤통수를 세게 후려갈겼거든."

"설마, 그건 몰랐어, 미안."

"그에 비하면 가벼운 딱밤 정도는……."

"아, 미안, 미안. 반성 중이니까 제발 그만해."

가에데는 또다시 중지를 튕기려 드는 내 손을 부여잡고 "끝!" 하고 외치더니 환자에게 이런 짓을 하는 사람은 너뿐일 거라며 푸념했다. "환자 취급 하지 말라고 한 게 누군데?"라고 받아치자 자기라며 바로 꼬리를 내렸다.

"맞아, 나야."

다시 한번 곱씹듯이 말하는 가에데의 손에 힘이 실렸다. 감싼 두 손은 온기가 약했고 너무 작아서 내 손을 완전히 덮지도 못했다. 우리는 키 차이가 제법 많이 났다. 손 크기도 그렇고, 내가 가에데의 키를 따라잡은 게 언제였더라. 어느 순간부터 가에데가 작아지더니 나는 그녀를 단번에 넘어섰다.

항상 같이 있다 보니 의식하지 못했을 뿐이다.

"있잖아."

"뭐?"

고개를 숙이고 있는 가에데의 다음 말을 기다렸다. 하지만 아무리 기다려도 목소리는 들리지 않았고, 더는 참을 수 없어서 내가 먼저 가에데의 이름을 불렀다.

"아무것도 아니야."

내 손을 놓고 익살맞은 표정으로 태블릿을 들여다보는 가에데의 모습이 왠지 어색해서 분위기를 바꾸려 말을 내뱉었다. 그건 가에데를 안심시키기 위해서이기도 했다.

"아까 말이야. 기억에 용량이 있다고 했지만, 보통 기억은 1년만 지나도 희미해지잖아."

"그런가?"

"소중한 추억도 완벽하게 기억하는 건 무리라고 생각해."

"그렇지."

"그치만 1년쯤 지나면 말이야. 소중한 추억을 간직하고 싶었던 마음은 어떨 거 같아? 그 마음도 엷어질걸?"

가에데는 잠시 생각에 잠겼다가 태블릿에서 눈을 떼고 내게 눈빛을 보냈다. "예를 들면?" 하고 묻기에 무슨 말을 할지 망설이다가 기억 하나를 끄집어냈다.

"어릴 적에 너희 집에서 키우던 개가 죽었던 일, 기억나?"

"당연히 기억나지. 우리 마론이. 정말 충격이었어."

내가 열 살이고 가에데가 열두 살이던 해, 가에데네 집에서 키우던 대형견이 죽었다. 상당히 오래 살아서 언제 죽어도 이상하지 않을 정도였지만, 막상 그 개가 죽었을 때는 너무 슬펐다. 그때는 몇 날 며칠이나 울음을 그치지 못하던 가에데 옆에 꼭 붙어 있었다.

"그렇지만 1년 후엔 어떻게 됐지?"

"슬픔이 잦아들었어."

"난 그게 현실을 받아들이고 앞으로 나아갔기 때문이라고 생각해."

"오호."

아마도 슬픔은 사라지지 않을 것이다. 문득 떠오를 때면 가슴이 아플 것이다. 그러나 시간이 흐를수록 슬픔은 그리운 추억으로 바뀐다. 조금씩 옅어지면서 긍정적으로 변한다는 것을 우리는 몸소 경험해서 알고 있다.

"1년만 지나면 사람은 앞으로 나아갈 수 있어."

"……유고는."

가에데는 뭐라 말을 꺼내다가 다시 입을 다물었다. 뭐냐고 물었지만 아까처럼 아무것도 아니라며 웃기만 했다. 진짜 이상하다니까. 평소 하고 싶은 말은 꼭 해야 직성이 풀리는 사람이 오늘따라 어영부영 넘어가려고 하는 모습을 보이자 마음이 어수선해졌다.

만약 그날 가에데가 다시 입술을 움직일 때까지 기다렸다면. 가에데가 하고 싶었던 말이, 묻고 싶었던 말이, 내 귓가에 와닿았을까. 어쩌면 가에데는 그때 이미 자기가 죽는다는 사실을 알고 있었을지도 모른다. 내 앞에서는 꼭 나을 거라고 끝까지 큰소리쳤지만. 웃으면서 걱정하지 말라며 가슴을 탁 쳐 보였지만. 실은.

실은 오래전부터.

잠에서 깨자 짙은 남색 그림자가 드리워진 천장이 눈에 들어왔다. 시계를 보니 오전 5시였다. 코끝에 닿은 차가운 공기에 몸을 떨며 다시 이불 속으로 파고들었다.
"기억나."
다시 눈을 떴을 때는 살짝 벌어진 입술 사이에서 흘러나온 이 말을 기억하지 못하겠지.
계절은 겨울로 바뀌어 있었다. 길거리를 지나치는 사람들의 옷이 두툼해졌고 하늘이 흐렸다. 아침에 교복 주머니에 찔러 넣은 손이 시렸다. 가에데가 죽고 내가 무채병에 걸린 후로 한 달 반이 지났다. 내 시야는 빠르게 변해갔다. 아니, 그냥 내 느낌이 그런지도 모르겠다.
최근 들어 진한 녹색이 눈에 보이기 시작했다. 크리스마스트리 일러스트가 시야에 들어온 그 순간, 진회색이 아니라는 사실을 알아차렸다. 원래 내 세상은 무채색이었고 내 눈은 아주 작은 변화에도 색채를 섬세하게 읽어냈다. 그래서 이번에도 바로 알 수 있었다.
새로운 색이 등장할 때마다 그 색만 좇게 된다. 그것이 시야를 파고들 때면 쇼윈도 안의 장난감을 바라보는 어린아이처럼 그 자리에 얼어붙은 채 미동도 하지 못했다. 눈동자에 새길 기세로 눈을 깜빡거리며 세상을 바라보는 순간만은 가에데도, 무채병도, 내게 남은 시간도 전부 잊을 수 있었다.

회색빛이었던 세상에 나타난 색깔이 너무 충격적이라 저절로 걸음이 멈췄다. 성에 찰 때까지 처음 보는 색깔을 쳐다보고 있노라면 어김없이 가에데의 목소리가 들렸다. 여기저기 빨빨 돌아다니다가 하나하나 손가락으로 가리키면서 "예쁘지?" 하고 웃는 투명한 환영이 눈에 비쳤다.

나는 인정하지 않을 수 없었다. 가에데가 눈에 담았던 세상이 아름다웠음을. 그래서 그토록 내게 가르쳐주려 했음을.

낯선 색이 눈에 들어올 때마다 누군가와 감정을 공유하고 싶었다. 하지만 그럴 상대가 없었다. 친구들은 당연하게 색을 인식하니 이 감동을 모를 것이다. 또 괜히 말했다가 내게 생긴 이상을 눈치채기라도 하면 골치 아파질 터라 섣불리 말을 꺼낼 수 없었다.

부모님에게도 털어놓지 못했다. 내가 시야에 나타난 색을 바라볼 때마다 두 사람의 얼굴 위로 복잡한 낯빛이 떠올랐다. 아들이 색깔을 알게 되어 기쁘지만 차근차근 가까워지고 있는 죽음의 발소리에 감정이 흔들리기 때문이겠지.

내가 그 입장이었다면 나도 같은 표정을 지었을까.

무채병에 대해 설명할 때 흔히 '아무에게도 들키지 않고 고요히 죽음을 맞이하는 병'이라는 표현을 쓰는데, 틀린 말은 아니라는 생각이 들었다. 타인의 시야를 알 수는 없다. 공유하는 것이 불가능하다. 당사자가 들키지 않게 말만 조심하면 1년은 눈 깜짝할 사이에 지나가고 어느새 죽음에 이르게 된다.

색을 빼앗으면서 다가오는 죽음은 공포스러울까. 당연하게 보였던 색이 사라지는 경험이 이어진다면 괴로울 수도 있겠다.

하지만 나는 색을 얻으면서 죽음을 향해 다가가고 있다. 신을 믿지는 않지만 왠지 신이 준 마지막 선물처럼 느껴지기도 했다. 죽음은 전혀 두렵지 않다. 세상이 넓어지는 것 같아 더할 나위 없이 기쁠 따름이다. 하지만 이런 내 마음을 털어놓을 수 있는 사람이 아무도 없다.

어쨌거나 나는 건강하게 잘 지낸다고 꿈속에서 만난 가에데에게 전하고 싶었다. 건강할 뿐 아니라 네가 남긴 리스트도 순조롭게 진행하고 있으니까 안심하라고. 그쪽으로 가게 되면 완수한 리스트를 넘겨줄게. 그렇게 말하고 싶었다.

지금 괜스레 마음이 들뜬 이유는 일루미네이션이 얼마나 아름다운지 처음으로 깨달은 탓이리라. 아침이라서 환한데도 새파란 불빛이 건물 꼭대기에서부터 아래로 커튼처럼 드리워져 있었다. 너울거리는 파도처럼 파란색에서 하늘색, 하늘색에서 흰색으로 변했다가 다시 파란색으로 돌아왔다. 최근에 본 영화에서처럼 파도가 밤바다 위에서 춤을 추었다.

등굣길이라는 사실도 잊고 물끄러미 일루미네이션을 바라보았다. 행인들이 거슬려 죽겠다는 얼굴로 옆을 지나쳐 갔지만 내 시선은 너울거리는 불빛에서 떨어질 줄 몰랐다.

"엄청 걸리적거리거든."

느닷없이 날아온 목소리에 돌아보자 야자와가 서 있었다. 흰색 코트로 몸을 감싸고 머플러를 둘렀지만 치마가 짧아서 보기만 해도 한기가 느껴졌다.

"길 한복판에 서 있는 건 민폐라고 안 배웠어?"

앞서 걸어가는 야자와를 따라 나도 걷기 시작했다. 계속 여기 서 있다가는 지각할 게 뻔했다.

"38번."

"일루미네이션 보기?"

"정답."

정확히 말하면 '누군가와 함께'라는 말이 붙어 있었지만. 때마침 야자와가 나타났으니 해냈다고 쳐도 되겠지. 반 발짝 뒤에서 야자와를 따라가면서 한 손에 노트를 들고 줄을 쳤다.

리스트는 아무 탈 없이 진행되었고 요즘은 무리한 요구도 등장하지 않았다. 앞으로도 이대로 계속되면 좋겠지만 내가 아는 가에데라면 이제 슬슬 성가신 조건을 내걸 때가 됐다는 느낌이 들었다.

"꽤 많이 했구나."

옆에서 힐끔거리는 야자와에게 노트를 넘겼다. 그날 이후 우리는 마주치면 대화를 나누는 사이가 되었다. 처음에는 놀란 기색이 역력했던 아이들도 몇 주 지나자 이제 익숙한지 우리가 얘기하는 모습을 봐도 괜히 몰아가거나 하지 않았다.

몇 가지 항목을 완수하는 데 야자와의 도움을 받았다. 야자와는 그럴 때마다 보상을 요구했다. 과자나 주스를 사 주기도 하고, 어떤 날은 노트를 빌려주었다. 그다지 대단한 걸 요구하는 것도 아니어서 매번 일부러 한숨 같은 숨을 내쉬면서 은혜를 갚았다.

야자와가 죽은 사람의 소원을 이뤄주고 있는 내게 큰 보상을 바랄 사람이 아니라는 건 그날의 경험으로 잘 알고 있다.

"이다음 몇 개도 간단히 끝낼 수 있겠다. 여기 봐."

야자와가 보여준 항목을 보며 고개를 끄덕였다. 그 정도는 혼자서도 가능할 듯했다.

"근데 '눈 위에서 뛰어놀기'라고 적혀 있는데, 눈이 안 오면 어쩌려고?"

"끝까지 안 오면 스키장이라도 가야지."

"혼자?"

"아라타라도 끌고 가지 뭐. 아무리 그래도 스키장에 혼자 가는 건······."

"생각만 해도 끔찍하다."

야자와가 코웃음을 치며 다음 페이지로 넘겼다. 나는 야자와의 옆에서 그 항목을 완수하려면 어디가 좋을지 고민했다. 조만간 눈이 내린다는 말은 없었다. 곧 겨울방학이 시작되니 그때 좀 멀리까지 가볼까. 눈 위에서 뛰어놀겠다고 먼 곳에 간다니 제정신이 아니라고 생각했지만, 애당초 이 리스트를 완수하기로 한 시점에 이미 제정신이 아니었다.

도무지 이해할 수 없는 항목들로 가득했으니까.

'데이트하기'라는 항목이 있는가 하면 갑자기 '스쾃 300개 하기'가 튀어나오기도 하고, 또 어떤 날은 '숨바꼭질하기'가 나오질 않나 아주 엉망진창이었다. 이런 일을 덤덤하게 완수해 나가고 있는 내가 대견할 지경이었다.

그나저나 여기 적혀 있는 것들이 정말 가에데가 하고 싶어 했던 일들이 맞을까. 가에데가 스쾃을 하고 싶어 할 턱이 없는데. 아니지, 병이 나으면 스쾃 300개쯤은 누워서 떡 먹기라고 가볍게 생각했을지도.

가에데가 무슨 생각을 했는지 나는 모른다. 지금도, 그때도.

훤히 다 아는 것 같으면서도 속마음은 알 수 없었다.

오늘 새벽에 꿨던 꿈이 되살아났다. 하고 싶은 말이 있는 눈치였다. 그때 가에데는 죽음이 머지않았음을 알았을까? 그래서 기억에 관한 얘기를 꺼냈던 걸까?

고민해 봤자 결론이 날 리가 없으므로 나는 리스트를 계속해 나갈 수밖에 없다. 삶의 끝이 보이는 이 순간에도 하고 싶은 일을 찾지 못했으니까. 지금 내게는 리스트를 해치우는 일이 어울렸다. 혹시 가에데가 처음부터 모든 것을 간파하고 리스트를 준비한 게 아닌지 의심스러울 정도였다.

혼자 생각에 빠져 걷다 보니 옆에 있던 야자와가 사라지고 없었다. 사방을 둘러보자 야자와는 수십 미터 뒤에 멈춰서서 노트를 빤히 쳐다보고 있었다. 내가 뭐 하냐고 묻는 것보다 야자와가 노트를 한 손에 쥔 채 고개를 들고 손을 팔랑팔랑 흔드는 게 먼저였다.

"나왔어."

"뭐가?"

"성가신 일."

43. 친구와 네 명 이상 모여서 크리스마스 파티 열기

"끝장이다."

아라타는 교실에서 머리를 쥐어뜯는 나를 보며 배꼽을 잡고 웃었다.

"너 친구 없잖아."

"야, 알면 말하지 마."

"착한 내가 도와줘야지. 크리스마스 날도 알바 가야 하는데 오전만 하고 올게."

즉시 아르바이트하는 가게에 문자를 보낸 아라타에게 작은 목소리로 고맙다고 말했다. 솔직히 아라타가 없으면 불가능한 일이었다. 나머지 두 사람도 못 찾았을 것이다.

"야자와, 넌?"

"난 25일은 가능해. 24일에는 여자들끼리 모임이 있거든."

언제 왔는지 창문 너머 베란다에서 얼굴을 내밀고 대화에 끼어든 야자와가 이때만큼은 진심으로 고마웠다.

"아침에 봤을 때부터 걱정돼서 한번 와봤어."

"어이구, 고마워라."

"귀염성 없게. 기껏 도와주러 왔더니."

"대단히 감사합니다."

어째서 가에데는 이런 조건을 달아놨을까. 가에데라면 어렵지 않겠지만 내게는 무리였다. 교우 관계가 좁은 내가 친구들과 파티라니.

"나머지 한 명. 야자와, 네 친구 누구 데려올 사람 없어?"

"크리스마스에는 다들 데이트라서."

"아, 안 되겠네. 안타깝게 됐다, 유고."

잘 모르는 이성이 파티에 오면 어색할 터라 살짝 안도했지만 문제는 그게 아니었다. 무슨 일이 있어도 마지막 손님을 찾아야 했다. 하지만 후보가 한 명도 없었다.

"어떡할래?"

"아라타, 네 친구는?"

"나? 나도 그다지 발이 넓은 편이 아니거든. 게다가 너랑 친구도 아니고."

"처음부터 오노의 하찮은 교우 관계에서 사람을 찾는 게 무리였어."

"그만, 뼈는 때리지 마."

"건수 잡아서 신났지?"

손으로 입을 가리고 속닥거리는 두 사람의 목소리가 내 귀를 헤집고 들어왔다.

"누구 없을까······."

"헉, 유고가 망가지고 있다."

"아, 진짜, 아무나 붙잡고 물어봐?"

"날라리랑 대식가랑 찌질이랑 파티할 건데 어때? 이렇게?"

"다 들린다니까."

인정할 수밖에 없는 말에 또다시 머리를 감쌌다. 이 멤버와 파티를 하고 싶은 사람은 없겠지. 나랑 아라타 둘뿐이면 몰라도 야자와가 들어오면서 공통된 친구가 한 명도 없어졌다.

혹시 이건 일종의 벌이 아닐까. 지금까지 교우 관계를 돈독하게 맺어오지 않은 벌. 가에데는 입이 닳도록 친구를 만들라고 했지만 나는 귀담아듣지 않았다. 나를 이해하는 사람은 없을 거라며 내 쪽에서 먼저 문을 걸어 잠갔다. 그 결과 이렇게 되고 말았다. 억지로 문을 열고 들어온 아라타와 우연히 문 앞에 서 있던 야자와만 남았다.

이렇게 될 줄 알았으면, 하며 얼굴을 가린 순간 구원의 종소리가 들려왔다.

"오노, 미안한데, 노트……."

손가락 사이로 목소리의 주인을 쳐다보았다. 내 안색을 살피며 말을 걸던 미카미와 눈이 마주쳤다.

"노트……?"

"수학. 오늘이 제출일이라고 전부 모아 오라고 해서서."

"아아, 미안."

"고우치는······."

"난 없어!"

힘차게 대답하는 아라타를 보고 야자와는 아무 말도 하지 않았지만 표정이 모든 걸 말해주는 듯했다. 내가 늘 이렇다고 알려주자 야자와는 하나도 안 변해서 오히려 무섭다고 대답했다. 1학년 때부터 이랬구나.

나는 미카미에게 노트를 건네면서 잘 부탁한다고 말하다가 불현듯 떠오른 생각에 사로잡혀 무의식적으로 그것을 꽉 거머쥐고 말았다. 내가 노트에서 손을 떼지 않자 미카미는 당혹스러운 눈빛으로 고개를 갸웃했다. 하지만 나는 지푸라기라도 잡는 심정으로 물었다.

"25일에, 시간 돼?"

"'25일에, 시간 돼?'가 뭐냐!"

"입 다물어."

옆에서 자지러지게 웃어대는 아라타를 못 본 체하고 머플러에 얼굴을 파묻다시피 하며 걸음을 재촉했다. 아라타가 뒤따라오며 미안하다고 말했지만, 웃음이 섞인 그 말투에서는 영혼이 하나도 느껴지지 않았다.

"내 말은, 다르게 초대하는 방법도 있었다는 거지."

"예를 들면?"

"어? 크리스마스 파티를 열 예정인데, 시간 괜찮으면 너도 올래?"

"별 차이 없는데?"

"없긴. 아까 그건 데이트 신청하는 것 같았어."

내 말이 끝나자마자 미카미는 눈을 크게 뜨고 두 뺨을 감쌌다. 미카미의 얼굴에 몰린 회색빛을 보고 볼이 발그스름해졌음을 깨달은 나는 실패했다고 생각했다. 바로 앞에서 아라타가 "푸핫!" 하고 웃음을 터뜨렸고, 뒤를 돌아보자 야자와는 더러운 물건이라도 보는 듯한 눈빛으로 나를 내려다보고 있었다.

잘못 말했다 싶어 뒤늦게 후회했지만 이미 엎질러진 물이었다. 아라타가 설명을 덧붙이고 나서야 미카미는 얼굴에서 손을 뗐다. 미카미가 크리스마스 파티, 하고 앵무새처럼 따라 하며 왜 자신을 초대하는지 의아해하자 야자와가 리스트 이야기를 꺼내려 했고, 아라타와 나는 둘이서 동시에 야자와의 입을 막았다.

자기가 초대하고 싶어서 그런다는 아라타의 말이 기뻤는지 미카미는 "내가 껴도 된다면"이라고 대답했다. 오만상을 찌푸리고 나를 째려보는 야자와를 향해 고개를 저어 보이며 무사히 대화를 마쳤고, 리스트에 나와 있는 대로 파티도 할 수 있게 되었다.

"왜 막은 건데?"

등 뒤에서 날아온 성난 목소리에 돌아보자 야자와가 잡아먹을 듯이 노려보고 있었다.

"솔직하게 말하면 걔도 도와줄 거 같은데?"

"미카미야, 걔 이름."

"내 친구도 아닌데 알 게 뭐야."

"일시적으로 친구가 돼줘, 이걸 위해서."

노트를 내밀자 야자와가 발끈한 표정으로 다가왔다.

"애가 착해 보이던데, 솔직하게 말하면 앞으로도 계속 도움을 받을 수 있을걸?"

"그렇지만."

"그렇지만 뭐?"

아라타가 떨떠름한 얼굴로 나를 쳐다보았다. 좀 전에 야자와의 입을 막을 때, 아라타는 내 손이 야자와의 입으로 향하는 것을 보고 자기도 손을 내밀었다. 내가 말하고 싶어 하지 않는다는 걸 알아차렸을까. 하여튼 분위기를 읽어내는 능력은 가히 세계 최고라니까.

"······죽은 친구의 소원을 이뤄주고 있다고 쉽게 말할 수 있겠어?"

내가 한숨 섞인 말을 내뱉자 야자와가 자신에게는 말하지 않았냐고 대꾸했다.

"그야 그때는 필요하다고 느꼈거든. 데이트라는 말에 이유도 모르고 따라와 줬으니까 제대로 설명해야 한다고 생각했어."

"그럼 파티에 초대까지 해놓고 미카미한테는 설명을 안 하겠다는 소리야?"

"아직은. 근데, 이런 얘기 너무 무겁지 않냐?"

죽은 소꿉친구의 소원을 이뤄주고 있다는 말을 심각하게 받아들이지 않는 게 더 어렵다. 야자와라면 무겁게 받아들이지 않을 거라는 생각에 말할 수 있었다.

하지만 미카미는 무겁게 받아들일 것 같았다. 야자와를 특별하게 생각하는 건 아니지만 야자와처럼 반응하는 경우는 흔하지 않을 터였다. 융통성이 부족한 미카미는 내 이야기를 듣고 할 말을 잃을 수도 있다. 어쩌면 울음을 터뜨릴지도 모른다. 그러면 나는 견디지 못할 것 같았다.

왜냐하면 나는 슬픔도, 고통도 전혀 느끼지 못하고 있으니까.

타인이 내가 느끼는 감정을 넘어서는 반응을 보이면 말로 표현할 수 없는 감정이 내 가슴을 휘저으면서 나 자신을 지독한 인간이라고 생각하게 된다.

그게 싫었다.

"아무튼 유고가 직접 말할 때까지 우리는 말하면 안 돼. 알았지?"

아라타가 타이르자 야자와는 언젠가는 말해야 한다며 입술을 움직였다.

"나도 알아."

야자와 말이 맞다. 아무 설명 없이 초대했는데도 흔쾌히 응해준 미카미에게는 말해야 한다. 하지만 그게 지금일 필요는 없다. 그래, 지금은 때가 아니다. 새벽에 꾼 꿈이 떠올라 기분이 언짢아진 나는 두 사람에게서 등을 돌리고 그 자리를 떠났다.

"기억에는 용량이 정해져 있다."

걸어가면서 가에데가 했던 말을 되새겼다.

"사람의 뇌에는 한계가 있기 때문에 기억에도 용량이 정해져 있다."

그 용량은 사람마다 다를지 모른다. 그렇지만 반드시 한계는 있다. 기억은 늪처럼 끝없이 담아둘 수가 없다.

리스트의 항목을 완수하고 가에데의 소원을 하나씩 이룰 때마다 기억은 점점 더 쌓이는 걸까. 추억이 늘어나면 밑바닥에 있던 기억부터 사라지는 걸까. 즐거운 일들로 가득 차면 어릴 적 추억은 사라질까.

실제로 나는 병실에서 가에데와 나눴던 대화를 점차 잊어가고 있었다. 시간이 많이 흐르지도 않았는데 처음부터 없었던 일처럼 흐릿해지는 걸 조금씩 실감했다.

불쑥 내 시야에 뛰어든 색깔을 보고 발을 멈췄다. 내가 죽으면 나와 이어졌던 모든 사람의 기억에서 오노 유고라는 존재는 지워질까. 시간이 흐를수록 추억은 과거로 밀려나고 밑바닥으로 가라앉았다가 어디론가 사라지게 될까.

그건 좀 못마땅했다. 누군가의 기억 속에 영원히 남고 싶은 마음도 없고 그럴 수 있다고 생각하지도 않지만, 잊히고 사라지면 지금까지 쌓아온 시간이 무의미해지는 것 같아서 싫었다.

가에데도 그렇게 생각했을까. 횡단보도 신호가 바뀐 순간, 어떤 색깔 하나가 내 눈 속으로 파고들었다. 직전까지도 본 적 없는 색이었다. 사람들은 이걸 파란불이라고 하던데 내가 아는 파란색과는 조금도 닮지 않았다. 하늘색이나 바다색과도 달랐다. 크리스마스트리에서 본 녹색과도 달랐다. 식물을 보고 파릇파릇한 새싹이라는 표현을 쓰던데 혹시 이런 색을 두고 말하는 걸까.

나는 제자리에 우두커니 서 있다가 길을 건너는 사람들을 보고 그 물결에 휩쓸리듯 걸음을 내디뎠다. 깜빡거리는 파란 불, 즉 새로운 색을 마주하고도 마냥 감탄할 수만은 없어서 추운 날씨 쪽으로 관심을 돌렸다.

시간은 내가 예상했던 것보다 훨씬 빠르게 흘러갔다.

"기운이 없네."
"이 상황에서 멀쩡한 인간이 이상하지."

바닥을 튕기는 둔탁한 공 소리가 텅 빈 체육관 안에 울려 퍼졌다. 발바닥을 타고 올라오는 진동을 느끼며 가쁜 숨을 고르고 계절에 맞지 않는 땀을 훔치는 나와는 반대로 손가락으로 공을 회전시키면서 던지는 족족 슛을 넣는 아라타를 무심코 노려보았다. 아라타가 무섭다고 농담처럼 말했지만 그 말에는 반응하지 않고 앞머리를 쓸어 넘긴 다음, 안경을 벗고 카디건 소맷부리로 땀을 닦았다.

"3점 슛을 연속으로 네 번이나 성공하라니, 운동이라면 치를 떠는 너한테는 고문이나 다름없지."

"누가 아니래!"

방과 후에 리스트를 해치우기 위해 체육관으로 온 우리는 한 손에 농구공을 들고서 연거푸 슛을 날렸다. 시험 기간이라 모든 동아리가 활동을 쉬어서인지 체육관 안에는 우리 둘밖에 없었다. 문이 열려 있던 창고에서 공이 든 바구니를 빼 온 게 불과 한 시간 전이고 두 번 연속 3점 슛을 성공한 게 최고 기록이건만 이미 내 몸은 물먹은 솜처럼 축 늘어졌다.

"더는 못 해, 죽어도 못 해."

체육관 바닥에 대자로 뻗어버렸다. 겨울의 혹독한 추위는 어디로 사라졌는지 등줄기를 긁고 내려가는 특유의 서늘한 감각이 기분 좋게 느껴졌다. 심호흡을 반복하고 숨을 고른다고 성공할 수 있을 것 같지 않았다.

"공동 작업으로 갈까?"

그것 말고는 달리 방법이 없었다. 상체를 일으키자 3점 슛 라인 안쪽에서 아라타가 골을 넣는 모습이 시야에 잡혔다. 아라타가 이마에 맺힌 땀을 손등으로 훔치며 "어때?" 하고 물었다. 혼자 해야 한다는 말은 어디에도 없으니 상관없겠지. 나는 그러자며 고개를 끄덕였다.

"가에데 선배는 운동 잘했어?"

"그럭저럭. 근데 구기 종목은 영 꽝이었어."

"그래서 더 해보고 싶었던 걸까."

"······글쎄다."

내 기억 속에 가에데가 농구공을 들고 있는 장면이 있었던가. 어쩌면 기억의 밑바닥에 깔려 있다가 사라졌는지도 모른다. 아무튼 내 기억에는 남아 있지 않았다. 수업 시간에 농구공을 만져본 적은 있겠지. 딱히 운동을 싫어하지는 않았지만, 그렇다고 적극적으로 매달리지도 않았다. 혹시 친구들과는 농구를 했으려나. 내가 운동이라면 질색하니 나랑은 하지 않은 걸까.

"앗."

"뭔데?"

별안간 서랍 밖으로 흘러나온 기억 때문에 목소리가 튀어나왔다.

"1학년 때, 딱 두 달 동안 농구부 선배랑 사귄 적이 있어."

"금방 헤어졌네?"

"3점 슛을 넣는 모습이 멋지다고 했었어."

"아하."

가에데는 고등학교 1학년 때 당시 3학년이던 농구부 선배와 사귀었다. 훤칠한 키에 에나멜 재질의 스포츠 가방을 어깨에 걸친 남자와 함께 집 쪽으로 걸어가는 모습을 여러 번 목격했다.

하지만 눈 깜짝할 사이에 헤어졌다. 좋아하게 된 이유는 3점 슛을 넣는 모습이 멋있어서. 헤어진 이유는 뭐였더라. 시답잖은 이유였는데. 겨우 그런 걸로 헤어지냐고 비웃었던 기억이 난다.

"자기도 할 수 있을 거라 믿은 걸까?"

"······못 할 걸 알고 적은 거 아닐까?"

내가 내뱉은 한마디에 그 자리에 서서 공을 튕기던 아라타의 손이 멈췄고, 그러자 체육관 바닥을 울리던 충격이 사라졌다.

"유고?"

"······아무것도 아냐."

"아무것도 아니긴, 뭔가 있는 분위기인데?"

태평하게 묻는 아라타를 보며 일어나 앉아 내 쪽으로 굴러온 공을 두 다리 사이에 가뒀다. 겨울 햇빛이 반사되어 마룻바닥이 반짝거렸다.

"얼마 전에, 꿈을 꿨는데."

"무슨 꿈?"

"가에데 꿈."

아라타가 옆에 와서 앉더니 다리를 쭉 뻗었다. 교복 바지가 주글주글했다.

"사람의 뇌에는 한계가 있기 때문에 기억에도 용량이 정해져 있다."

"들어본 적 있어, 그 대사."

"가에데가 병실에서 보던 드라마에 나왔던 대사야."

"아아, 그랬구나."

아라타는 "그래서?"라고 묻고는 내 쪽은 보지도 않고 공을 손으로 빙글빙글 돌리면서 대답을 기다렸다.

"꿈을 꾸고 나서 그런 생각이 들었어. 가에데는 자기가 죽는다는 걸 알고 있었던 게 아닐까."

"왜?"

"리스트를 하나씩 해치우면서 알았는데, 가끔 가에데가 절대로 못 할 것 같은 일들이 섞여 있더라고."

"건강해지면 하고 싶은 일이라서 그런 거 아냐?"

"내가 아는 이즈미 가에데는 활발하고 엉뚱한 구석이 있긴 해도 지금 못하는 일을 미래에는 할 수 있을 거라고 믿는 사람은 아니었어."

그랬다. 가에데는 그런 사람이었다. 어릴 때는 즉흥적으로 움직였지만 나이를 먹고 나서는 어처구니없는 짓을 할 때도 철저히 계산하고 실행했다.

계획을 세울 때는 실패에 대비해 미리 대안까지 준비했

다. 못하는 일은 확실하게 인정했고 다음에는 할 수 있을 거란 말은 하지 않았다.

"이걸 못해도 나는 살아갈 수 있어."

불가능한 상황과 마주할 때마다 가에데는 이렇게 말했다.

3점 슛을 성공시키지 못해도 살아가는 데는 아무런 지장이 없다. 구기 종목을 잘 못하더라도 졸업하고 나면 손도 대지 않고 살아갈 수 있다. 다른 항목도 마찬가지였다. 가에데가 못하는 것이 적혀 있을 때마다 나는 의문을 지울 수 없었다.

처음부터 가에데는 자신에게 미래가 없음을 눈치챘던 게 아닐까.

"난 직접 얘기를 나눠본 적이 없어서 모르겠지만, 네 생각이 그렇다면 그게 맞겠지."

"어째서?"

"그야 넌 쭉 옆에 있었으니까."

다리 사이에서 빠져나간 공이 바닥을 데굴데굴 굴렀다.

"……난, 간단한 치료만 받으면 문제없을 줄 알았어."

"가에데 선배가 그렇게 말했어?"

"응."

"본인도 믿기 싫었을지 모르지."

"죽는다는 거?"

"미래가 없다는 거."

아라타는 다시 일어서서 소매를 걷어붙였다.

"나도 믿고 싶지 않았던 일을 겪어봐서 왠지 알 것 같아."

"……네 친구도 죽었어?"

"아니, 아니. 옛날에 친하게 지내던 애가 있었는데 어느 날 갑자기 헤어지게 됐거든. 어려서 그런지 그 애랑 헤어진다는 사실을 믿고 싶지 않았어."

"왜?"

"앞으로도 계속 같이 놀 줄 알았으니까. 헤어진다는 말을 들었을 때는 충격이 어마어마했어. 내일도 모레도 쭉 같이 놀 거라고, 그럴 일은 절대로 없다고 나 자신을 설득할 정도였어."

"결국 어떻게 됐는데?"

"음, 내 생각대로 안 됐어."

나는 그게 뭐냐며 투덜댔고, 아라타는 굴러가던 공을 주워서 두 손에 쥐고 내 쪽으로 돌아왔다.

"뜻대로 이루어지지 않아서 아름답다고 생각해?"

"생뚱맞게 뭐야."

"추억은 각색되기 마련이잖아. 오래전 기억은 미화되기 십상이고."

"그건 그럴지도."

내 머릿속에 남아 있는 기억도 각색된 걸까. 아니면 영화처럼 멋진 장면만 골라서 모아뒀거나.

"어릴 적 풋사랑은 이루어지지 않아서 더 아름답다고 여겨지는 걸까?"

"……대화 상대 잘못 고른 거 아냐?"

"그 말은 맞는데, 그래도 들어봐. 추억 얘기가 나온 김에 하는 거니까."

공은 깔끔한 포물선을 그리며 백보드에 닿지도 않고 바스켓 안으로 쏙 미끄러져 들어갔다. "나이스!" 하고 외치며 박수를 보내자 아라타는 다시 공을 주우러 가는 동안에도 이야기를 계속 이어나갔다.

"가령, 지금 좋아하는 사람이 있어. 그런데 옛날에 좋아했던 사람이 네 앞에 나타나면 어떻게 할래?"

"역시 대화 상대를 잘못 고르셨습니다."

"됐고, 한번 상상이나 해봐."

그렇게 말한들 나는 경험이 없기 때문에 알 수 없다. "누구든 상관없어. 꼬마 때 좋아했던 어린이집 선생님도 괜찮고"라는 아라타의 말에 그래서는 현실감이 없다고 받아쳤다. 연애 경험이 전혀 없지는 않지만 아라타가 말하는 감정에 적

합한 사람이 내 기억에는 없다.

"그러면 한 명은 가에데 선배, 나머지 한 명은 아무나 골라서 상상해 봐."

무책임하긴. 나는 울며 겨자 먹기로 가에데를 생각하면서 나머지 한 명을 찾기 위해 머릿속을 파헤쳤다. 최근에 대화를 나눈 이성은 야자와가 유일하지만, 야자와는 그런 대상이 아니었다. 하지만 달리 뾰족한 수가 없어서 머릿속으로 가에데와 야자와를 떠올리면서 계속하라고 재촉했다.

"옛날에 좋아했던 사람과는 예상 밖의 모습으로 재회하게 됐어."

"네에, 네에."

"지금 좋아하는 사람은 엄청나게 끌리진 않지만 뭔가 좋은 느낌."

"가볍네."

"그 두 사람이 나란히 서 있으면 누구를 고를 거야?"

어느 쪽일까. 나는 판단이 서지 않았다. 그래도 전자를 고르지 않을까.

"아마도 첫 번째. 근데 먼저 물어볼 거 같아."

"기억하냐고?"

"응. 고르고 말고 하기 전에 확실히 물어봐야지. 잊어버렸다면 어쩔 수 없지만, 물어보기 전에 판단을 내리는 건 좀 아닌 거 같아서."

문득 야자와가 했던 말이 떠올랐다. 자기 취향대로 꾸미고 다니는 거라고 분명하게 말하던 모습이 멋있었다. 주위의 시선을 신경 쓰지 않고 자신의 소신을 관철하는 게 대단해 보였다. 내게는 소신이라고 부를 만한 게 없다 보니 더더욱 그렇게 보였는지도 모른다.

"전에 말이야, 옛날과는 다르지만 자기가 좋아서 지금의 모습을 선택했다고 말한 사람이 있었어."

"흐음."

"난 왠지 멋지다고 생각했어. 어떤 의미에서 옛날과 달라졌다고 했는지 모르겠지만, 사람의 본질은 그렇게 쉽게 변하는 게 아니니 겉모습만 보고 판단하면 안 될 것 같아."

아라타는 내 말을 듣고 약간 놀라면서 고개를 떨궜다.

"근데, 기억하냐고 물었다가 기억 안 난다고 하면 충격이잖아."

"그건 어쩔 수 없지."

"기억한다고 해서 지금 당장 어떻게 하고 싶다거나 그런 것도 아니고."

"상대의 생각에 달렸겠지."

"그건 그런데. 음, 비겁해 보여?"

"그래, 비겁해."

"그래. 나도 아는데."

역시 관둬야겠다며 마침표를 찍는 아라타에게 한 번 더 비겁하다고 말하자 자기도 안다며 받아넘겼다.

"기억의 용량은 정해져 있다니까 지워지기 전에 물어보는 편이 좋을 거야."

나는 물어보지 못했지만, 이라는 말은 하지 않았다. 그때 무슨 말을 하려던 가에데에게 뭐냐고 되묻지 않았다. 만약 물어봤다면 뭐가 달라졌을까. 이런 의미 없는 생각을 하게 된 건 다 그 꿈 때문이다.

숨을 내쉬며 던진 공이 백보드에 맞았다가 네트 안으로 떨어졌다. 3점 슛이었다. 한 시간이나 계속했더니 이제야 기술을 터득한 모양이다. 내가 "하나"라고 외치자 아라타가 입꼬리를 올리며 옆에 서더니 두 번째 슛을 성공시켰다.

그 후로 시간이 얼마나 흘렀을까. 어느새 해가 기울고 주위는 어둠에 휩싸였다. 연속 세 번까지는 성공했지만 아쉽게도 마지막 네 번째 슛을 번번이 실패하는 바람에 재시도를 거듭해야 했다. 우리의 체력은 이미 바닥났고, 이제 농구공을 보기만 해도 스트레스를 받을 지경이었다. 그런데도 못

하겠다고 말하지 않는 아라타가 고마웠다. 그렇게 말하면 나도 포기하고 싶어질 테니까.

지금까지 노트에 적혀 있던 내용 중에 가장 어려운 고비가 아닐까 싶었다. 조건만 제대로 갖추면 누구나 할 수 있는 일과 달리 기술이 필요한 일은 생각보다 어려워서 힘에 부쳤다. 이럴 줄 알았으면 농구부 부원을 한 명쯤 데려올 걸 그랬다.

"이번에도 성공 못 하면 내일 다시 하자."

"좋아."

아라타의 말을 듣고 지친 몸을 채찍질하며 다시 일어났다. 아라타가 먼저 던지고 나면 이어서 내가 던졌다. 교대로 공을 던지는 사이, 기억의 서랍에서 가에데가 농구부 선배와 헤어진 이유가 흘러나왔다.

"진짜 그게 다야."

"하아."

"3점 슛을 척척 성공시키는 건 정말 근사해. 그렇지만 내가 좋아한 건 그것뿐이었어."

가에데의 방에서 한 손에는 만화책을 들고 다른 한 손으로는 감자칩을 집어 먹고 있었다. 침대 위에서 팔꿈치를 괴고 볼에 바람을 넣고 있는 가에데를 향해 그 선배가 불쌍하다고 말했다.

"네가 못하니까 근사하게 보인 것뿐이잖아."

"그럼 유고 넌 할 수 있어?"

"할 수 있고말고. 연속으로 성공시키는 건 어려워도 몇 번 던지다 보면 한 번은 들어가. 얼마 전 수업 시간에 했거든."

누가 뭐래도 한 번 성공한 건 사실이니 자신만만하게 말하고는 다시 감자칩으로 손을 뻗었다.

"그럼 그 선배보다 더 많이 넣어봐. 성공하면 멋있다고 말해줄게."

"너한테 멋있다는 말을 들어서 뭐 하게?"

"뭐어엇? 여자들이 귀엽다는 말을 좋아하는 만큼 남자들은 멋있다는 말을 좋아하는 거 아니었어?"

"맞아. 그렇지만 너한테는 아니야."

"너무해! 최상급의 인기를 자랑하는 소꿉친구한테 그렇게 말하면 섭섭하지!"

가에데가 입술을 삐죽거리자 나는 한 번 더 그 선배가 불쌍하다고 말했다. 겨우 그런 이유로 좋아했다가 더는 좋아지지 않아서 헤어졌다고 말하는 이런 애랑 사귀다니.

"그래도 땀 냄새를 맡으면 체육관 바닥 색깔이 떠올라."

"안 떠오르거든."

"신발 밑창이 체육관 바닥을 치는 소리가 울리고 반들반들한 갈색 바닥에 땀이 떨어져."

"나와는 상관없는 세상이야."

땀 냄새를 맡고 색깔을 떠올리는 사람은 가에데밖에 없을 것이다. 색깔을 모르는 나조차도 땀 냄새로 체육관을 떠올리지는 않는다. 죽어라 운동에 매진하는 삶을 살아오진 않았으니까.

청춘의 색인지도 모르겠다며 싱긋 웃는 가에데에게 결국 헤어지지 않았냐며 핀잔을 주자 "맞아, 겨우 그 정도였어"라는 대답이 돌아왔다.

"참고로 선배의 연속 최고 기록은……."

"말 안 해도 돼. 할 마음도 없지만, 내가 선수한테 무슨 수로 명함을 내밀겠어?"

"세 번! 꼭 해봐."

"안 해."

가에데가 침대에서 내려와 팔을 잡고 흔들어도 절대로 안 한다며 물리쳤으나 너무 끈질기게 조르는 탓에 단념하고는 언젠가 해보겠다며 어물쩍 넘겼다. 가에데는 "약속했다!" 하며 웃다가 "두 배로 해봐!"라고 말했고, 나는 하도 어이가 없어서 뭐라 말이 나오지 않았다.

그럼 한 개라도 더 성공시키라고 마음대로 정하는 가에데를 보며 이 약속 역시 즉흥적인 발상일 테니 평소처럼 곧 잊어버릴 거라고 생각했다.

마지막 공을 던지기 직전에야 퍼뜩 정신이 들었다.

어두컴컴한 창밖, 형형하게 빛나는 체육관 조명, 땀이 흘러내리는 몸을 빠르게 식혀주는 공기, 신발 밑창에서 나는 마찰음. 그때 네 번째 슛을 던지기 위해 준비하고 있던 내 손이 아래로 내려갔다. 안경 렌즈에 땀방울이 떨어져 시야가 흐릿했다.

"유고?"

서랍에서 찾은 추억이 지금 이 순간과 이어진 탓에 내 얼굴을 쳐다보는 아라타에게 시선을 주지 못했다.

아아, 역시 그랬다. 이건 그날 우리가 했던 약속이다. 지킬 마음이 추호도 없었던.

그걸 알아차린 순간, 몸을 움직이지 않고는 견딜 수가 없어서 무의식적으로 공을 던졌다. 그 공은 네트를 통과해 바닥으로 떨어졌다.

"성공! 성공이다!"

아라타가 내 어깨를 툭툭 두드려 주었지만 나는 한마디도 하지 않고 묵묵히 공을 주우러 갔다. 한 번 더, 또 한 번 더, 그렇게 말없이 세 번 연속으로 슛을 성공시켰다. 아라타가 뭐라고 말을 걸었으나 집중하고 있는 내 귀에는 아무 소리도 들리지 않았다.

"이제 한 개 남았다."

그날 가에데가 알려준 선배의 기록은 세 개였다. 리스트에 적혀 있던 연속 네 번은 그 기록을 넘어서는 숫자였다. 그날 나는 무리라고 대답했다. 당연했다. 농구부 선수도 못 하는 걸 아마추어인 내가 할 수 있을 리 없었다.

그러면 하나라도 더 성공시키라며 눈을 반짝이는 가에데에게 나는 고개를 끄덕여 보였다. 그나마 낫다고 생각했으니까.

내가 한 약속이다.

가에데가 그날을 기억하고 여기다 적어놓은 거라면 나는 그 사소한 약속을 꼭 지켜야만 한다. 약속을 지켜봤자 가에데도 말할 곳도 없다. '봤지? 내가 해냈어'라고 의기양양하게 자랑하지도 못한다.

하지만 지금 성공하지 못하면 후회로 남을 것 같았다. 그날을 기억해 낸 탓에 죽은 사람과의 사소한 약속을 지키지 못하면 나 자신이 싫어질 것만 같았다.

눈을 감고 집중했다. 시린 손가락으로 공 표면의 까칠까칠한 촉감을 몇 번이고 확인하다가 손을 뗐다. 그리고 눈을 떴다.

손끝에 힘을 실어 던진 공은 흔들림 없이 골대를 향해 날아갔다. 마치 슬로모션으로 재생한 듯한 그 궤도를 눈으로 좇았다. 백보드를 튕기고 바스켓에 꽂힌 공은 동그란 림 위에서 여러 번 빙글빙글 돌았다. 그러더니 차츰 힘을 잃고 네트 안으로 빨려 들어갔다.

공동으로는 연속 일곱 번째, 개인으로는 연속 네 번째 슛이었다.

두 주먹을 불끈 쥐었다. 손톱이 손바닥을 파고들 만큼 꽉 쥐었다. 말이 나오지 않았다.

봐. 성공했어. 네가 억지로 밀어붙였지만 내가 해냈다고. 그날의 약속을 지켰어. 아마추어가 겨우 몇 시간 만에 이 정도로 성장했으면 칭찬해 줘야 하는 거 아냐? 하지만 "대박!" 하고 폴짝폴짝 뛰며 기쁨을 감추지 못하는 목소리도, 멋있다고 칭찬하면서 내 머리를 쓰다듬는 손길도 없었다.

예상은 하고 있었다. 가에데는 이제 이 세상에 없으니까.

그런데도 오늘은 꼭 가에데의 목소리를 듣고 싶었다. 그 모습을 보고 싶었다. 리스트를 시작한 후 처음으로 가에데가 보고 싶었다.

"혼자 힘으로 해냈네."

"가능할 줄 몰랐어."

"그래도, 어쨌거나."

"성공했어."

아라타와 하이파이브를 하고 가방에서 노트를 꺼내 형광펜으로 칠했다. 이마에서 흘러내린 땀방울이 아직은 보이지 않는 갈색 마룻바닥 위로 떨어졌다. 걸음을 옮기자 바닥을 치는 소리가 울렸다.

43. 친구와 네 명 이상 모여서 크리스마스 파티 열기

"부모님은 데이트하러 나가서 밤에나 돌아올 거야."

낯선 길에서 단독주택을 배경으로 팔짱을 낀 채 말하는 야자와에게 머리를 숙였다.

12월 25일 오후 3시가 지난 시각이었다. 한쪽 손에 들고 있던 케이크 상자를 말없이 건네자 야자와는 신이 나서 덩실거리며 현관문을 열었다.

"고맙다."

신발을 벗고 안으로 들어가니 우리 집에서는 맡을 수 없는 꽃향기가 났다. 신발장 위에는 디퓨저와 가족사진이 올려져 있었는데, 사진 속의 야자와가 교복을 입고 있는 것을 보니 최근에 찍은 사진인 듯했다. 현관에 놓여 있는 신발 수로 보건대 나머지 둘은 아직 안 온 모양이다. 그도 그럴 게 약속 시간은 오후 5시였다.

거실을 지나 부엌으로 들어간 야자와에게 다른 한 손에 쥐고 있던 슈퍼 봉지를 넘겼다. 야자와는 케이크 상자를 냉장고에 넣고 봉지를 받아 싱크대 위에 올렸다.

"더 고마워해야 하는 거 아냐?"

"아, 응. 백번 지당하신 말씀입니다."

야자와가 냉장고에 넣은 케이크 상자는 두 개였다. 하나는 다 같이 먹을 홀 케이크가, 나머지 하나에는 야자와에게 헌납하는 과자와 푸딩이 들어 있었다.

이 이야기를 하려면 며칠 전으로 거슬러 올라가야 한다. 그날은 2학기 마지막 등교일이었다. 새해에는 진로 상담을 할 거라는 담임 선생님의 말에 아이들의 입에서 터져 나온 불만스러운 목소리가 교실을 가득 채웠다. 내 앞에 앉은 아라타도 그중 한 명으로, 그런 걸 어떻게 벌써 정하냐며 구시렁거렸다.

내년이 내게는 마지막 해가 될 터. 진로를 정해봤자 미래는 오지 않는다. 그래서 마음이 편했다. 대충 그럴싸한 말을 내뱉으며 장단이나 맞춰야겠다고 결론을 내린 나는 며칠 후로 다가온 크리스마스 파티를 어떻게 하면 좋을지 궁리했다.

처음에는 우리 집에서 파티를 열 예정이었다. 내가 말을 꺼냈으니 우리 집에서 하는 게 맞다고 생각했다. 그런데 내가 내년에 죽는다는 사실을 세 사람에게 숨기고 있는 탓에 선뜻 그러자고 말하지 못했다.

집에 초대했다가는 부모님이 내 병을 입에 올릴 수도 있다. 제발 말하지 말라고 미리 못을 박아두어도 감격에 겨운 나머지 말해버릴 가능성이 있었다.

나는 가에데 말고 다른 사람은 한 번도 집에 데려오지 않았다. 마지막이 가까워져서야 집에 초대할 친구가 생겼냐며 부모님이 감격과 안타까움이 섞인 눈물을 보이는 날에는 변명의 여지가 없어진다. 웃어야 할지 울어야 할지 모르겠지만 우리 부모님은 아들과 다르게 감정이 풍부했다.

아직은 친구들에게 털어놓을 때가 아니라고 생각했다. 내가 시한부 인생을 살고 있다는 사실을 알게 되면 왜 리스트를 완수하려고 하는지 괜한 의심을 살 수 있다. 내게 남은 1년이라는 시간 동안 특별히 하고 싶은 일이 없어서 가에데의 소원을 이뤄줘야겠다고 결심했을 뿐, 거기에 딱히 깊은 의미가 있는 건 아니다.

　병에 걸렸다고 연민의 눈빛으로 바라보는 것도 싫었다. 나는 죽음이 두렵지 않으니까. 가에데의 죽음이 사람은 간단히 죽는다는 사실을 가르쳐주었다.

　그리고 그런 말을 해서 지금의 우리 관계가 달라지는 것도 싫었다. 가능하다면 마지막까지 아무것도 모르기를 바랐다. 하지만 나는 언젠가 털어놓게 될 것이다. 그게 언제일지는 모르지만.

　그런 사정으로 내가 우리 집은 안 된다고 하자 야유가 쏟아졌다. 야자와와 아라타는 불만을 터뜨렸고 미카미는 그런 두 사람을 달래느라 애를 썼는데, 이유를 밝히지 않으면 납득하지 못할 기색이어서 거짓말을 할 수밖에 없었다.

　"작년까지 옆에 있던 사람이 없으니까 부모님도 마음이 복잡한 것 같아."

　그렇게 말하자 야자와와 아라타는 입을 다물었다. 미안하지만 달리 방법이 없었다. 미카미의 얼굴에만 물음표가 떠올랐으나 다음에 말해주겠다고 하면서 시선을 피했다.

　사실 작년 크리스마스 날 가에데는 우리 집에 오지 않았다. 그날 가에데는 병실에 있었다. 새하얀 병실에서 내게 케이크를 갖고 오라며 생떼를 썼지만 식사를 제한해야 하는 상황이어서 스마트폰 화면에 비친 케이크 사진을 들여다보며 울상을 짓는 것으로 만족해야 했다.

아라타와 미카미가 골몰히 생각에 잠겼다. 아라타네 집에서는 유치원생인 남동생의 친구 가족들이 점심 무렵부터 모여서 파티를 하고, 미카미는 여동생이 수험생이라서 부모님이 당분간은 집에 사람을 부르지 말라고 해 무리였다.

머리를 싸안고 끙끙대던 야자와가 별안간 "하, 못 살아!" 하며 소리를 질렀다. 그러더니 어디론가 급하게 연락했다. 나는 스마트폰 화면 위에서 빠르게 움직이는 야자와의 손가락을 보며 어리둥절해했고, 야자와는 화면에 시선을 고정한 채 내게 질문을 던졌다.

"몇 시부터?"

"몇 시라…… 난 상관없어."

"난 저녁이 좋아. 동생들이랑 놀다 갈게."

"난 오후부터 괜찮아."

"……그러면 저녁에 하면 되는 거지?"

"그, 그렇지."

매섭게 쏘아보는 야자와의 눈치를 보며 그렇게 대꾸하자 야자와가 스마트폰 화면을 보여주었다.

"오후 5시부터 9시까지면 괜찮대."

"너희 집?"

"······불만 있어?"

"아니, 아니! 진짜 그래도 되나 싶어서."

화면에는 야자와의 어머니가 보낸 것 같은 '엄마 아빠는 데이트하고 올게'라는 문자와 하트 이모티콘이 띄워져 있었다.

"진짜 괜찮겠어?"

미카미가 걱정스럽게 묻자 야자와의 시선이 그쪽으로 옮겨갔다. 야자와가 갑자기 자신을 쩨려보자 미카미는 어깨를 움찔하며 "걱정돼서 그래"라고 우물거렸다. 야자와는 한숨을 푹 내쉬며 누가 보면 자기가 겁준 줄 알겠다고 한 소리 했지만, 실제로 그 눈빛에는 사람을 주눅 들게 하는 힘이 있었다.

"부모님은 해마다 크리스마스이브에 데이트하러 나가거든. 그래서 올해는 25일로 바꿀 수 있냐고 물어봤어."

"사이가 좋으시구나."

"아무튼 밤에 들어오니까 그전까지는 괜찮대."

야자와는 "해결!" 하며 손뼉을 짝짝 치고 다음 화제로 옮겨가려 했다. 얼떨결에 나는 순식간에 문제를 해결한 야자와의 손을 부여잡고 감사의 말을 주절거렸다. 똑바로 쳐다보며 고맙다고 말한 순간, 언짢아 보이던 야자와의 얼굴이 일순 부드러워졌다.

"나중에 연락해! 간다!"

아라타는 베란다를 통해 다급하게 자기 반 교실로 돌아가는 야자와의 뒷모습을 빙그레 웃으며 배웅하고 팔짱을 꼈다. 나는 노트를 꼭 쥐고 베란다로 나가 야자와를 쫓아갔다. 차가운 겨울바람이 카디건 소매 사이로 훅 들어와 몸이 떨렸다.

"야자와!"

자기 반 교실 베란다 창문을 열던 야자와가 우뚝 멈춰 섰다.

"왜?"

"아니, 고맙다고."

"아까 말했잖아."

"응, 그냥 한 번 더 말하고 싶었어."

"뭐래. 뭐라는 거야."

얼굴을 찡그리며 고개를 갸웃거리는 야자와에게 노트를 펼쳐서 보여주었다.

"43번을 완수할 수 있게 도와줘서 고맙다고."

"……별 소릴 다 하네."

노트를 빤히 쳐다보던 야자와가 뭔가를 알아차린 눈빛으로 내 쪽으로 가까이 다가왔다. 내가 묻기도 전에 야자와의 손가락이 한 박자 빨리 어떤 문장을 가리켰다.

"너, 이거 봤어?"

"뭐?"

43번 옆 페이지에 적힌 문장이었다.

"크리스마스 저녁 식사 만들기……?"

우리는 노트와 서로의 얼굴을 번갈아 쳐다보았다.

"으악! 놓칠 뻔했어!"

"그러니까 어느 정도는 미리미리 살펴보라고 했잖아!"

우리는 가슴을 쓸어내리며 이제라도 알아차려서 다행이라는 말을 몇 번이나 되풀이했다. 야자와가 발견하지 못했다면 43번에 정신을 빼앗긴 나머지 파티가 다 끝난 뒤에야 이 문장이 눈에 들어왔을지 모른다. 나는 야자와가 43번 내용을 확인한 후로 크리스마스 파티에만 정신이 팔려 있었다.

내게 크리스마스는 두 번 다시 찾아오지 않는다. 정말 큰일 날 뻔했다.

"그래도 타이밍이 좋았어."

"음식을 만들어서 갖고 오라고?"

"그 방법밖에 없잖아."

"아아, 후우. 아, 이런."

갈 곳 잃은 시선이 허공을 헤맸다. 야자와가 눈을 위로 치켜뜨고 내게 눈빛을 퍼붓는 것을 알면서도 눈을 마주칠 수 없었다.

"설마…… 요리 못 해?"

자그마한 몸이 폴짝폴짝 뛰어올랐다. 그게 다였다. 야자와는 손으로 입을 가리고 나를 비웃으며 "그렇군" 하고 거듭 말했다. 뾰족했던 눈매가 초승달처럼 휘어지더니 놀릴 대상을 찾았다는 기쁨을 있는 그대로 드러냈다. 뭐라 반격할 말을 찾지 못한 나는 한겨울의 청명한 하늘을 올려다보는 게 고작이었다.

나는 미숙한 게 많다. 사람 사귀는 일, 운동, 끈기가 필요한 일…… 당장 떠오르는 것만 해도 열 손가락이 부족할 지경이다. 그래도 지금까지는 큰 어려움 없이 지내왔다. 사람을 사귀는 데 서툴러도 그럭저럭 살아왔고, 운동은 체육 시간만 버티면 그만이었다. 그리고 지금 이 리스트를 완수하기 위해 처음으로 끈기를 발휘하고 있다.

그런데 이런 것들보다 확연히 못하는 일이 하나 있었다. 바로 요리다. 내가 요리하기만 하면 멀쩡했던 식재료가 석탄으로 변했다. 레시피에 나와 있는 순서를 그대로 따라 해도 모양이 나오지 않았다.

어떤 상황도 웃어넘기던 가에데조차 내가 만든 괴멸적인 요리 앞에서는 할 말을 잃었다. 내가 요리를 시도할 때마다 번번이 실패하는 모습을 보더니 식재료가 불쌍하다면서 나를 절대로 부엌에 들이지 말라고 우리 부모님에게 다짐을 놓을 정도였다. 참고로 감히 요리라고 부를 수 없는 덩어리를 맛본 부모님은 가에데의 말에 격하게 공감했다.

그렇다, 그 정도로 처참했다.

내 설명을 들은 야자와는 괜히 부풀리지 말라며 웃었다. 나는 조금도 부풀리지 않았다. 100퍼센트 사실이라고 하려던 내 말을 야자와의 목소리가 가로막았다.

"푸딩이랑 과자 사 오면 도와줄게."

그런 연유로 나는 오늘 다른 애들보다 일찍 야자와네 집을 방문하게 되었다.

"로스트비프랑 샐러드랑 피자를 만들 거야. 치킨은 아라타가 사 온대."

담담하게 식재료를 분류하고 손질하는 야자와에게 다시 한번 정말 괜찮겠냐고 물었다.

"애가 왜 이래. 요리는 아무나 다 할 수 있어."

"아무나 하는 걸 못 하니까 문제지."

"자자, 지금부터 피자 반죽을 만들겠습니다."

야자와가 던져준 검은색 앞치마를 두르고 옆에 가서 섰다. 손을 씻고 나서 익숙하게 재료를 다듬는 야자와의 모습을 본 나는 입이 쩍 벌어졌다.

"평소에도 요리해?"

"가끔. 부모님이 늦게 퇴근할 때는 내가 저녁을 준비하거든."

"대박."

"의외라고?"

"아직 아무 말 안 했거든?"

야자와와 가까워진 지는 얼마 되지 않았지만, 사람을 겉모습으로 판단하면 안 된다는 생각을 여러 번 했다. 동시에 야자와를 알기 전의 나 자신이 조금 부끄러워졌다.

아무것도 모르면서 내 멋대로 만든 이미지를 타인에게 씌웠다. 무채병에 걸리고 가에데의 소원을 이뤄줘야겠다고 마음먹지 않았더라면 쭉 모르고 지냈겠지. 계속 오해하면서 야자와를 불편하게 여겼겠지.

내가 타인에 대한 관심이 눈곱만큼도 없어 무작정 멀어지려고 했다는 사실을 절실히 깨달았다. 내 눈을 이해하지 못할 거라 맘대로 넘겨짚고 선을 그은 채 살았다. 사실 어릴 때는 눈이 남들과 다르다는 이유로 놀림이나 괴롭힘을 당하기도 했다. 하지만…….

먼저 벽을 친 건 나였다.

"이게 뭐야!"

야자와의 호통 소리에 생각 속을 떠돌고 있던 내 의식이 현실 세계로 돌아왔다. 한 덩어리가 되어야 할 피자 반죽이 뿔뿔이 흩어져 있었다.

"대체 무슨 짓을 한 거야!"

"나도 궁금해."

"제대로 해."

"제대로 했어!"

레시피에 나와 있는 재료를 똑같이 써서 만들었건만 깔끔하게 완성된 야자와의 반죽과는 달리 내가 만든 반죽은 왜 이 모양인 걸까. 야자와가 난장판이 된 내 주변을 보더니 믿기지 않는다는 눈빛으로 얼굴을 찡그렸다.

"어쩌지?"

내 질문이 어이가 없었는지 야자와는 깊은 한숨을 내뱉으며 반죽이 되지 못한 잔해를 한데 모은 뒤 이렇게 말했다.

"손도 대지 마."

그 뒤로도 된통 혼쭐이 났다. 나는 뭘 해도 요리로 완성해 내지 못했고, 야자와는 그런 나를 보며 분통을 터뜨렸다. 충분히 야단맞을 만했기에 연거푸 사과하면서 야자와의 지시에 따랐다. 칼도 제대로 잡을 줄 모르냐는 말을 들었을 때는 내가 너무 한심해서 죽고 싶었다.

야자와가 혼자서 요리할 동안 나는 옆에서 방해만 했다고 해도 과언이 아니었다. 그런데도 야자와는 음식을 다 만들고 나서 노트를 달라며 손을 앞으로 내밀었다.

"클리어."

꽃 모양이 그려진 펜을 들고 줄을 그었다. 아직 내게는 보이지 않는 회색빛 펜이었다.

"클리어 맞아?"

"클리어로 쳐야 2차 재해가 안 일어나지."

나는 테이블 위에 차려진 음식을 쳐다보며 말없이 고개를 위아래로 끄덕였다.

"너도 같이 만들었잖아."

야자와의 손가락이 원래는 칼을 사용해야 하지만 위험해 보인다고 해서 채소를 칼로 써는 대신 손으로 뜯어서 만든 샐러드를 가리켰다. 이래도 될까. 고민에 빠진 나를 향해 야자와가 작게 한숨을 쉬었다.

"애썼으니까 괜찮아."

야자와의 말에 번쩍 고개를 들었다. 여전히 표정이 언짢아 보이는 야자와의 그 한마디가 내 기분을 조금이나마 풀어주었다. 제대로 할 줄 아는 것 하나 없이 아주 엉망이었지만,

그래도 야자와가 나를 똑똑히 지켜보고 있었다는 사실이 내게 작은 기쁨을 선사해 주었다. 예를 들면, 맞다, 심부름에 성공한 어린아이와 같은 기분이었다.

아마도 가에데가 말한 요리는 이런 샐러드가 아닐 것이다. 가에데는 채소를 손으로 뜯기만 하면 되는 샐러드를 요리랍시고 만들지 않을 테니까. 하지만 내게는 이 샐러드가 최선이었다. 부디 앞으로 요리와 관련된 내용은 나오지 않기를 간절히 빌었다.

잠깐 쉬려는 참에 인터폰이 울렸다. 화면에 미카미의 얼굴이 비쳤다. 그 뒤로 아라타도 튀어나왔다.

시각은 정각 5시였다.

"둘 다 왔네."

"아주 칼이라니까."

"나머지 설거지는 나한테 맡겨."

"너한테 맡겼다가 그릇 깨먹게?"

신뢰도가 제로였다. 야자와는 거품이 묻은 손가락을 엑스 자로 포갰다가 손을 씻고 현관으로 갔다. 하나부터 열까지 너무 고마워서 고개를 들 수가 없었지만, 나는 두 손을 든 채 아무것도 만지지 않고 가만히 서 있었다. 곧바로 세 사람의 목소리가 들리면서 거실 문이 열렸다. 두 손을 들고 있는 나를 본 아라타와 미카미의 눈이 휘둥그레졌다.

"일찍 왔네?"

"할 일이 있었는데 야자와가 도와줬어."

"아, 그거구나."

"무슨 일인데?"

미카미가 우리의 대화를 이해하지 못하고 어리둥절해하자 아라타가 여러 가지 일이 있다며 구렁이 담 넘어가듯 얼버무렸다. 그러더니 테이블 위에 놓인 음식을 보고 탄성을 내질렀다.

"와아, 대박! 유고 네가 만들었어?"

"아니, 야자와가 거의 다 만들었어."

"야자와, 요리 잘하는구나."

야자와는 박수를 치는 미카미와 흥분해서 날뛰는 아라타 앞에서 쑥스러워하면서도 칭찬을 순순히 받아들였다. 그리고 나도 같이 만들었다고 말해주었다.

"뜯어서 만든 샐러드?"

"야자와가 칼을 못 쓰게 하잖아."

"그야 네가 칼을 거꾸로 잡으려고 하니까 그렇지."

"윽, 위험천만했네."

"오노는 나름대로 열심히 했을 거야, 그치?"

아라타는 야자와에게 치킨을 건네주며 진심으로 기막혀 했다. 나는 더 이상 아무 말도 하지 않았다. 충분히 야단맞을 짓을 했으니까. 미카미가 건넨 다정한 말조차 가슴을 후벼 파는 것처럼 들렸다.

"이제 안 하면 되잖아."

"할 줄 알아야지."

"꼭 해야 하는 상황이 생기면 그때도 야자와를 매수하면 돼."

"아하. 뭐로 매수했어? 푸딩?"

"점쟁이세요? 어떻게 알았어?"

"그냥 감?"

아라타는 껄껄 웃으며 빨리 먹자고 재촉했다. 넷이 먹기에는 어째 양이 너무 많다 싶었는데 대식가인 아라타를 위해 넉넉하게 준비한 모양이었다. 상 차리는 걸 돕겠다며 미카미는 부엌으로 가고, 거실에 남겨진 우리는 바닥에 앉았다.

"그래서, 뭐였는데?"

"크리스마스 저녁 식사 만들기."

"타이밍이 딱 맞았네."

아라타가 테이블 위 음식을 집어 먹으려고 손을 뻗자 나는 그 손을 탁 치면서 야자와에게 혼나고 싶냐는 눈짓을 보냈다. 내 말을 알아들었는지 아라타는 두 손을 무릎 위에 올리고 얌전히 기다렸다.

"그래서 야자와한테 부탁했어? 집에서 만들어 올 생각은 못 하고?"

"우리 집에서는 식재료가 불쌍하다고 부엌에 절대로 못 들어가게 하거든."

"뻥튀기가 심하네."

"옛날에 가에데가 내가 만든 괴멸적인 요리를 보고 우리 부모님에게 약속을 받아냈어."

그 약속은 지금도 지켜지고 있다. 내가 평상시 쓰지 않는 조리 도구를 만지기만 해도 부모님의 얼굴이 굳었다. 아라타는 내 얘기를 듣더니 데굴데굴 구르면서 웃었다.

"우리 집에서 만들면 됐는데."

"남동생 친구 가족들이 온다며?"

"그렇긴 한데. 참, 애들 앞에서 위험한 짓은 하면 안 되지."

어쩐지 석연치 않은 아라타의 태도가 수상했지만 두 여자의 목소리가 그런 의심을 날려버렸다.

접시를 나눠주는 미카미와 음료수를 따라주는 야자와. 성격이 정반대인 두 사람은 파티를 어떤 식으로 하면 좋을지를 놓고 지금껏 몇 차례 이야기를 나눈 듯했다. 죽이 잘 맞는지 즐겁게 대화를 이어갔고, 우리가 따라가지 못하는 순간도 여러 번 있었다.

미카미는 전부터 야자와와 얘기를 해보고 싶었다고 한다. 예쁘게 다듬어진 야자와의 손톱을 보면서 비록 자기는 그렇게 하고 다니지 못해도 은근히 부러웠다고. 남의 눈을 신경 쓰지 않고 자신이 좋아하는 스타일을 밀고 나가는 야자와가 미카미에게는 동경의 대상이었던 셈이다.

아닌 게 아니라 야자와와 대화를 나눠보면 화려한 겉모습과는 달리 똑 부러지고 착실한 사람이라는 것을 알 수 있다. 그래서 미카미도 야자와와 친해졌겠지. 솔직히 넷이서 파티를 하기로 결정했을 때는 접점이 전혀 없는 두 사람이 걱정스러웠는데, 막상 뚜껑을 열어보니 그건 기우였는지 웃음이 끊이지 않았다.

"이거 진짜 꿀맛이야, 이것도 맛있고."

옆에서 복스럽게 먹어대는 아라타를 보며 웃다가 내가 누군가와 이런 시간을 공유하는 건 그날 이후로 처음이라는 사실을 깨달았다.

"크리스마스에는 파티를 열 거야!"

어느 해 12월. 아직 가에데가 입원하기 전이었다. 내 방

침대 위에서 게임을 하고 있던 나는 책상을 마구 두드리며 연신 파티를 외쳐대는 가에데에게 잘 다녀오라고 대꾸했다.

"아니, 여기서 할 건데?"

"누구랑?"

"너랑 나 둘이."

"원래 파티는 여러 명이 모여서 하는 거 아냐?"

화면에서 눈도 떼지 않고 말했더니 가에데가 내 오른손을 잡아챘다. 버튼을 눌러야 할 손가락이 떨리고 당황스러워 어버버하는 사이, 화면 위로 '게임 오버'라는 글자가 나타났다. 가에데에게 한 소리 하려고 째려봤지만 가에데가 한발 빨랐다.

"둘이 해도 파티는 파티지."

"……친구들이랑 해."

"너랑 하고 싶다고. 아니, 그게 아니라. 어차피 해마다 둘 중 한 명의 집에서 밥을 먹잖아."

"그럼 올해도 그러면 되잖아."

"싫다고! 올해는 둘이 할 거야!"

우리 가족과 가에데네 가족은 사이가 좋아서 매년 크리스마스가 되면 어느 한쪽 집에 모여 식사를 하는 게 관례처럼 굳어져 있었다. 나이가 들면서 가에데는 크리스마스이브는 친구들과 보내고, 크리스마스 당일은 양쪽 가족들과 보냈기에 이

제안은 여느 때와 별반 다르지 않다고 생각했다.

"올해는 우리 집에서 모이잖아. 그러니 우리는 여기서 파티를 여는 거야!"

"똑같은데?"

"똑같다니, 우리끼리니까 다르지."

"뭐가 어떻게 다른데?"

나는 잘 이해가 되지 않아서 게임을 하던 손을 멈췄다. 이대로 계속해 봤자 아까처럼 가에데가 훼방을 놓을 게 불 보듯 뻔했다. 가에데는 일단 스위치가 켜지면 자기 이야기를 귀담아들을 때까지 포기하지 않고 끈덕지게 군다는 사실을 나는 이미 수차례의 경험을 통해 익히 알고 있었다.

"평상시에는 못 먹던 음식을 먹을 수 있지."

"예를 들면?"

"매번 집밥을 먹었지만, 패스트푸드를 쌓아놓고 먹는다거나."

조금 매력적이었다. 벌러덩 누운 채로 가에데의 목소리에 귀를 기울였다. 나도 가에데도 여느 또래들처럼 패스트푸드를 좋아했다.

"해마다 밥 먹고 이야기하다가 끝났지만, 게임을 하면서 밥을 먹을 수도 있지."

"예의를 차리지 않아도 된다는 소리네."

"맞아! 부모님의 눈을 피해 마음대로 하는 거지, 어때?"

가에데가 눈빛을 반짝이며 얼굴을 바싹 갖다 대는 통에 반사적으로 벌떡 일어났다. 가에데에게 적당한 거리라는 건 없었다. 가에데는 내 심장이 쿵쿵 날뛰는 것도 모른 채 대답을 재촉했다. 물론 받아들이는 것 말고 다른 선택지는 없었지만.

내 인생은 늘 이랬다. 딱히 하고 싶은 일이 없다 보니 노상 가에데의 부탁을 들어주게 된다. 이번에도 그랬다. 나는 아무래도 좋았다. 평소대로 하든, 가에데의 제안대로 하든 상관없었다.

하지만 내가 거절하면 가에데가 슬픈 표정을 짓겠지. 단지 그 이유로 매번 가에데의 제안을 수락하고 만다.

"……맘대로 해."

양쪽 다 선택할 수 있는 대답. 그러나 가에데는 알고 있었다. 나에게 이 말은 긍정의 대답이라는 것을.

"결정!"

나는 얼굴에 웃음꽃이 활짝 핀 가에데를 곁눈질하며 쓴웃음을 지었다. 앞으로도 이런 일상이 이어지겠지 생각하면서.

그해 크리스마스는 가에데의 선언대로 테이블 위에 패스트푸드를 산처럼 쌓아놓고 둘이서 게임을 하며 보냈다. 장식이 전혀 없는 내 방에 크리스마스를 알리는 꼬마전구가 둘러지고 트리가 세워졌다. 가게에서 사 온 듯한 파티 용품을 온몸에 걸치고 나타나 웃음을 터뜨리는 가에데를 보고 나도 따라 웃었다.

"크리스마스 하면, 역시 이 색이지!"

나는 트리와 산타 모자를 쓴 가에데를 못 본 체했다. 가에데는 해마다 이 두 가지 원색이 가장 활약하는 날이 오늘이라며 생글생글 웃었지만, 나는 무시하고 게임기 전원을 켰다.

컨트롤러를 한 손에 들고서 기름이 묻는 것도 개의치 않고 감자튀김으로 손을 뻗었다. 둘 다 화면을 노려보며 진지하게 대결을 이어나갔다. 레이싱 게임을 했는데 컨트롤러를 따라 몸도 같이 기울이는 가에데 때문에 방해가 돼서 처음에는 팔꿈치로 쿡쿡 찌르며 주의를 주다가 나중에는 그마저도 익숙해져 버렸다.

접전이 펼쳐지는 가운데, 사건이 터지고 말았다. 흥분한 나머지 가에데의 상반신이 왼쪽으로 심하게 기울더니 균형을 잃었다. 그 모습을 본 나는 컨트롤러를 내려놓고 가에데의 몸 쪽으로 잽싸게 팔을 뻗었다. 그쪽에는 불과 며칠 전 가에데가 발로 차는 바람에 갈라진 나무 침대 프레임이 그대로 방치되어 있었다. 그냥 두면 가에데가 거기 부딪칠 것 같았다. 나는 순식간에 판단을 내렸다.

한 손으로는 가에데의 뒤통수를 받치고 다른 한 손으로는 가에데의 팔을 붙잡았다. 하지만 보잘것없는 내 근육은 거침없는 그 기세를 감당해 내지 못했다. 갈라진 나무가 손등을 스친 순간, 통증을 느끼며 그 자리에 미끄러지고 말았다.

"아얏……."

꼭 감긴 가에데의 눈꺼풀이 파르르 떨렸다. 내 몸은 얼어붙었다.

10센티미터. 우리 둘의 얼굴을 가로막은 것은 내 안경뿐이었다. 그마저도 비스듬하게 흘러내려 가에데의 콧등에 닿아 있었다. 입술을 내밀면 닿을 듯한 거리에 놀랐는지 가에데가 짧은 숨을 내뱉었다.

가에데는 커다란 눈동자를 자꾸만 깜빡거렸다. 나는 몸은 얼어붙었어도 머리는 빠르게 돌아갔다.

머리카락이 이렇게 부드러웠구나. 가에데의 팔이 이렇게 가늘었구나. 입술은 반들거리고 눈가에 드리워진 속눈썹은 길고 몸은 뜨거웠다. 내 몸에서는 나지 않는 향기가 코끝을 스쳤다. 그러고 보니 샴푸를 바꿨다고 했었지.

그런 생각들이 머릿속을 휘젓다가 사라졌다.

"……유고."

가에데가 속삭이듯 내 이름을 불렀다. 그건 비켜달라는 뜻이 아니었다. 여태 그런 목소리로 나를 부른 적은 한 번도 없었다. 언제나 밝고 씩씩하게 내 이름을 불렀다. 그런데 왜 지금, 이 순간에.

어쩐지 안타까움이 묻어나는 목소리였다.

누가 먼저 다가갔는지는 모른다. 무의식적이었다. 더 이상 가까워질 수 없을 정도로 가에데가 초점이 맞지 않는 내 시야를 가득 메웠을 때였다.

"앗, 따가!"

너무 아파서 나도 모르게 소리를 지르고 말았다. 가에데는 화들짝 놀랐고 나는 가에데의 몸을 떠받친 채로 일어나 앉은 뒤 그녀의 몸에서 손을 뗐다. 가에데의 뒤통수에 대고 있던 손등에 유난히 큰 가시가 박혀서 피가 흘렀다.

그걸 보고 적잖이 당황한 가에데는 똑바로 앉아서 가시를 뽑으려고 했다. 맞닿은 손에 아까와 같은 묘한 열기는 싹 사라지고 없었다.

"미안……."

울음을 터뜨릴 것 같은 얼굴로 익숙하게 처치하는 가에데의 정수리를 물끄러미 바라보다 뭐라 표현하기 어려운 감정에 눈을 돌렸다. 게임이 종료된 화면 속에는 다른 캐릭터에게 진 우리의 아바타가 나란히 멈춰 서 있었다.

"아싸! 1등이다!"

야자와의 목소리에 정신이 번쩍 들었다. 미카미가 화사하게 장식한 이 집은 그날의 내 방과 달리 고급스러웠으며 시야에 드문드문 색깔이 나타났다. 그런데도 그날이 더 반짝였던 것 같은 느낌이 드는 이유는 뇌가 각색을 했기 때문일까.

"유고, 그거! 야자와한테 던져!"

"이 아이템, 어떻게 쓰는 거지?"

"미카미, B 버튼을 눌러!"

레이싱 게임이 한창이었다. 맨 앞에서 달리고 있던 내가 어느새 꼴찌로 밀려나 있었다. 미카미와 손을 잡고 야자와를 따돌리려는 아라타를 보며 다시 정신을 차리고 컨트롤러를 꽉 거머쥐었다.

딴 데 정신이 팔려 이 꼴이 되어버렸다. 절대 질 수 없다고 승부욕을 불태우면서 야자와에게 아이템을 던지고 싶었으나 어느 쪽이 야자와의 캐릭터인지 분간이 가지 않았다.

"야자와 캐릭터 뭐야?"

"제일 귀여운 핑크색이 나야, 하지만 오노 넌 이미 늦었어!"

"색깔로 설명하지 마, 색깔로! 안 보이니까!"

"아, 머리 위에 왕관 쓴 애!"

아라타의 설명을 듣고 지도를 보면서 맨 앞에서 달리는

왕관을 쓴 캐릭터가 탄 차를 향해 갖고 있던 아이템을 냅다 던졌다.

"늦었어!"

내가 던진 아이템이 도달하기도 전에 야자와가 골인했다. 한순간 머뭇거린 결과, 야자와를 놓쳤을 뿐 아니라 꼴찌를 기록하고 말았다.

"졌어! 1등을 한 번도 못 했어!"

분한 듯이 툴툴거리는 아라타에 이어 미카미가 나를 보며 말했다.

"오노가 너무 셌어……."

"밥 먹고 이것만 하니까."

"그럼 뭐 해, 끝에 가서 졌는데."

미카미가 전에 없이 자신만만한 표정으로 자리에서 일어나 음료수를 가지러 가는 야자와에게 한 번만 더 하자고 졸랐지만, 시곗바늘은 어느새 9시를 향하고 있었다.

"안 되겠다."

미카미의 말에 서로 시선을 주고받았다. 시간이 너무 빨라, 더 놀고 싶은데, 라며 웃음 짓는 세 사람을 향해 진심을 담아 고맙다고 말했다.

"밑도 끝도 없이 뭐야."

"아니, 덕분에 살았어. 고마워."

리스트를 완수하는 것도, 즐거운 시간을 보내는 것도 혼자 힘으로는 불가능했다. 덕분에 살았다는 말이 마음에 걸렸는지 미카미가 내 얼굴을 들여다보았다. 나는 여태 미카미에게 하지 못했던 이야기를 털어놓았다.

죽은 소꿉친구가 크리스마스 파티를 하고 싶어 했다고. 지금 그 친구의 소원을 하나씩 완수하고 있노라고 자초지종을 설명했다. 미카미는 처음에는 충격이 컸는지 손으로 입가를 가리고 눈썹을 늘어뜨린 채 내 말을 듣다가 점차 표정을 누그러뜨렸다. 아라타와 야자와는 말없이 그 모습을 지켜보았다.

"그래서 너를 초대하게 됐어."

기분 상하게 해서 미안하다는 말도 덧붙였다. 리스트 때문에 불렀다는 걸 알면 당연히 불쾌해할 거라고 생각했다. 하지만 미카미는 고개를 가로저었다.

"아니야, 난 오히려 좋았어. 덕분에 재미있게 놀고 야자와랑 친구도 됐잖아. 동기가 뭐가 됐든 난 되레 고마운걸?"

"그런가."

"앞으로도 리스트에 나와 있는 대로 계속해 나갈 거야?"

미가미의 물음에 고개를 끄덕이면서 노트를 꺼냈다. 미카미는 노트를 손에 들고 표지를 쓰다듬었다. 아주 귀한 물건을 어루만지는 듯한 손길로.

"너만 괜찮으면 나도 돕고 싶어. 물론 내가 할 수 있는 일이 있다면 말이야."

"그래도 돼?"

"응. 한 명이라도 더 많은 편이 나을 테니까."

미카미가 그렇게 말해줬는데도 다시 내 손안에 돌아온 노트를 거머쥔 채 작은 목소리로 고맙다는 말밖에 하지 못한 건 내가 순수한 호의를 받아들이는 방법을 몰라서일까, 아니면 언젠가의 크리스마스를 떠올려 버려서일까.

"집에 가자아."

아라타가 말꼬리를 늘어뜨리며 말하자 미카미가 큭큭 웃었고, 우리는 자리에서 일어나 현관으로 향했다.

"넌 정리하고 가야지."

친구들을 배웅하던 야자와의 눈빛이 음식 준비를 도와줬으니 당연한 거 아니냐며 나를 압박했다. 나는 모깃소리로 알겠다고 대답하고 아라타와 미카미를 먼저 돌려보냈다.

테이블을 정리하면서 혼자 생각에 잠겼다.

리스트를 완수하면 할수록 나는 달라졌다. 그 변화를 어떻게 받아들여야 할지 몰라 주저하는 내가 이상한 걸까. 뭐라

형언할 수 없는 감정을 정리할 시간이 필요했다. 딱 꼬집어 말하기 어려운 감각을 느끼고 걸음을 멈추는 순간이 늘었다.

"이제 이쪽을 치우자."

설거지를 끝낸 야자와가 거실을 꾸몄던 장식을 떼어내기 시작했다. 크리스마스를 의식한 짙은 초록색 모루와 리본, 그리고 진한 회색 모루가 교대로 매달려 있었다. 나는 야자와의 반대편에서 모루를 떼어냈다.

"한 번 쓰고 버리려니 아깝다."

"그러게 말이야."

한번 사용한 파티용 장식을 재사용하는 일은 별로 없다. 내년에도 같은 장식을 쓸지 안 쓸지 모르는 데다 보관하려면 공간도 필요하다. 그런데도 자꾸 사게 되는 심리는 그 자리에 있기만 해도 분위기가 살고 크리스마스 기분을 물씬 느낄 수 있기 때문이겠지.

"얼결에 그렇게 말해서 미안해."

"뭐가?"

"아까, 안 보이는데 색으로 말해버렸잖아."

셀로판테이프를 뜯어내던 손이 멎었다. 돌아보자 야자와는 내 쪽은 거들떠보지도 않고 장식을 떼어내는 일에만 집중하고 있었다.

"네가 걱정할 일 아니야."

"아라타도 그러더라. 넌 신경 안 쓴다고."

"맞아."

"네가 신경 안 써도 그런 말을 한 나는 신경이 쓰여."

야자와의 말은 하얀 거짓말일 것이다. 내가 눈 때문에 주위 사람들과 거리를 두고 살아왔다는 사실을 말해주었다고 아라타에게 들었으니까.

"시야가 온통 회색이면 어떤 기분이야?"

"태어날 때부터 쭉 그래서 특별할 것도 없어."

"날 때부터 그랬으면 그럴 수도 있겠다."

야자와가 떼어낸 모루가 큰 소리를 내면서 바닥으로 떨어졌다.

"그럼 이 크리스마스 장식도 의미 없었겠네?"

"아니. 있고 없고는 완전히 다르지. 나는 몰라도 다른 사람들은 알잖아."

진녹색 모루를 손에 쥐자 가에데에게서 들었던 말이 아련히 떠올랐다.

1년에 한 번 가장 활약하는 날. 아직 빨간색은 인식하지 못하지만 가에데 말마따나 이 진녹색이 크리스마스의 색이라는 말은 왠지 수긍이 갔다.

이게 크리스마스의 색이구나.

"이 녹색도 예쁘고."

"⋯⋯응?"

돌아보는 야자와와 눈이 딱 마주친 순간, 후회가 파도처럼 밀려왔다.

큰일 났다. 아차 싶었지만 한번 내뱉은 말을 다시 주워 담기에는 이미 늦었고, 야자와는 안 보이는 거 아니었냐고 묻는 듯한 눈빛을 내게 던졌다.

"⋯⋯거짓말이었어?"

"⋯⋯아니."

동요한 나머지 손끝이 벽에 붙은 조명 스위치를 스치는 바람에 시야 가득 어둠이 찾아왔다. 깜깜한 실내에서 상황을 모면하기 위해 필사적으로 머리를 굴렸지만, 좋은 생각이 떠오르지 않아 정적에 휩싸인 채로 입술만 달싹거렸다.

솔직하게 말해야 할까. 언젠가는 말해야 한다고 각오하고 있었지만 그건 아직 한참 뒤, 그러니까 죽음의 그림자가 짙게 드리워졌을 때지 지금은 아니었다. 그런 말들이 머릿속에 아른거리다가 사라졌다. 내 입에서는 변명조차 나오지 않았고, 결국 아무에게도 말하지 말라는 말을 입술 사이로 밀어냈다.

조명이 꺼진 거실 안에 달빛이 스며들었다. 조금 열린 문틈으로 흘러 들어온 복도의 불빛이 흠칫 놀란 야자와의 얼굴을 비췄다. 들고 있던 녹색 모루가 손가락 사이로 쓱 빠져나갔다.

"무채병이야."

내 입에서 나온 말에 심장이 쿵 하고 떨어졌다. 오직 이 한마디가 텅 빈 가슴속을 메우고 있었던 듯한 느낌이 들었다.

야자와는 눈동자가 튀어나올 정도로 놀랐다. 그 눈은 빛을 빨아들일 듯했다.

"원래 무채병은 서서히 색을 잃어가는 병이지만, 나는 처음부터 색을 볼 수 없었기 때문에 앞으로 보이는 색이 하나씩 늘어날 거래. 그렇다고 무채병이 아닌 건 아니야."

세상에 색이 덧입혀졌다. 보이지 않던 색이 차츰차츰 보이기 시작했다. 죽음이 한 걸음 한 걸음 가까워지고 있었다.

"내년 10월 하순쯤…… 죽는대."

가에데가 죽고 금목서가 지던 그 무렵에 숨이 멎는다. 잠이 들듯 고요히 마지막 순간을 맞이한다.

"죽는 건 안 무서워. 솔직히 하고 싶은 일도 없었거든. 그런데 내게 남은 시간이 1년밖에 없다는 사실을 알았을 때, 우연히 가에데의 어머니에게 노트를 받았어."

더없이 초췌해 보이던 가에데의 어머니에게서 노트를 건네받던 날이 생각났다.

"곧 세상을 떠난다면, 남은 1년 동안 가에데가 하고 싶었던 일을 대신 이뤄주고 죽어야겠다고 결심했어."

야자와의 눈을 똑바로 응시했다. 물방울이 야자와의 뺨을 타고 흘러내렸다. 속눈썹에 맺힌 방울이 불빛에 비쳐 반짝거렸다. 나는 이 와중에도 그 모습이 예쁘다고 생각했다.

"그래서 너희를 이용했어."

나는 세상을 떠나기 전에 이 리스트를 완수하고 싶었다. 저쪽 세상에 가서 가에데에게 말해주고 싶었다. 봐, 내가 대신 끝냈어. 내 인생이 얼마 남지 않았음을 알기에 더더욱 가에데의 소원을 이뤄주고 싶었다.

늘 그랬다.

결국은 가에데가 하자는 대로 할 걸 알면서도 언제나 모호하게 대답하고 능동적으로 협조하지 않았다. 그래서 지금 과거의 잘못을 속죄하는 심정으로 이렇게 매달리고 있는지 모른다.

항상 가에데에게 떠넘기기만 했으니까. 단 한 번도 내 쪽에서 먼저 적극적으로 나서지 않았으니까.

그날, 답장을 보내지 않았으니까.

야자와의 눈에서 눈물방울이 뚝뚝 떨어지는 것을 보고도 손을 뻗어 닦아주지 않았다. 우리가 그런 사이가 아니어서가 아니라 눈물을 닦아주더라도 내가 죽는다는 사실은 달라지지 않기 때문이었다. 내 입에서 튀어나온 말은 거짓말이 될 수 없었고 실제로 내게 남은 시간은 1년도 채 되지 않았다.

"너 바보 아냐?"

야자와는 끝내 오열을 터뜨리더니 손으로 입을 막고 흑흑 흐느껴 울었다.

"바보, 바보, 진짜 바보야."

"미안."

"진짜 짜증 나, 바보."

왜 이런 일이 생기는 거냐며 비통해하는 야자와의 목소리를 듣자 아까와는 다른 의미에서 가슴이 덜컥 내려앉았다. 이유를 물어본들 내가 설명할 수 있을 리 만무하다. 야자와도 알면서 그렇게 물었을 것이다.

"겨우……"

그때 들려온 열쇠 돌리는 소리와 현관문 열리는 소리가 야자와의 목소리를 삼켜버렸다.

"미안."

나는 아무 말도 할 수 없었기에 짐을 챙겨 거실을 빠져나왔다. 현관 앞에서 마주친 야자와의 부모님께 꾸벅 고개를 숙여 감사 인사를 전하고 서둘러 발걸음을 옮겼다.

코트는 손에 들고 있었다. 칼바람이 내 몸을 찌르고 지나갔다.

다시는 거리의 일루미네이션 장식을 볼 수 없다는 생각을 하자마자 입에서 새하얀 숨이 흘러나왔다.

코끝이 찡했다.

야자와와 한마디도 하지 않고 연말을 맞이했다. 올해 마지막 날 밤, 새해 첫 참배를 하기 위해 아라타와 미카미와 셋이서 기다란 대열에 섞여 줄을 서 있을 때도 야자와는 오지 않았다. 미카미가 말을 꺼냈을 때는 관심을 보이다가 나도 간다고 말하자마자 볼일이 있다며 거절했다고 한다. 두 사람이 무슨 일이 있었냐고 물었지만 사실대로 말할 수가 없어서 다퉜다고 대충 둘러댔다.

"야자와를 열받게 했다고?"

"그런 셈이지."

"파티 장소로 자기 집까지 제공해 줬는데……"

"그거랑은 상관없어."

두 사람은 이런저런 추측을 끊임없이 읊어댔고, 당연하게도 그중에 진짜 이유는 없었다. 그날 나는 야자와에게 문자를 보내 사과했다. '숨겨서 미안'이라고 짤막하게.

읽었다는 표시는 떴지만 답장은 오지 않았다. 가에데의 문자는 툭하면 씹어놓고 막상 내가 그 입장이 되자 가슴이 답답했다.

내가 이용했다는 사실이 용서가 안 되겠지. 시한부 1년을 선고받고 소꿉친구의 소원을 대신 이뤄주고 있다. 그런 이유로 아무런 말도 없이 자신을 이용하고 있었다고 말하면 나도 화가 났을 것이다.

그건 그렇고 야자와가 하려고 했던 말이 마음에 걸렸다. 그날 야자와는 울면서 무슨 말을 하려 했을까. 고민해 봤자 답은 나오지 않는다. 내가 야자와가 아닌 이상 야자와의 생각을 읽을 순 없다.

"아, 움직인다."

아라타의 목소리에 현실로 이끌려 왔다. 개미 떼처럼 길게 늘어서 있던 줄은 기다리는 이들의 애를 태우며 한 발 한 발 앞으로 나아갔다. 해가 바뀌려면 아직 시간이 좀 남았지만 우리는 일찌감치 줄을 섰다. 역시나 리스트 때문이었다.

"제야의 종을 치라니, 리스트에 없었으면 평생 생각도 안 했을 거야."

그랬다. 리스트에 '제야의 종 치기'라는 항목이 적혀 있었다. 나도 당황스러웠다. 왜냐하면 가에데는 해마다 들리는 제야의 종소리가 시끄러워 죽겠다며 불만을 늘어놨었기 때문이다. 가에데는 일본 전통문화에 대고 시끄러워서 귀가 먹먹하니까 제발 그만두라고 일축했다. 실은 나도 대찬성이었다. 우리 집 근처에 커다란 절이 하나 있었기 때문이다.

매년 수많은 참배객이 찾아오는 그 절은 12월 31일 밤만 되면 제야의 종을 치려는 인파가 몰려들었다. 종소리가 온 동네에 울려 퍼지면 집 안에서도 특유의 중저음을 들을 수 있었다. 귀한 전통을 부정할 마음은 없지만 그래도 시끄러운 건 사실이었다.

매년 가에데와 함께 새해를 맞이했다. 가에데는 밤 10시쯤 되면 부르지 않아도 내 방에 나타났다. 딱히 뭘 하지 않고 시시콜콜한 화제로 대화를 이어가다가 11시가 지나면 텔레비전을 크게 켜두는 게 습관처럼 굳어졌다. 그날 하루는 부모님도 잔소리를 하지 않아서 제야의 종소리에서 달아나듯 음악 방송을 크게 틀어놓았다.

올해는 그 음악 방송도 보지 않았다. 밤 10시가 되기 전에 집을 나선 것도 평소와 다르다. 그래봤자 한 해를 마무리하고 새해를 맞이하는 날도 오늘이 마지막이겠지만. 눈을 감고 최후의 1년을 보내는 사이 달라진 일들을 떠올렸다. 가에데가 보면 뭐라고 할까. 한밤중에 친구들과 외출한 나를 보고 감개무량해할까.

하지만 리스트가 없었다면 나는 올해도 집 밖에 나오지 않았을 것이다. 텔레비전도 켜지 않은 채 눈을 감고 볼륨을 최대로 올린 뒤 이어폰으로 음악을 들으며 시간이 흐르기를 기다리지 않았을까.

"제야의 종은 몇 번 쳐?"

"보통 백여덟 번. 백일곱 번은 올해가 가기 전에 치고, 마지막 한 번은 해가 바뀐 다음에 친대."

"왜 백여덟 번인데?"

"인간의 백팔 번뇌에서 유래했다고 들었어."

"인간들 참 지독하네."

킥킥 웃어대는 아라타 옆에서 미카미가 스마트폰으로 제야의 종에 관해 검색했다. 추위서 몸이 덜덜 떨렸다. 일단 줄은 섰는데 과연 종을 칠 수 있을까. 앞에 서 있는 사람이 몇이나 될지 몰라서 기다리는 게 까마득했다. 우리까지 차례가 오면 좋겠지만 안 오면 어떡하지 하는 걱정이 스멀스멀 올라왔다.

"괜찮을 거 같은데? ……아마도."

속마음을 읽었을까, 그게 아니면 표정에 드러났을까, 아라타가 칠 수 있을 거라며 내 어깨를 토닥여 주었다. 아라타 말대로 우리까지 차례가 왔다. 심지어 해가 바뀌고 나서 마지막으로 타종하는 사람이 우리였다.

"운이 좋은데?"

"십년감수했어……. 다행이야, 오노."

"진짜 긴장돼 죽는 줄 알았어."

조금씩 앞으로 걸어가면서 종이 몇 번 울렸는지 세고, 그때마다 종을 못 칠까 봐 셋이 얼굴을 마주 보았는데 신이 마지막 기회를 허락해 주었다. 어쩌면 내가 죽는다는 것을 알고 일부러 이렇게 해준 게 아닐까 싶을 정도로 운이 좋았다.

셋이 함께 종을 치기 위해 밧줄을 거머쥐었다. 해가 바뀌어 주위가 소란스러운 가운데, 우리는 당목에 달려 있는 밧줄을 잡아당겼다.

"하나, 둘, 셋!"

누가 구령을 붙였는지는 모르겠다. 하지만 호흡을 맞추고 당목을 앞으로 힘껏 당겨 종을 울렸다. 온몸을 바들바들 떨게 하는 음압이 등골을 타고 내려가더니 마치 벼락처럼 몸 안쪽에서 쿵 하고 떨어졌다. 귀가 먹먹하다는 표현만으로는 부족한 그 소리에 몸이 딱딱하게 굳었다. 주지 스님이 우리를 향해 박수를 보냈지만 우리는 종소리에 질려 미동도 하지 못했다.

잔뜩 얼어붙어서 서로의 얼굴을 쳐다보다가 아라타가 먼저 입을 열었다.

"두 번 다시 하나 봐라."

그 말에 수긍한 우리는 그제야 몸을 움직일 수 있었다.

그다음에는 연관된 항목을 해치우느라 신년 참배 행사에 한 시간 정도를 썼다. 감주 마시기, '대길'이 나올 때까지 점괘 뽑기, 경내 계단을 전속력으로 뛰어 내려가기. 전부 예상보다 금방 끝났다. 점괘 뽑기는 좀 더 애를 먹을 줄 알았는데 단번에 대길이 나오는 바람에 싱겁게 끝이 났다.

"기다리는 사람은 바로 옆에 있다. 유심히 찾아봐라."

아라타가 보여준 점괘를 보자 실소가 터졌다. 아라타는 그 옆에 적힌 '잃어버린 물건은 돌아오지 않으니 포기해라'를 보고 너무하다며 어깨를 떨궜지만 어쨌거나 대길은 대길이었다.

"유고 넌?"

내가 뽑은 점괘도 대길이긴 한데 내용은 무난했다. 공부도 입시도 나와는 먼 얘기이니 뽑을 필요도 없었지만. 아라타가 내 옆에서 '기다리는 사람' 부분을 가리키며 구시렁거렸다.

"'기다리지 말고 만나러 가라'라니. 그럼 기다리는 사람이 아니잖아."

"그러게 말이야."

'기다리는 사람'은 '기다려지는 사람' 아닌가. 내 쪽에서 만나러 가면 '기다리는 사람'이라 할 수 있을까. 기다리는 사람을 기다리지 말고 만나러 가라. 이상한 말이었다. 나라면 누구를 만나러 가야 할까, 만나고 싶은 사람이 없는데.

불현듯 떠오른 가에데의 뒷모습이 야자와의 우는 얼굴로 바뀌었다. 맞다, 사과해야 하는데. 사과한다고 해서 달라지는 건 없겠지만 이대로 아무것도 안 하고 있는 것도 좀 아닌 것 같았다. 직접 만나더라도 내가 할 말은 똑같다. 하지만 그때 하려던 말이 뭐였는지 물어보고 싶었다.

전에 한 번 물어볼 타이밍을 놓친 적이 있어서 더 그랬다.

"뭐, 조만간 야자와도 화 풀 거야."

"오노, 진짜 무슨 일이야?"

"음, 내가 잘못한 건 맞는데 어쩔 수가 없었어."

집으로 발걸음을 돌리며 말끝을 흐렸다. 밤하늘을 올려다보니 일등성이 파랗게 빛나고 있었다. 그렇구나, 별도 색이 있구나. 하늘을 쳐다보면서 걷는 나를 보고 두 사람은 고개를 갸우뚱거렸지만, 나는 한겨울의 밤하늘에서 파란색 빛을 뿜어내는 아름다운 일등성을 바라보자 어릴 적 가에데가 저 별을 갖고 싶다고 그토록 떼를 썼던 이유를 알 것 같았다.

환상적이고 반짝반짝 빛이 나는 그 별은 물방울보다 더 작은 보석처럼 보였다. 실제로는 어마어마하게 크겠지만 지구에서 바라본 일등성은 손안에 들어올 듯 작기만 했다.

'밤하늘을 두 손에 가두고 싶어.'

가에데가 그때 그렇게 말했던 이유를 이제야 알게 된 내가 한없이 우스웠다.

새해 첫 등교일, 세상을 떠나기 전까지 아직 시간이 많이 남은 듯한 기분이 들지만 과연 그럴까. 하루하루는 내가 생각했던 속도보다 훨씬 빠르게 흘러갔다. 겨우 며칠 전에 제야의 종을 친 것 같은데 벌써 겨울방학이 끝나버렸다.

리스트를 들여다보고 죽은 소꿉친구의 소원을 이뤄가는 나날이 당연해졌다. 일상은 달라졌고 그렇게 변한 삶을 당연하게 받아들이기까지 시간이 그리 걸리지 않는다는 사실을 깨달았다. 불과 몇 달 전까지만 해도 내가 하늘을 쳐다보고 적극적으로 외출을 하게 되리라고는 상상도 하지 못했다.

침대에서 뒹구는 시간이 줄어들고 사람들과 연락을 주고받는 게 예삿일이 되었다.

겨울날 아침, 나는 이불 속에서 얼굴만 내밀고 희미하게 비쳐드는 햇빛과 흐릿한 하늘과 청회색으로 물든 방 안을 둘러보았다. 짙은 회색 문이 노크도 없이 열릴 일은 없다. 그런 뒤 통통 튀는 목소리가 울릴 일도 없다.

조금 더 천천히 변할 거라 믿었다. 가에데가 없는 일상에 익숙해지는 것도, 죽음의 발소리를 받아들이는 것도 모두 시간의 흐름에 맡기면 된다고 생각했다.

하지만 현실은 그렇지 않았다. 나는 가에데가 없는 일상에 무섭도록 빠르게 익숙해졌고, 죽음의 발소리는 처음부터 받아들였다. 시간의 흐름에 몸을 맡긴 채 끌려갈 줄 알았는데 직접 다리를 척척 움직여 코앞의 미래를 향해 나아가고 있었다.

누가 보면 비웃을지 모른다. 나는 죽음이 다가오는 상황에서도 내일을 기대하고 있다. 산타클로스를 간절히 기다리는 어린아이의 마음으로 시야에 새로운 색이 들어오길 소망하며 살고 있다.

"어디까지 했어?"

내가 자리에 앉자마자 아라타가 물었다. 50번 대까지 진행된 리스트를 보여주자 아라타는 순조롭네, 라며 고개를 끄덕였다. 다음에 이어지는 항목은 혼자서도 거뜬히 해결할 수 있는 것들이었다.

"눈 위에서 뛰어놀기? 이건 좀 어렵겠다."

"일기예보에서 다음 주에 눈 온다고 하지 않았어?"

"그래봤자 여기는 쌓일 만큼 안 내릴 거 같은데."

어떻게 될까. 이 지역에서 눈을 구경하기란 쉽지 않지만 작년에도 몇 센티미터 정도는 쌓였으니 가능성이 아예 없진 않았다.

정 안 되면 눈이 쌓여 있는 곳으로 가자는 말을 하던 와중에 아라타의 입에서 앗, 하는 외마디 소리가 튀어나왔다. 복도 쪽 문밖에 서 있는 야자와의 모습이 시야 끄트머리에 걸렸다. 야자와는 나와 시선이 마주치자마자 고개를 홱 돌렸다. 그러고는 미카미를 불러내더니 뭐라 뭐라 속닥거렸다.

"미운털이 단단히 박혔네."

또 무슨 짓을 저질렀냐는 질문이 날아왔지만 대답할 말을 찾지 못했다.

"혹시 고백했어?"

"농담 한번 살벌하네, 그런 거 아니야."

어떤 의미에서는 고백이 맞지만.

"그나저나 야자와가 저렇게 화내는 거 처음 봤어."

"평소에도 까칠하잖아."

"그렇긴 한데, 근본은 착한 애거든. 금방 용서하고 금방 사과하고. 너도 알잖아."

"하긴……."

야자와는 비록 감정적이긴 해도 자기 잘못을 인정하지 않는 애는 아니었다. 말싸움을 하더라도 바로 용서해 주는 것을 보면 심성이 착한 애였다.

"야자와가 저렇게 열받은 걸 보면, 말도 못 할 수준의 잘못을 저지른 거 같은데?"

"……말 못 해."

야자와가 저 정도 반응을 보인다면 아라타와 미카미는 어떨까. 미카미는 말문이 막힌 채 눈물을 흘릴지 모른다. 왠지 그런 이미지가 그려진다. 그럼 아라타는? 그건 상상도 하고 싶지 않다.

"아무튼 잘 얘기해 봐. 진심으로 사과하면 용서해 줄 거야."

"글쎄."

노트를 덮었다. 하고 싶은 일 리스트. 표지에 적힌 글자를 손끝으로 더듬으며 가에데였다면 어떻게 했을까 궁리하다가 가에데는 끝까지 아무 말도 하지 않았다는 데까지 생각이 미치자 혼자 납득하면서 숨을 훅 내쉬었다.

"시험이 얼마 안 남았으니까 열심히 공부하도록!"
종례 시간에 듣기 싫은 말이 고막을 찔렀다.
"올해는 다들 수험생이니까 지망 학교도 정해놓고! 시험 끝나면 개인 면담 들어간다."
담임 선생님이 운동복 옷깃을 세우고 호령했다. 나는 맥이 빠진 인사를 내뱉고 어수선한 교실 안 내 자리에 다시 앉았다.
"지망 학교라. 어디 갈지 정했어?"
"아니."
"그럴 줄 알았어."
정해봤자 그때쯤이면 죽고 없을 거라는 대사는 생략했지만, 병에 걸리지 않았더라도 똑같이 대답했을 거라는 생각이 얼핏 들었다. 아라타가 "오늘은 어떡할래?" 하고 묻기에 괜찮다고 대답했다.
그 물음은 '도와줄까?'라는 뜻이었다. 방과 후 리스트를 해치우기 위해 아라타와 보내는 시간이 늘어나다 보니 자연스럽게 그런 말이 입에 오르내리게 되었다.

"그럼 집에 가자아."

오늘도 말꼬리를 늘어뜨리며 일어서는 아라타를 따라가려고 머플러를 두른 뒤 자리에서 일어났다. 그런데 느닷없이 누군가 뒤에서 내 머플러를 잡아당겼다.

"뭐야!"

중심을 잃은 나는 의자에 털썩 주저앉았다. 목을 감고 있던 머플러가 스르르 풀리더니 눈앞에서 사라졌다. 아라타는 내 머리 위로 시선을 보내더니 쓴웃음을 짓다가 먼저 간다며 손을 흔들고 떠나버렸다. 무슨 일인가 싶어 고개를 돌린 순간, 창문 너머 베란다에서 몸을 앞으로 내민 채 내 머플러를 쥐고 있는 야자와와 눈이 마주쳤다.

"야자와……?"

"으, 춥다."

야자와는 어안이 벙벙한 나를 본체만체하고 뒤쪽 창문을 통해 교실로 들어왔다. 교실 안에 있던 애들이 하나둘 자리를 뜨기 시작하더니 어느새 죄다 자취를 감췄다. 야자와가 팔만 뒤로 돌려서 창문을 잠그고 나자 교실 안에 우리 둘만 남았다.

야자와는 내게 머플러를 던져주고는 좀 전에 자기가 몸을 내밀고 있던 창문을 닫았다. 그런 다음 교실 문을 닫으러 갔다. 야자와는 문이라는 문은 다 닫고 나서야 내게 눈길을 주었다.

"위험하게 무슨 짓이야?"

"아무 일 없었으니 됐잖아."

"목 졸려 죽을 뻔했거든?"

아니다, 이런 말을 하려던 건 아니었다. 나는 그날 야자와가 하려고 했던 말을 듣고 싶었다. 하고 싶은 말을 머릿속으로 읊어보다가도 막상 입을 열면 딴소리만 튀어나왔다. 모처럼 대화할 기회를 얻었는데 이대로 날려버릴 수는 없다.

야자와는 나를 물끄러미 쳐다보다가 깊은 한숨을 내쉬었다.

"한 번 더 물어볼게."

"……뭘?"

"무채병이라는 말, 진짜야?"

꽉 닫힌 창문 너머로 야구부가 운동하는 소리가 들려왔다. 살짝 떨리는 야자와의 목소리가 그 소리보다 더 선명하게 내 귀에 닿았다. 얕은 숨소리가 들렸다. 시야는 온통 회색이었다. 그런 세상에서 야자와 혼자 붕 떠 있는 것처럼 보였다.

"진짜야."

어째서인지 입술이 떨렸다. 목소리는 안 떨렸을까. 평정

심을 잃지 않고 대답했을까. 그런 의문이 뇌리에 맴돌았다. 내가 여기서 동요하는 모습을 보이면 야자와가 그날 밤처럼 또 눈물을 흘릴까 걱정이 되었다.

　야자와는 눈을 크게 뜨고 몹시 상처받은 표정을 지었다. 그러더니 눈을 꼭 감았다. 몇 번이나 한숨을 내쉬고 미간에 주름이 잡힐 정도로 눈꺼풀에 힘을 꽉 주었다. 억지로 눈물을 참는 기색이었다. 나는 그 모습을 가만히 바라보았다. 내가 무슨 말을 한들 현실은 달라지지 않는다. 어떤 말로도 야자와의 감정을 바꾸지 못한다.

　이해할 수도, 의미를 헤아릴 수도 없지만 그 사실은 절대로 바뀌지 않는다.

　나는, 죽는다.

　"그렇구나."

　간신히 짜낸 야자와의 목소리는 당장이라도 울음을 터뜨릴 것처럼 힘이 없었다. 눈을 뜨고 나를 바라보는 눈동자에서 눈물은 떨어지지 않았다. 그저 울음을 참는 아이처럼 아랫입술을 잘근잘근 씹고 있었다.

　"내가 이용해서 화난 거 아니었어?"

　"그건 아냐. 내가 너였어도 똑같이 했을 테니까."

　"병에 걸렸다고 말 안 한 건?"

"말 안 한 게 아니라 못 한 거 아냐?"

"……다음에 말하려고 했어."

"다음에, 언제? 죽기 직전에? 네 입으로? 문자 하나만 딸랑 보내고 끝내려던 건 아니고?"

"그건……."

다음은, 언제였을까. 다음에. 그 말만 머릿속을 빙빙 맴돌 뿐 어떤 식으로 전달할지까지는 생각하지 못했다. 생각하려는 시도조차 하지 않았다.

"겨우……."

그날 밤처럼 야자와가 입술을 움직였다. 일그러진 얼굴을 양손에 묻었다.

가슴 안쪽이 바늘로 찔린 듯 아렸다.

"친해졌는데."

야자와의 볼에서 물방울 한 줄기가 툭 떨어졌다.

"친구가, 됐는데."

말문이 턱 막혔다. 벌어진 입술은 닫힐 줄 모르고 조금씩 떨렸다.

"짜증은 나지만 좋은 애라고 생각했어. 같이 어울리는 것도 나쁘지 않겠다 싶었는데."

차례차례 이어지는 말에 호응하듯 눈물이 야자와의 볼을

타고 쉴 새 없이 흘러내렸다.

"끝을 알고 싶지는 않았어."

그게 전부였다. 두 손으로 얼굴을 가리고 눈물을 쏟아내던 야자와는 어째서인지 내게 미안하다고 말했다.

"뭐가……."

"의심해서 미안해, 말하게 해서 미안해."

야자와가 미안해할 이유는 어디에도 없었다.

"사실 네가 제일 힘들 텐데."

이런 상황에서도 내게 마음을 써주었다.

'근본은 착한 애거든.'

머릿속에서 아라타의 목소리가 재생되었다. 이런 상황을 받아들이기 쉽지 않을 텐데 내 걱정을 해주다니 사람이 너무 좋은 거 아닌가.

"난 안 힘들어."

"거짓말."

"진짜야. 무채병에 걸리고 나서 처음으로 색깔을 볼 수 있게 됐잖아. 시야에 보이는 색이 점점 늘어나고 있어. 회색빛에 색이 입혀질 때마다 어린애처럼 폴짝폴짝 뛰고 싶어진다니까."

"그래도 죽잖아."

"……처음부터, 살고 싶다는 마음은 별로 없었어."

야자와의 오열이 뚝 끊겼다.

"죽고 싶지는 않지만, 그렇다고 삶에 대한 강한 의지가 있지도 않았어. 내일 죽는다는 말을 듣게 되더라도 '아, 그렇구나' 하고 받아들일 수 있는 정도? 하고 싶은 일도 없고, 그냥 덤덤하게 하루하루를 살아갈 거라 생각했어."

결코 비관적이지는 않았다. 야자와가 오해하지 않도록 덧붙여 말했다.

"그러다가 무채병에 걸린 후 처음으로 하늘색을 봤어. 파란 하늘은 눈이 부셨고, 밤하늘의 별이 보석처럼 빛난다는 말도 이제야 이해하게 됐어. 사람들이 일루미네이션을 보고 걸음을 멈추는 건 그 불빛이 너무나 아름답게 빛나기 때문이라는 것도 지금은 알아."

헛웃음이 났다. 무채병에 걸려서 다행이라고 생각하다니.

"무채병에 걸리기 전보다 지금 내 눈에 비친 세상이 훨씬 더 눈부시고 아름답게 보여."

야자와는 아까보다 더 심하게 얼굴을 일그러뜨리고는 바보, 하면서 울었다.

"모르고 죽기보다 알고 나서 죽고 싶어, 나는."

하늘빛과 꽃과 초목의 빛깔과 종이에 번지는 잉크의 색을 모르고 살았다. 색채가 없는 내 세상은 온통 무채색으로 덮여 있었다. 그러다가 얄궂게도 무채병에 걸렸고 그 뒤로 세상은 색채로 넘쳐났다. 내 눈앞에 펼쳐진 세상은 오늘도, 내일도, 모레도 빛을 더해간다.

그러나 딱 하나, 마음에 생긴 작은 구멍은 메위지지 않았다.

"아무도 몰라?"

"가족이랑 의사 선생님만 알아. 친구 중에는 네가 처음이고."

"……끝까지 숨기고 싶어?"

고개를 옆으로 흔들었다. 끝까지 숨길 마음은 없다. 주위 사람들을 슬프게 하고 싶지 않아서 말하기 싫지만 그래야만 한다는 걸 알고 있다.

"내가 타이밍을 봐서 말할게."

야자와가 고개를 끄덕였다. 눈물을 닦고서 아무에게도 말하지 않겠다고 약속했다.

"근데 너 눈물샘 고장 난 거 아냐?"

필사적으로 고개를 끄덕이는 모습이 우습기도 하고, 여기서 웃어넘기지 않으면 야자와가 울음을 멈추지 않을 것 같아서 입고 있던 교복 소매로 눈물 자국을 닦아주었다. 야자와는 내가 눈물을 닦아줄 때는 얌전히 있더니 손을 거두려고 하자 두 손으로 내 손을 부여잡았다.

"야자와?"

"……끝까지 해내자."

힘주어 잡은 그 손에서 온기가 전해졌다.

"리스트를 끝까지 완수하고 나서 그 친구를 만나야지."

두 눈에 눈물을 그렁그렁 달고 말끄러미 나를 응시하는 그 눈동자가 구름 한 점 없는 하늘처럼 맑고 깨끗해서 괜스레 코끝이 시큰해진 나는 야자와의 말에 고개를 끄덕이는 것 말고는 아무것도 할 수 없었다.

마음은 무슨 색일까

"좋아하는 감정의 질량에 대해 생각해 보자!"

"반대."

눈에 익은 풍경과 무채색으로 둘러싸인 방 안에서 가에데가 교복을 입은 채 내 침대로 뛰어들었다. 밝은 표정과 느슨하게 맨 넥타이와 끝에만 웨이브를 넣은 머리카락과 손톱 끝에 옅은 회색이 깃들어 있었다.

"그러지 말고, 생각해 보자, 응?"

"이번엔 또 뭔데? 또 차였어?"

"차인 거 아니야! 전략적 후퇴!"

"그게 그거지."

검은색 중학교 교복을 손에 든 나는 바닥에 널브러져 있는 가에데의 고등학교 교복 재킷도 주워서 같이 옷걸이에 걸었다. 겨우 두 살 차이인데 중학교와 고등학교는 많이 다르구나 싶었다.

"좋아하지 않는다는 걸 깨달았어. 무슨 말인지 알겠어?"

"몰라. 그런 얘기는 동성 친구들이랑 하라고."

가에데는 침대를 마구 두드리며 불만을 표시했지만 나는 지극히 타당한 대답을 했다고 생각했다. 애초에 이성을 상대로 이런 얘기를 털어놓는 사람이 잘못이다. 가에데는 친구도 많으니 동성 친구에게 상담하는 편이 훨씬 낫다.

가에데에게 침대를 빼앗긴 나는 의자에 걸터앉았다. 가에데를 향해 "그래서?"라고 물을 만큼 이런 상황이 낯설지 않았다.

"그러니까 내 말은 좋아하지 않았다고."

"그렇게 멋있다고 호들갑을 떨어놓고?"

"결국 내가 좋아했던 건 외모뿐이었어."

"전에도 비슷한 소리를 했던 거 같은데……."

가에데가 내뱉은 선배, 라는 말에 과거의 기억이 강제 소환되었다. 맞다. 3점 슛을 날리는 모습이 멋있다던 선배가 있었다.

"최근에 아주 중요한 사실을 깨달았어."

"……말씀해 보시죠."

"그건 바로 좋아하는 감정의 질량이야!"

가에데는 팔짱을 끼고 자신만만하게 콧소리를 울렸지만 나는 통 이해가 되지 않았다. 이런 한심한 이야기는 그만 듣는 게 좋겠다는 생각에 옆에 있던 만화책을 집어 들었다. 가에데가 더 들어보라며 귀찮게 굴었으나 어차피 내가 듣는 시늉을 하지 않더라도 계속할 게 뻔했다.

"무게는 장소에 따라 달라지잖아. 똑같은 물질로 구성된 초콜릿도 중력 때문에 우주에서 잴 때와 지구에서 잴 때의 무게가 달라."

"그래서?"

"그렇지만 질량은 그대로야. 물체의 고유한 양이니까."

"됐고, 그 이야기가 대체 어디서 연결되는 거냐고."

일단 대꾸는 했지만 가에데의 이야기는 절반도 내 머릿속에 들어오지 않았다.

"내 생각에 외모나 능력을 보고 상대를 좋아하게 되는 감정은 무게와 같아."

반대로, 라며 가에데가 말을 이었다.

"그런 부분이 없어도 변함없이 좋아하는 건 사랑이야. 그게 바로 질량이지."

"처음부터 연애 감정을 질량과 무게로 표현하겠다고 하면 됐잖아."

"절대 변하지 않는 마음을 사랑이라고 하잖아? 그럼 말이야, 사랑이라는 것의 질량은 시간이 흐를수록 늘어날까, 아니면 처음 그대로 변함이 없을까?"

"뭔 소리야."

가에데는 오늘도 정답이 없는 문제를 화제로 삼았다. 정답을 찾고 말고는 둘째 치고 가에데에게는 말로 생각을 정리하는 버릇이 있다. 그걸 알기에 나는 점점 더 건성으로 흘려들었다. 하지만 자기 이야기를 전혀 안 듣고 있다는 걸 알면 화를 내기 때문에 적당히 받아쳐야 했다.

"뭐랄까. 이번에는 질량이 아니라 무게라는 생각이 들어서 후퇴했어."

"그러십니까."

"내 질량은 그 사람에게 없다는 걸 알았거든."

언뜻 어려운 얘기처럼 들리지만, 한마디로 상대를 좋아했던 게 아니라 사랑에 빠진 자기감정에 흠뻑 취해 있었다는 말이다.

"그러면 어디 있냐고 안 물어봐?"

"물어보면 말해줄 거야?"

"글쎄, 어느 쪽일까?"

나는 옆에서 즐겁게 웃는 가에데를 쳐다보면서 선뜻 대답을 정하지 못했다. 지금껏 검지를 입술에 대고 비밀이라고 말하는 모습을 여러 번 봐왔다. 하지만 바람에 나부끼는 커튼, 멀리서 들려오는 자동차 소리, 쏟아지는 햇빛, 어깨 위로 흘러내린 머리카락까지, 줄곧 봐온 이 풍경이 어쩐지 낯설게 느껴져 뭐라 받아칠 수 없었다.

"아직은 말 못 해."

가에데가 활짝 웃자 눈가에 주름이 번졌다. 아직 10대인데 눈가에 주름이 잡힌다며 가에데는 싫어했지만, 웃을 때 자연스럽게 생기는 그 주름이 점점 더 깊어지는 모습을 옆에서 계속 지켜보게 될 거라고 나는 믿었다.

"질량 보존의 법칙……."

"또 시작이야?"

새하얀 병실 안이었다. 침대 위에서 상반신을 일으키고 앉은 가에데는 무척 수척해진 모습이었다.

그때 나는 알아차렸다. 아아, 이건 꿈이구나. 실제로 있었던 기억을 이어 붙인 꿈이구나. 그게 아니라면 그토록 건강한 기운을 내뿜던 가에데가 순식간에 앙상해진 모습으로 나타날리 없었다.

"기나긴 시간이 흘러도 질량은 변하지 않아."

"이번엔 또 무슨 소리를 하려고?"

"전에 말이야, 사랑의 질량은 세월과 함께 늘어나는가, 처음과 똑같은가에 대해 이야기했었잖아."

"아, 기억난다."

벽 쪽에 놓인 파이프 의자에 등을 기대고 앉았다. 살짝 열린 창문 사이로 바람이 불어왔다. 펄럭이는 커튼과 멀리서 들려오는 자동차 소리. 언젠가 본 영화가 재상영되는 듯했지만 주인공의 모습이 전체적인 인상을 확 바꿔버렸다.

"난 확실한 답을 찾았어. 시간이 아무리 흘러도 사랑의 질량은 변하지 않아. 왜냐하면, 나라는 닫힌계* 안에 존재하니까."

"……그러니까, 사랑은 네 안에 갇혀 있으니 시간이 흘러도 변하지 않는다는 소리야?"

"맞아."

뼈와 가죽만 남은 손가락이 윤기를 잃은 머리카락을 매만졌다.

보석처럼 빛나던 눈동자는 언제부터 그 빛이 흐려졌을까.

---

* 외부와 물질 교환은 불가능하나 에너지 교환은 가능한 물리적 계系.

나는 언제부터 그 사실에서 눈을 돌리고 있었을까.

"시간이 거듭될수록 내가 상상했던 것보다 더 큰 질량이 거기 존재한다는 걸 알았어."

"그러면 무거워진 거잖아."

"아니, 처음부터 그 질량이었는데 내가 제대로 알아차리지 못했을 뿐이야."

나는 그게 뭐냐며 웃어넘겼다.

가에데는 이 병실 밖으로 나오지 못했다. 증세도 말해주지 않았다. 항상 그런 식이었다. 진짜 중요한 정보는 내 귀에 들어오지 않았다.

끝까지 나를 남동생처럼 대했으니까.

"그래서 더 잘 보관해야 해. 밖으로 드러내지 않고 내 안에 철저히 가둬두려고."

"좋아하면 좋아한다고 말해. 상대가 누군지는 모르겠지만, 고백하면 안 되는 사람이야?"

"왠지 병을 방패로 삼는 거 같잖아."

"그런 걸로 뭐라고 할 사람이야?"

"……그건 아니지만."

가에데는 그렇지만, 하면서 예전에도 그랬듯 입술에 검지를 갖다 댔다.

"평생 비밀로 간직하려고."

가에데는 지난번과 똑같이 웃어 보였지만 그건 질량을 가둔 웃음이었다. 나는 목구멍까지 차오른 말을 그냥 삼켜버렸다. 그리고 무슨 말을 하려고 했는지도 잊어버렸다. 아니, 잊어버린 척했다. 하고 싶은 말을 밀어내고 나면 송두리째 무너지고 만다는 생각이 들었기 때문이다.

입을 다문 뒤 하려던 말을 삼키고 다른 말을 내뱉었다. 그렇게 가에데가 죽고 눈앞에서 사라진 후로는 무슨 말을 하려고 했는지도 기억나지 않았다.

하지만 분명 그 말은 내 가슴속 어딘가에 남아 있을 것이다.

활짝 핀 꽃에 값을 매기는 걸 보면 시들어 가는 꽃에도 그럴 수 있을 것 같은데, 한창 예쁘게 핀 꽃이 아니면 가치가 없나 보다. 시야를 가득 메운 새하얀 꽃잎 사이로 파란 하늘을 올려다보았다. 마치 눈이 내린 듯했다. 초속 5센티미터로 떨어지는 그 꽃잎은 손끝에 닿아도 녹지 않고, 그 대신 부드러운 감촉을 남기며 손가락 사이로 빠져나가 하늘하늘 날렸다.

벚꽃이 지닌 아름다운 색깔을 알아보지 못한 채 두 번 다시 만날 수 없는 봄을 맞이했다.

어느 틈엔가 벚꽃은 70퍼센트 넘게 져버렸다. 4월 초순이 되자 길었던 겨울이 물러갔고 최근에는 목을 감싸고 있던 머플러와도 작별을 고했다. 낯익은 교복 재킷에 팔을 끼워 넣고 넥타이를 맸다. 와이셔츠 첫 번째 단추를 채우지 않은 건 소소한 반항일까, 아니면 가에데의 교복 차림을 떠올리고 따라 해보고 싶어진 걸까.

고등학교 3학년 생활이 시작되는 첫날이었다. 여느 때보다 조금 일찍 집을 나선 나는 이리저리 두리번거리며 어제와 다른 색깔을 찾았다.

무채병이 발병하고 161일이 흘렀다. 내 눈동자에 비친 세상은 녹차부터 제비꽃까지 선명한 색채를 띠고 있다.

아이러니하게도 집 밖으로 나가는 게 즐거워졌다. 집에 틀어박히기 좋아하던 나였는데 지금은 길었던 겨울 뒤에 찾아온 포근한 봄기운과 처음 본 색채를 두른 신록이 반가워서 아무 용건 없이도 바깥을 어슬렁거리는 습관이 몸에 배었다. 매일매일 발견의 연속인 탓에 발을 멈추는 순간이 한두 번이 아니었다. 가족은 이런 내 모습을 그다지 반기지 않는 눈치였다.

내가 자꾸만 밖으로 나가는 이유를 아는 사람은 한 명밖에 없다.

"앗."

벚꽃 사진을 찍고 있던 야자와와 눈이 마주쳤다. 살며시 손을 들어 인사하자 야자와는 씩 웃어 보였다.

"안녕."

야자와가 직접 찍은 사진을 보여주기에 봐도 모른다고 했더니 야자와는 곧 보일 거라고 받아치곤 나를 신경 쓰는 기색도 없이 먼저 걷기 시작했다.

비밀을 공유한 뒤로 둘이 함께 보내는 시간이 늘어난 건 야자와의 말 한마디 때문이었다.

"안 보이는 색은 사진으로 찍어뒀다가 나중에 다시 보면 돼."

교실에서 울던 그날, 집으로 돌아가는 길에 야자와는 그렇게 말했다. 그런 발상을 못 한 나는 눈을 동그랗게 떴다. 원래도 사진을 찍는 습관이 없던 터라 카메라로 기록을 남겼다가 나중에 다시 본다는 생각 자체를 하지 못했다.

무척이나 야자와다운 발상이었다. 야자와는 그 말을 하자마자 스마트폰 폴더에 있던 친구들 사진을 내게 보여주었다.

"색깔을 모르겠으면 질리도록 봐온 집 근처 같은 데를 찍어뒀다가 시간이 흐른 뒤에 다시 꺼내 보면 재미있을 거야."

"난 원래 사진을 잘 안 찍는데."

내 스마트폰에는 사진이 얼마나 들어 있을까. 확인해 보고 싶은 마음도 없지만, 많아도 50장 정도일 것이다. 내게 사진은 무채색의 단면을 잘라낸 조각이나 다름없었다.

"그러면 내가 찍어줄게."

형편없는 너 대신에, 라며 야자와가 내게 렌즈를 들이댔다. 찰칵. 경쾌한 소리와 함께 '어?' 하는 표정을 지은 내가 화면에 비쳤다.

"역시 내 솜씨는 어디 안 간다니까."

야자와는 내가 움직였는데도 흔들림 없이 찍힌 사진을 보더니 자기 솜씨가 좋아서 그런 거라며 어깨를 으쓱했다. 그 후로 야자와는 나와 함께 있을 때면 항상 사진을 찍었다. 그렇지만 주위에서 수상쩍게 볼까 봐 걱정됐는지 학교에서는 찍지 않고 같이 산책할 때만 카메라를 갖다 댔다.

무작정 걷기만 하는 내 옆에서 야자와는 진지한 눈빛으로 세상을 카메라에 담았다. 이렇게 조금 일찍 집을 나와 등교하기 전에 야자와와 산책하는 일이 일상의 일부분이 되었다. 야자와의 스마트폰 폴더 속에는 세상의 사소한 단면을 잘라낸 사진이 쌓여갔고, 그중에는 아직은 보이지 않는 빛깔에 휘감긴 사진도 많았다.

야자와는 제 눈에 예뻐 보이는 장면들을 찍어서 죽음을 향해 걸어가는 나를 위해 사진으로 남기고 있다. 그런 야자와가 고마우면서도 모든 색을 보게 됐을 때 내가 어떤 감정에 사로잡힐지 모른다는 불안감 때문에 가슴이 걷잡을 수 없이 아려오기도 했다. 순수하게 감동할 수 있을까. 죽음의 공포에 휩싸이지 않을까. 아직은 죽음이 두렵지 않았다.

"벚꽃은 예쁘니까 왕창 찍어야지."

"흰 눈 같아."

"색이 안 보이면 그럴 수도 있겠다, 뭔가 근사하네."

"그런가?"

"응, 봄에 내리는 눈은 본 적 없지만 틀림없이 아름다울 거야."

우리는 발길 가는 대로 걷다가 학교로 걸음을 옮겼다. 야자와가 "눈 하니까 생각났는데"라면서 입을 열더니 재미있었다며 겨울방학 때 있었던 일을 이야기했다. 리스트에 나와 있는 항목을 완수하기 위해 스키장에 갔는데 정작 스키는 안 타고 눈 위에서 신나게 뛰어다니면서 놀기만 했다. 편의점에서 파는 온갖 종류의 어묵을 사 먹는다거나 겨울밤 공원에 모여 숨바꼭질을 한다거나 하면서 도무지 의미를 알 수 없는 소원을 이뤄주기 위해 애를 썼다. 그때마다 야자와는 함께했다.

어느 틈엔가 사람을 살뜰하게 챙기는 야자와가 든든한 버팀목이 되어 나를 지지해 주었다. 병에 걸린 사실을 아무에게도 들키지 않는 것은 오로지 야자와 덕분이었다. 이렇게 둘이 산책할 때도 있지만 다른 애들 앞에서는 이전과 똑같이 대해주었다.

"근데 다음엔 뭐야?"

"네잎클로버를 찾을 때까지 집에 돌아가지 않기."

"헉……."

야자와는 진심으로 기겁하는 눈치였지만 어쩔 도리가 없었다. 가에데는 툭하면 엉뚱한 짓을 꾸몄다. 노트에 적힌 내용의 80퍼센트 이상은 전부 충동적으로 생각해 낸 게 분명했다. 중요하지 않은데 까다로운 일투성이였다.

"아직 봄인데 어쩌지."

"알면 말하지 마, 나도 같은 생각이니까."

대체 무슨 생각으로 이런 걸 적어놨냐고 따지고 싶었다.

"네 소꿉친구는 연상이라는 느낌이 안 들어."

"늘 이런 식이었어."

내가 아는 가에데는 항상 이랬다. 그렇기에 노트에 무슨 말이 적혀 있더라도 가에데라면 그럴 수 있다고 받아들이게 된다. 가에데는 아이처럼 거침없고 자유분방했다. 하도 철딱서니가 없어서 나보다 나이가 많다는 사실이 믿기지 않았다.

"그래도, 왠지 이해돼."

"뭐가?"

"너랑 어려서부터 쭉 친구로 지내려면 강인하고 자유분방한 성격이 아니면 무리야."

"무슨 말이 하고 싶은 건데?"

"네가 예전에는 어땠는지 잘 모르지만, 넌 적극적으로 움직이는 타입이 아니잖아. 상대가 막무가내로 끌고 다니지 않았다면 둘이 같이 놀 수 없었을걸?"

"아아, 그건 인정."

무조건 틀린 말은 아니었다. 오히려 정답에 가까웠다. 나는 줄곧 가에데에게 휘둘리며 살아왔다. 그렇지만 가에데가 억지로라도 끌고 다니지 않았더라면 하루 종일 집 안에 처박힌 채 사람을 만나려고도, 밖으로 나가려고도 하지 않았을 것이다.

그런 면에서는 조금 고마웠다. 지금 내가 밖에서 친구들과 시간을 보내게 된 것 역시 죽은 뒤 가에데가 나를 한층 더 심하게 이리저리 끌고 다닌 덕분이다. 가에데의 리스트가 내 인생을 바꿔놓았다.

"어쨌든 연상이니까 너를 잘 보살펴 줬겠지?"

"흠, 난 내가 보살펴 줬다고 생각하지만, 그 반대일지도 모르겠네."

"사진 없어?"

"있긴 한데. 아마 폴더에 있을걸?"

"있는지 없는지 몰라?"

"열어보지 않아서 모르겠어."

야자와에게 내 스마트폰을 넘겼다. 야자와가 폴더를 열고 사진을 뒤지기 시작했다. 곁눈질로 야자와의 모습을 살피기만 하고 화면에는 눈길을 보내지 않은 이유를 나도 잘 모르겠다.

"……예쁘다."

"그런가?"

"응, 볼래?"

"됐어. 봐도 모를 텐데, 뭐 하러."

"흑백이라도 예쁠 거 같은데?"

야자와는 화면이 어두워진 스마트폰을 돌려주면서 다음에 한번 보라고 말했다.

볼 일이 있을까. 모든 색이 눈에 보이는 날이 오면 보게 될까. 모르겠다. 나는 아직…….

가에데가 죽은 후로 가에데의 사진을 한 번도 보지 않았다.

교문 안으로 들어서자 학교 건물 앞 게시판에 아이들이 빽빽하게 모여 있었다.

"반 편성표 확인하고 올게."

"어? 야! 빠르다……."

순식간에 인파 속을 요리조리 헤치고 가는 야자와가 무척 듬직해 보였지만 그렇다고 따라가고 싶지는 않아서 살짝 떨어진 자리에 선 채로 아이들이 빠져나가기를 기다렸다. 야자와라면 친구들이 몇 반인지까지 보고 올 거라는 확신이 들었다. 예상대로 야자와는 사람들 틈에서 이리 치이고 저리 치인 끝에 내 쪽으로 달려왔다.

반짝이는 눈빛이 왠지 부담스러웠다. 야자와가 들뜬 표정으로 사진을 보여주었다.

"봐, 우리 같은 반이야!"

3반 명부에 내 이름이 있었다. 맨 끝에 야자와의 이름도 나와 있었다.

"정말이네."

"다행이야, 앞으로도 챙겨줄 수 있겠다."

"엄마 같은 소리 좀 하지 마."

빵 터진 나를 보며 야자와가 만족스레 웃었다.

"근데 여기 봐봐, 충격이야."

미카미는 1반이고 아라타는 4반이라서 두 사람과는 반이 달랐다.

"입시 때문에 미카미가 특별반인 1반으로 가는 건 알고 있었는데."

"아라타랑 떨어지면 힘든데."

"……맞다, 오노 너 친구 없지."

"그 말 왜 안 하나 했어."

"걱정 마, 4반이랑 합동 수업은 같이 들으니까 체육 시간에는 외톨이가 아닐 거야."

"자꾸 쓸데없는 소리 할래?"

입을 다물게 해줘야겠다고 생각했지만 야자와가 다른 친구들과도 떨어졌다며 애석해하는 모습을 보고 그만두었다. 야자와는 늘 붙어 다니던 친구들과도 뿔뿔이 흩어진 모양이었다.

3학년은 진로에 따라 어느 정도 반이 갈라진다. 미카미처럼 명문대를 희망하는 우등생은 특별반인 1반과 2반, 전문학교 진학이나 취업을 원하는 사람은 7반과 8반이다. 그리고 중간인 3반부터 6반까지가 일반반이다. 3반과 4반이 문과고 5반과 6반이 이과여서 같은 반이 될 확률이 반반이라고 생각했으나 현실은 녹록지 않았다.

"나만 외톨이야?"

우리는 돌연 어깨를 붙들리는 바람에 움찔하며 소리를 질렀다. 야자와와 나 사이에 얼굴을 쏙 내밀었다가 우리의 한숨 섞인 핀잔을 들은 아라타는 야자와가 찍어 온 반 편성표를 보고는 한 번 더 고개를 떨어뜨렸다.

"왜 나만 혼자여야 하는 건데?"

"평소 행실이 나빠서?"

"이건 다 운이니까 그만 포기해."

"둘 다 너무하네……."

왜인지 쉬는 시간마다 보러 가주겠다며 고자세를 취하는 아라타를 어르고 달래면서 교실로 향했다. 나는 끝까지 떨어지지 않으려고 들러붙는 아라타를 간신히 떼어내고 교실로 들어가 자리에 앉았다.

최후 반년의 막이 올랐다.

197. 파르페 단번에 먹기

198. 세 시간 동안 혼자 노래방에서 노래 부르기

199. 하루 만에 책 한 권 읽기

200. 네잎클로버를 찾을 때까지 집에 돌아가지 않기

"여러분, 준비됐습니까?"

야자와가 목장갑을 낀 채 손뼉을 치자 아라타가 바짓가랑이를 둘둘 걷어 올렸다. 미카미는 머리를 하나로 묶고 나는 모자를 다시 한번 눌러썼다.

"알겠지? 한 개만 찾으면 끝이야."

"넌 저쪽, 미카미는 반대쪽."

"난 이쪽, 오노는 저쪽."

야자와가 빠릿빠릿하게 지시를 내리는 모습을 지켜보면서 나는 주위를 두리번거렸다.

화창한 일요일 오후였다. 학교 근처 강변을 따라 걷다 보면 공터가 하나 나오는데, 그 앞에 세워놓은 허술한 출입 금지 간판을 무시하고 안으로 들어왔다. 기왓장을 대충 철거하다가 내팽개친 듯한 그 땅은 사람의 손길이 떠난 지 한참 됐는지 토끼풀 군생지로 변해 있었다. 작고 하얀 꽃은 일부만 회색을 띠고 있었는데 야자와가 그 부분은 분홍색이라고 귀띔해 주었다.

발밑에 오보록하게 깔려 있는 토끼풀은 강변 둔치까지 이어졌다.

오늘 우리는 여기서 있는지 없는지 확실하지도 않은 네잎 클로버를 찾아야 한다.

"좋아, 시작이다!"

묘하게 기합이 들어간 야자와의 지시에 일제히 움직이기 시작했다. 나는 우선 기왓장 근처에 피어 있는 꽃과 풀부터 살폈다. 일설에 따르면 네잎클로버는 사람 발에 짓밟히거나 세게 짓눌리거나 하면 방어 본능 때문에 개체 수를 늘린다고 한다. 사람은 오래전에 떠났더라도 건물이 무너질 때 짓눌린 자리니까 네잎클로버가 많이 퍼져 있을지도 모른다는 생각이 들었다.

그 밖에 유전적 요소에 관한 설도 있다. 네잎클로버 유전자가 번식하는 땅이 따로 있다는데 그런 장소를 찾기란 하늘의 별 따기만큼이나 어렵지 않을까. 이 넓디넓은 땅에서 기적적으로 네잎클로버만 모여 있는 장소를 찾아낼 가능성은 제로에 가깝다.

쪼그리고 앉아서 땅바닥을 쳐다보았다. 짙은 초록색 풀을 보고 있으니 어릴 적 추억이 되살아났다.

어린 시절 가에데가 화관을 갖고 싶다고 했다. 나는 방법을 몰라서 가에데의 어머니가 만드는 모습을 옆에서 지켜보았다. 그런데 가에데는 막상 완성된 화관을 보고는 시큰둥하게 반응하더니 꽃도 아닌 네잎클로버 찾기에만 열을 올렸다. 아주머니에게서 네잎클로버를 찾으면 행복해진다는 말을 들은 후로 가에데는 항상 그것을 찾고 싶어 했다. 하지만 네잎클로버는 가에데 앞에 좀처럼 나타나 주지 않았다.

"못 찾겠어."

탄식하는 가에데에게 내가 말했다.

"원래 아주 드물대. 그러니까 이런 데 잔뜩 피어 있으면 그게 더 이상하지."

가에데는 불만스럽게 대답했다.

"많이 있으면 많은 사람이 행복해지잖아."

"많이 없으니까 찾으면 행복해지는 거 아냐?"

나는 볼멘 표정의 가에데 옆에서 아주머니에게 배운 대로 화관을 만들었다.

네잎클로버를 찾겠다고 풀밭을 이 잡듯 뒤지고 있는 가에데의 머리에 처음으로 만든 화관을 씌워주었다.

"대신에 이거 줄게."

아주 엉성한 화관이었다. 줄기는 툭 튀어나오고 꽃은 시들시들했다. 간신히 동그란 모양을 유지하고 있긴 해도 네잎클로버보다 훨씬 가치가 없어 보였다.

하지만 가에데는 얼굴 가득 웃음을 머금었다.

"이게 더 좋아."

가에데는 이게 더 좋다는 말을 여러 번 반복하면서 그 화관을 머리에 쓴 채 집으로 향했다. 태양이 머리 꼭대기에서 내리쬐고, 봄바람이 코끝을 간지럽히고 지나갔다. 가에데는 해맑게 웃으면서 이름도 모르는 꽃들이 뒤섞인 그 내음이 좋다고 말했다.

"네잎클로버 냄새."

"아니야."

"맞아, 네잎클로버 날의 냄새. 오늘은 행복한 날이었으니까."

뭐든지 오감과 연결 지어 생각하는 가에데에게 대체 그게 무슨 날이냐고 반박하지 않았다. 왜냐하면 행복한 표정으로 한쪽 손은 내 손을 잡고, 반대쪽 손으로는 머리에 쓴 화관을 쓰다듬고 있었으니까.

우리는 늘 그런 시간을 함께했다.

"열심히 좀 찾아!"

머리에 충격이 가해졌다. 뒤를 돌아보고서야 야자와가 페트병으로 내 머리를 내리친 것을 알았다.

"뭐 만들어?"

페트병을 받아 드는 내 무릎 위에는 완성된 화관이 놓여 있었다.

"필요해?"

"필요하냐고? 그게 중요한 게 아니라 네잎클로버를 찾으라고!"

"무의식적으로 만들었어."

그날 만들었던 화관보다 훨씬 예쁘게 만들어졌다. 이음매도 눈에 띄지 않고 꽃도 시들지 않았다. 페트병에 든 물을 마시고 자리에서 일어나 야자와의 머리에 억지로 화관을 씌웠다. 발치에는 네잎클로버가 아닌 토끼풀이 수두룩했다.

"줄게."

"됐어, 근데 왜 이렇게 솜씨가 좋아?"

"수행의 결과랄까?"

"뭐어?"

어느새 두 시간이나 지났다. 다들 정신없이 네잎클로버를 찾는 동안 나만 화관 만들기 삼매경에 빠져 있었다.

"찾았어?"

"못 찾았어. 아라타랑 미카미한테도 물어보고 올게."

"부탁할게."

야자와는 화관을 멀뚱히 쳐다보다가 차마 버릴 수 없었는지 손에 들고 두 사람이 있는 쪽으로 갔다. 나는 그 뒷모습을 바라보면서 야자와가 오늘따라 유난히 열의에 차 있다는 느낌을 받았다.

　야자와에게는 몇 번이나 도움을 얻었다. 겨울방학 동안 리스트를 순조롭게 완수할 수 있었던 건 야자와 덕분이라고 해도 과언이 아니었다. 평소 야자와는 리스트를 확인한 뒤 어떻게 할지 나에게 묻고 나서 행동에 나섰다. 오늘처럼 자기가 직접 주도한 적은 없었다. 야자와를 생각하면 실천력이라는 말이 가장 먼저 떠오를 만큼 추진하는 힘이 넘쳐도 리스트에 관해서는 내가 맡아서 해야 하는 일이라며 앞에 나서는 법이 없었는데 오늘은 예외였다.

　"못 찾겠어."

　아라타가 땀을 훔치며 내 쪽으로 걸어오더니 기왓장에 걸터앉았다.

　"그건 뭐야?"

　"화관."

　"그런 걸 왜?"

　"얼떨결에 만들었어. 어릴 때 가에데한테 만들어 줬었거든."

　내 말에 아라타는 고개를 끄덕이며 시선을 돌렸다. 분위기가 약간 어색해졌다 싶었는데 아라타가 뻘쭘한 얼굴로 그러면 자기에게 달라고 해서 웃음이 나왔다.

"갖고 싶어?"

"응, 처음 봤거든. 화관 만드는 사람."

"설마."

"설마가 아니야. 난 못 만들어."

아라타가 그건 그렇고 요즘 야자와하고만 친하게 지내는 거 아니냐며 투덜거렸다.

"반이 같아서 그런가."

"아침에 등교도 같이 하잖아. 다 봤어."

"리스트 거들어 주는 거야."

"내가 도와주면 되잖아."

"반이 같아서."

"너무해! 나만 혼자 외롭게 내버려두고!"

"거짓말, 아주 인기인 납셨던데?"

나는 자리에서 일어나며 강제로 이야기를 마무리 지었다. 아라타는 탁월한 커뮤니케이션 능력을 발휘해 4반 아이들 사이에서 인기가 많았다. 어쩌면 처음부터 그런 자리가 아라타의 몫이었는지 모른다. 1학년 때는 야자와처럼 화려하게 꾸미고 다니는 애와도 친했다고 하니까. 2학년에 올라와서는 나와 어울리느라 맞춰준 게 아닐까.

아라타 말마따나 리스트에 관해서라면 그에게 도움을 받

아도 된다.

하지만 야자와는 내 비밀을 알고 있다. 비밀을 알기 때문에 도움을 받기 편했다. 행여 말실수를 할까 걱정하지 않아도 되고, 하나씩 늘어나는 색을 볼 때의 기쁨을 털어놓을 수 있는 사람이 옆에 있으니 잠시나마 시름을 잊을 수도 있었다. 그러나 아라타에게는 사실대로 말할 수 없었다.

뭔가 할 말이 있는 듯한 아라타의 태도가 수상했지만 미카미의 목소리가 의문을 날려버렸다.

"봐!"

우리 쪽으로 달려온 미카미의 손에 네잎클로버가 들려 있었다.

"우와!"

"진짜 찾았구나!"

조금 전까지 우리 둘 사이에 떠돌던 어색한 공기는 놀라움과 흥분에 가려져 어디론가 사라졌다. 둘이 함께 미카미 주위를 빙빙 돌면서 몇 번이나 대박이야, 굉장해, 하고 외쳤다.

"어디서 찾았어?"

"고가도로 그늘에서! 엄청나지? 진짜 처음 봤어!"

"나도 처음이야!"

네잎클로버는 미카미의 손바닥 안에 쏙 들어가는 크기였

다. 보통 토끼풀보다 잎사귀 크기는 작았지만 어쨌거나 네잎 클로버가 틀림없었다.

"200번 클리어!"

내 어깨에 팔을 두른 아라타와 함께 기쁨을 나누며 가방에서 노트를 꺼내 형광펜으로 줄을 쳤다. 셋이서 잔뜩 흥분해 있다가 뒤늦게 한 명이 안 보인다는 사실을 알아차렸다.

"야자와는?"

"나더러 먼저 가라던데?"

"내가 데려올게."

나는 자기가 불러오겠다는 미카미를 뒤로하고 노트를 가방에 넣은 뒤 미카미가 뛰어왔던 길을 혼자 걸어갔다. 공을 세운 미카미에게 야자와를 데려오는 일까지 시킬 순 없는 노릇이었다. 돌아보며 두 사람에게 금방 오겠다고 말했다.

미카미가 왔던 길로 걸어가자 강변 둔치가 나왔다. 주위를 이리저리 둘러봤으나 야자와는 보이지 않았다.

"야자와?"

이름을 불러도 대답이 없다. 대체 어디까지 간 거람. 이마에 땀이 솟는 게 느껴졌다. 벌써 여름이 왔나 싶을 정도로 더웠다. 빨리 찾아서 실내로 들어가야겠다는 생각에 걸음을 재촉했다.

고가도로 밑 그늘에 쪼그리고 앉아 있는 야자와의 모습이 시야 끄트머리에 걸렸다.

"야자와."

말을 걸어도 반응이 없었다. 할 수 없이 나도 그늘로 들어갔다. 햇볕이 차단된 그곳은 조금 서늘했다. 야자와는 정신없이 네잎클로버를 찾고 있었다.

"야."

일부러 발소리를 내며 바로 옆까지 다가가자 야자와는 그제야 얼굴을 들고 내게 시선을 주었다.

"미카미가 찾았으니 끝났어."

"……알아."

야자와는 그렇게만 말하고 다시 고개를 돌리고 손을 움직였다.

"무슨 말인지 몰라?"

"조금만 더 찾아볼게."

"찾았으니까 끝났다고. 클리어라고."

"내가 찾고 싶어서 그래."

더더욱 이해가 가지 않았다. 야자와는 부지런히 네잎클로버를 찾았다. 내 머릿속은 물음표로 가득했다.

"갖고 싶어, 네잎클로버."

"뭐 하게?"

어린애 같다고 생각했다. 무심코 쓴웃음을 짓다가 야자와의 어깨에 걸린 파란색 가방 안에 든 화관을 발견했다. 버려도 되는데 고이 간직하는 모습이 야자와답다는 생각이 들었다.

"먼저 돌아가."

"애들 기다려."

"난 정말 괜찮으니까 먼저 가."

"왜 그렇게 진심인데?"

나는 그 옆에 주저앉아 야자와의 손끝을 쳐다보았다. 여기가 미카미가 네잎클로버를 찾은 장소일 터였다. 하나를 찾았으니 하나 더 찾을 수 있을지도 모른다. 내 눈은 절대로 못 찾을 것 같지만.

얼마 후 야자와가 바쁘게 움직이던 손을 멈췄다. 드디어 포기했구나 싶었다. 빨리 데리고 돌아가려고 양 무릎에 두 손을 짚으며 일어서려던 그때였다.

"기적이라도 일어나지 않으면 달라지지 않잖아."

"……뭐가?"

"네잎클로버를 찾으면, 네 병이 나을지도 몰라."

말문이 막힌 건 내 쪽이었다. 나는 일어서려다 말고 계속 네잎클로버를 찾는 야자와의 옆얼굴을 뚫어져라 바라보았다.

"네잎클로버는 행운의 상징이잖아. 행운이 찾아오면 불가능한 기적이 일어날 수도 있어."

야자와는 땀방울이 관자놀이를 타고 흐르거나 말거나 개의치 않고 진지한 눈빛으로 쉴 새 없이 손을 움직였다.

"무리라는 거 알아, 바보라고 비웃어도 상관없어. 그치만 네잎클로버만 찾으면 달라질 수 있다는 그런 기대조차 하지 않으면……"

너무 힘들어, 라며 눈썹 끝을 늘어뜨리는 야자와의 얼굴을 내 눈은 놓치지 않았다.

"찾아도 달라지지 않는다는 건 나도 알아. 하지만, 하지만 말이야, 내 손으로 찾으면 네가 1초라도 더 오래 살 수 있지 않을까, 실은 의사의 오진이 아니었을까…… 그런 기적 같은 일이 일어날지도 모른다고 생각하게 돼."

"야자와……"

"앞으로 반년도 안 남았잖아."

나는 무슨 말을 하려다가 다시 삼켰다.

"넌 이 세상에 미련이 없다고, 죽는 게 두렵지 않다고 했지만, 나는 무서워. 반년 후에 네가 내 눈앞에서 사라지는 게 무서워."

야자와의 눈동자가 촉촉해졌다.

"네가 죽는 게…… 무서워."

아아, 그랬구나.

나는 줄곧 궁금했다.

내가 죽음을 전혀 두려워하지 않는다는 사실을 주위에서 알면 뭐라고 할까. 말로는 표현하지 않아도 헤어질 시간이 다가오는 걸 슬퍼할까. 받아들일 수밖에 없다고 체념할까. 여태 아무도 말해주지 않아서 몰랐다. 사람들을 슬프게 만들 거라는 생각에 미안할 따름이었다.

그래서 모르고 있었다. 내 죽음을 이토록 두려워하는 사람이 있다는 사실을.

코를 훌쩍이며 흘러내리는 눈물을 닦는 야자와의 장갑이 초록으로 물들어 있는 것을 보자 야자와가 얼마나 진지하게 네잎클로버를 찾았는지 알 수 있었다. 이 순간에도 필사적으로 수풀을 뒤적이는 야자와의 손을 붙잡았다. 놓아달라고 했지만 나는 그 손을 놓지 않았다.

"끝났어."

"계속 찾을 거야."

"그만해, 벌써 끝났어."

"뭐야, 내가 하고 싶어서 한다잖아!"

"됐어, 그만해."

아랫입술을 짓이겼다. 손에 힘이 들어갔다. 됐어, 그만해, 라는 말을 잠꼬대처럼 되풀이하며 야자와를 일으켜 세웠다.

"기적은 일어나지 않아."

"일어날지도 모르잖아!"

"안 일어나. 헛수고할 필요 없어."

"헛수고라니……."

"가에데는 찾았는데도 죽었어."

야자와가 숨을 삼키는 소리가 내 귓가에 날아들었다.

어릴 적 가에데는 몇 번씩이나 네잎클로버를 찾으러 다녔다. 그때마다 나는 화관을 만들면서 열심히 네잎클로버를 찾는 소꿉친구를 멀리서 바라보았다.

그러던 어느 날, 그토록 찾아 헤매던 네잎클로버를 드디어 발견했다. 심지어 고등학생 때였다. 오랜만에 네잎클로버를 찾느라 열을 올렸다며 당당하게 말하는 가에데에게 나는 그 나이에 할 짓이냐며 코웃음을 쳤다. 그래도 가에데는 기분 나빠하지 않았다.

"이거 말려서 장식해야지."

가에데는 자기가 말한 대로 네잎클로버를 사전에 끼워 넣고 말렸다. 말린 네잎클로버는 투명한 액자에 넣어 방에 장식해 두었다.

이것만 있으면 소원이 이루어진다, 행복해진다. 가에데는 네잎클로버를 보여주며 호들갑스레 말했고, 나는 겨우 그런 걸로 행복해진다면 세상이 지금보다 훨씬 더 평화로울 거라고 반박했다.

그런데도 가에데는 그 미신을 믿어 의심치 않았다.

마지막 순간까지 가에데의 병실에는 네잎클로버 액자가 놓여 있었다.

"그런 걸로 죽을 사람이 안 죽지는 않아."

그러니까 그만해. 시간 낭비할 필요 없어. 슬픔을, 남겨지는 공포를 느끼게 해서 미안해. 아무에게도 말하지 못하게 해서 미안해. 머릿속에 사죄의 말이 끊임없이 떠올랐지만 목구멍에 걸려 입 밖으로 나오지 않았다.

"네가 애쓸 이유는 없어."

그렇게 말하는 내 표정이 심하게 일그러져 있었나 보다. 나를 보던 야자와가 얼굴을 찡그리고 입술을 깨물었다. 하려던 말을 집어삼키고는 발끝만 내려다보면서 고개를 끄덕였다.

"가자."

야자와의 손을 잡고 고가도로 아래에서 나왔다. 태양이 빛을 쏟아내며 땅에 그림자를 그려놓았다. 나는 훅 불어온 바람에서 그날처럼 온갖 꽃이 뒤섞인 냄새를 맡고는 얼결에 야자와의 손을 놓아버렸다.

"오노……?"

등 뒤에서 야자와의 목소리가 들렸지만 나는 그 자리에 못 박힌 듯 발을 떼지 못했다.

"맞아, 네잎클로버 날의 냄새. 오늘은 행복한 날이었으니까."

어린 가에데가 웃었다. 나도 덩달아 웃었다. 눈부시게 빛나던 짧은 한때였다.

이게 무슨 냄새인지 나는 모른다. 아마 죽을 때까지 모를 것이다. 알고 싶지도 않다. 하지만 가에데가 생각났다. 야자와가 들고 있는 화관의 색깔이 내 콧속을 간질이는 이 냄새와 연결되고 말았다.

네잎클로버 날의 냄새라니, 멍청한 소리 하지 마.

입술을 꽉 물고 다시 발걸음을 뗐다. 이번에는 야자와의 손을 잡지 않았다.

그때부터 아라타와 미카미가 기다리는 곳에 도착할 때까지 우리는 한마디도 하지 않았다.

신호등의 파란불이 파란색이 아님을 알게 된 날부터 깜빡이는 그 불빛을 멀거니 쳐다보는 버릇이 생겼다. 한 발짝도 움직이지 못하다가 회색빛으로 바뀐 신호등을 보고는 나도 모르게 안도했다. 아직도 세상의 3분의 1은 무채색이지만 발밑에 피어 있던 민들레에 색이 깃든 순간부터 나는 새로운 색을 보고도 더는 흥분하지 않게 되었다.

이렇게 지내도 괜찮을까. 그 생각이 머릿속을 가득 채웠다. 네잎클로버를 찾은 날로부터 몇 주가 더 지나고 순식간에 5월이 찾아왔다. 내일로 다가온 체육대회 따위는 아무래도 좋았다.

숨이 멈추는 날까지 이제 5개월도 채 남지 않았다.

겁은 나지 않는다. 하지만 허무감이 가슴 깊숙이 뿌리를 틀고 있다. 허무감은 시간이 지날수록 점점 더 커졌다. 아라타와 미카미에게 사실대로 털어놓지 않았기 때문일까. 그래서 야자와를 고통스럽게 만들어 버렸기 때문일까. 부모님을 슬프게 했기 때문일까. 아니, 전부 다 아니다. 훨씬 근본적인 문제였다.

그런데 그 근본적인 문제가 뭔지 알 길이 없었다.

또다시 신호등 불빛이 내 눈에 보이는 색으로 바뀌었다. 이 나라 사람들은 푸르른 새싹을 보고 파랗다고 하는데, 그걸 신호등에도 똑같이 적용한다는 게 신기했다.

저건 녹색이 분명하다. 물빛을 머금은 녹색.

세상에는 750만 가지 색이 있다고 한다. 모든 색에 이름이 붙어 있지는 않을 테고 적당히 끊어서 어디서 어디까지를 녹색이라 부른다 쳐도 나로서는 이 신호등 불빛을 녹색이라고 하지 않는 건 도무지 이해가 가지 않았다.

"파란불이 아니잖아."

"뭐라고?"

불쑥 들려온 목소리에 고개를 돌렸다. 언제 왔는지 야자와가 옆에 서 있었다. 야자와의 손을 잡아끌고 돌아왔던 그날 이후로 괜히 어색해서 말을 잘 걸지 못했다. 하지만 야자와는 평소와 똑같이 나를 대하면서 아무 일 없었다는 듯이 굴었다. 마치 그날의 일이 꿈이었던 것처럼 말이다.

"파란불 말이야, 파란색이 아니잖아."

"그거 누구나 한 번쯤 하는 생각이야."

겨우 발을 내디디고 흰색 선을 밟았다. 야자와는 깔깔대며 웃었지만 얼굴에는 그늘이 져 있었다.

"무슨 일 있어?"

"……왜?"

"……그냥, 아무 일 없으면 됐고."

나 때문일 수도 있다는 사실을 깜빡했다. 상처를 들출 마음은 눈곱만큼도 없다. 아무 일 없으면 다행이라고 넘어가려 했는데 야자와가 두 손을 얼굴에 대고 과장스럽게 흐음, 하며 고개를 끄덕였다.

"요즘 아라타가 쌀쌀맞아."

"열받게 했어?"

"사람을 뭘로 보는 거야? 내가 열받게 만들 리가 없잖아."

누구랑 다르게, 라고 덧붙인 한마디가 내 몸을 창으로 푹 찌르는 것 같았다. 물론 우리 둘 다 농담인 걸 알기에 나는 일부러 휘청거리는 시늉을 해 보였다.

"짚이는 게 없어서 답답해 죽겠어."

"분명 걸리는 게 있을 거야."

"내가 말을 걸면 건성이라고 해야 하나, '아, 그래'라는 대답밖에 안 해."

"그 녀석은 원래 그런 식인데?"

"전에는 웃으면서 제대로 반응했단 말이야. 너, 무슨 말 했어?"

"나? 난 해야 할 말 없는데?"

"거짓말."

"……있긴 있지만. 말 안 했어, 아직은."

"그럼, 대체 왜 그러지?"

아라타가 설렁설렁 대꾸하는 건 어제오늘 일이 아니다. 내가 보기에는 딱히 달라진 점이 없었다. 야자와에게만 그런가. 그렇다면 야자와가 잘못을 저지른 게 틀림없다.

"먼저 싹싹 빌어. 그리고 나서 이유를 물어보면 되잖아."

"잘못한 게 없는데?"

"먼저 사과하면 조용히 끝날 가능성이 크니까."

"내가 무슨 큰 잘못이라도 한 것처럼 말한다?"

내 팔을 붙잡고 흔드는 야자와에게 아라타가 화난 모습은 거의 본 적이 없다고 말했다. 작년에 게임 센터에서 경품이 뽑히지 않을 때 본 게 마지막이었다. 그때도 화라기보다는 짜증에 더 가까웠다. 남들 앞에서 감정을 노골적으로 드러내지 않는 사람이 화가 났다면 그럴 만한 이유가 있지 않을까. 물론 화가 났는지 아직 확실하지 않지만.

문득 작년 연말에 있었던 일이 떠올랐다. 나 때문에 야자와가 화가 났을 때 아라타는 야자와가 아무 이유 없이 화낼 사람이 아니라고 말했는데 지금 나도 야자와에게 같은 말을 하고 있다.

"아무튼 내일 체육대회 때까지는 앙금을 풀어야겠지……."

"잘해봐."

"내 알 바 아니다 이거야?"

"내가 보기엔 네가 혼자 착각한 것 같거든."

야자와가 발끈하며 쏘아보았지만 나는 못 본 체하고 서둘러 걸음을 옮겼다.

운동이라면 질색하는 내게 체육대회는 학교행사 중에서도 유난히 싫어하는 이벤트였다. 반대로 야자와는 학급 티 디자인이며 경기에 나갈 사람을 결정하는 일에 의욕적으로 임했다. 칠판 앞에 서서 적극적인 몇몇 아이들과 함께 지시를 내리던 모습이 생생하게 기억난다.

내가 강하게 저항하자 야자와는 출전해야 하는 종목을 최대한으로 줄여주었다. 덕분에 50미터 달리기만 한 번 나가고 나면 내 역할은 끝이었다.

마지막 체육대회니까 좀 더 즐기는 게 어떠냐는 잔소리를 들었지만, 이번이 마지막인 건 나뿐만 아니라 다른 아이들도 마찬가지였다. 어차피 운동에 젬병인 내가 이 행사에 공헌할 가능성은 거의 제로였다. 가능하면 그늘에서 구경이나 하고 싶었다. 그게 내 소원이었다.

"체육대회 기대된다."

"어련하려고."

조금 전의 대화를 그새 잊었는지 야자와는 들뜬 얼굴로 학교행사에 관해 이야기를 늘어놓았다.

"문화제도 기대돼. 그때는 뭘 하면 좋을까?"

야자와가 무심코 내뱉은 말에 나는 걸음을 멈췄다. 문화제는 매년 11월 첫 번째 주말에 열리기 때문이다. 작년에는 가에데 일로 문화제에 얼굴을 비추지 못했다. 나도 그다지 관심이 있던 편은 아니어서 별로 아쉽지는 않았지만 올해도 참석할 수가 없다.

그때는 이미 이 세상에 없을 테니까.

"어차피 네 마음대로 결정할 거잖아."

"오노 네 생각도 참고할게."

우쭐거리면서 말하는 야자와에게 괜한 말로 소금을 뿌리고 싶지 않았다. 문화제 날이 가까워지면 굳이 말하지 않아도 알게 될 테니 지금은 행복감을 누리게 해주고 싶었다.

"문화제 하면, 뭐니 뭐니 해도 마지막 날 저녁의 댄스파티지!"

"체육대회 때도 하잖아."

이유는 모르겠으나 우리 학교는 체육대회와 문화제 마지

막 순서로 꼭 댄스파티를 넣었다. 체육대회 때는 운동장에서, 문화제 때는 체육관이나 중정 등 몇 군데 장소를 정해서 음악을 틀고 춤을 춘다. 첫 곡은 형식적으로 왈츠를 추지만 점점 분위기가 달아오르면 아이들이 신청한 가요를 틀어주면서 흥을 돋우는 전통이 있다.

체육대회와 문화제 때 춤을 추며 소원을 빌면 이루어진다는 전설 덕분에 댄스파티는 짝을 맺어주는 데 한몫을 톡톡히 했다.

1학년 때는 그 광경을 교실 베란다에서 내다보았다. 가에데가 댄스파티를 보고 싶다고 해서 거기서 영상을 찍어야 했다. 그러다가 갈수록 시끌벅적해지는 모습에 그만 질려서 나도 모르게 뒷걸음질로 물러났던 일이 선명하게 기억난다.

"내가 같이 춤춰줄까?"

"사양할게, 춤은 안 좋아해서."

"어찌 됐든 체육대회에서 우승을 못 하면 신나게 춤출 수 없을 거 같아!"

기합이 잔뜩 들어간 야자와를 보는 내 입가가 부드럽게 풀어졌다. 즐거워하는 그 모습을 보자 요즘 들어 나를 계속 괴롭히던 허무감을 잠시 잊을 수 있었다.

그런데 그런 야자와의 기대를 빼앗는 일이 터져버렸다.

"그러니까, 그런 게 아니래도."

깜빡 놓고 간 게 있어서 복도를 따라 교실로 되돌아가고 있는데 야자와의 목소리가 들렸다. 어쩐 일인지 당황한 기색이 느껴져서 나는 발소리를 죽이고 천천히 다가갔다. 교실 문에 끼워진 유리에 야자와의 뒷모습이 비쳤다. 조금 열린 문틈으로 말소리가 새어 나왔다.

"그렇지만 이상하잖아, 우리한테……."

귀에 익은 목소리였다. 미카미다. 야자와에게 가려져 얼굴은 보이지 않았으나 미카미가 틀림없었다. 무의식적으로 귀를 바짝 세웠다. 정확한 내용은 알아들을 수 없었지만 다투는 것 같았다.

"오노랑……."

내 이름이 들리자 심장박동이 빨라졌다. 대체 무슨 이야기를 하는 거지? 내 모습이 보이지 않도록 벽에 등을 바짝 붙였다.

"그날 말이야……."

미카미가 야자와를 다그치는 투로 말을 이었다. 야자와는 계속 아니라고 부인했다.

"난……."

미카미의 목소리가 작아졌다. 소리가 들리지 않아서 문틈으로 들여다보았다. 야자와의 옆얼굴이 놀란 표정에서 이내 상처 입은 표정으로 바뀌었다. 그 표정을 보자 저절로 문에 손이 올라갔다. 언젠가 본 적 있는 표정이었다.

그런데 내가 문을 다 열기도 전에 뒷문이 벌컥 열리는 소리가 들렸다.

"아라타……?"

눈을 동그랗게 뜬 야자와에게는 눈길도 주지 않은 채 아라타는 미카미의 팔을 붙잡았다.

"가자, 이제 그만해."

"그치만."

"됐어, 그리고."

아라타의 시선이 나를 향했다. 두 사람은 나를 보고 화들짝 놀랐다. 아라타가 미카미의 팔을 잡고 교실을 나가려고 했다.

"기다려, 아라타!"

아라타를 붙잡으려던 야자와의 손이 허공을 가르고 제자리로 돌아왔다. 아라타와 미카미는 나를 흘깃 쳐다보다가 그대로 내 옆을 지나쳤다. 나는 상황을 파악하지 못해 얼떨떨한 얼굴로 그 자리에 서 있다가 끼이익 의자 끌리는 소리를 듣고 정신을 차렸다.

야자와가 자기 자리에 앉아 머리를 싸매고 있었다.

"왜 왔어?"

"깜빡 놓고 간 거 가지러. 무슨 얘기 했는지 물어봐도 돼?"

"……물어봐도 돼."

야자와 옆 책상에 자리를 잡고 앉았다. 야자와는 한동안 얼굴을 보여주지 않다가 크게 숨을 내쉬며 고개를 들었다. 항상 예쁘게 말려 있던 머리카락이 지금은 다소 흐트러져 있었다.

"……의심하더라."

"뭘?"

"너에 대해서. 뭔가 숨기는 거 아니냐고."

"하아……."

순간 숨이 막혔지만 아무 말도 하지 않았다는 야자와의 말에 간신히 숨을 쉬었다.

"숨기는 게 뭔지, 거기까지는 모르는 것 같았어."

"왜 갑자기 그런 얘기가……."

"지난번에 네잎클로버 찾으러 갔던 날, 너랑 내가 같이 돌아왔잖아."

야자와가 좀처럼 그만두려고 하지 않아서 억지로 끌고 왔었다. 중간에 손을 놓긴 했지만 둘이 같이 돌아온 건 사실이었다.

"우리가 빨리 안 와서 부르러 왔었대. 그러다가 우리가 실랑이하는 걸 본 모양이야."

"내용은?"

"거기까진 모르고. 그냥 말싸움하는 소리만 들렸대."

"싸우는 소리만 듣고 의심한다고?"

"그때 분위기가 이상해서 뭔가 숨기고 있다는 느낌이 들었대."

미카미가 너무 예리해서 나도 모르게 미간에 주름이 잡혔다.

"내가 일방적으로 계속 떠들고 넌 냉정하게 받아치기만 하는 게 수상해 보였나 봐."

친구가 된 지 오래되지 않았지만 미카미 앞에서 우리 둘은 밥 먹듯 투닥거렸다. 대체로 야자와가 도발적인 발언을 내뱉으면 내가 달려드는 식이었다. 그렇지만 몇 분 후면 언제 그랬냐는 듯 다시 원래대로 돌아왔기 때문에 아라타도 미카미도 그러려니 하고 내버려두곤 했다.

긴 한숨을 내쉬었다. 평소랑 다르다는 이유만으로 수상하게 느꼈다면 미카미도 보통 예리한 게 아니다. 내가 털어놓기 전에 전부 까발려지더라도 이상할 게 없는 상황이었다.

"그래서 아니라고 둘러댔어?"

"둘러댔지…… 근데."

"근데?"

"아니, 아무것도 아니야."

내가 뭐냐고 다시 물어도 야자와는 아니라며 도리질만 쳤다.

"이건 또 다른 문제라서."

"뭐냐니까."

"아무튼 너랑은 상관없어. 잘 둘러댔고, 중간에 화제를 돌렸으니까 괜찮을…… 거야."

자신감을 잃은 야자와는 깍지 낀 두 손 위에 턱을 올리고 세상 고민을 다 짊어진 표정으로 한숨을 쉬었다.

"설마 아라타도 의심한 거야? 그래서 너한테 쌀쌀맞게 굴었던 거고?"

"……그것뿐이면 다행인데."

"또 짚이는 게 있어?"

"모르겠어, 근데…… 아냐, 아무것도 아닐 거야."

아침에 봤던 즐거워하던 모습은 어디로 사라졌을까. 야자와는 완전히 기운을 잃고 책상에 엎드렸다.

"왜 하필 지금……."

"나도 잘 말해볼게. 숨기는 거 없다고."

"숨기는 거 있잖아."

"……넌 아무 잘못 없다고 말할게."

"응……."

풀이 죽은 어깨를 두드려 준 뒤 야자와가 조금이나마 내일을 즐길 수 있도록 아라타에게 연락했지만 다음 날까지도 답장은 오지 않았다.

께름칙한 기분으로 체육대회를 맞이했다. 나는 운동장 구석에 앉아 평소와 다름없는 야자와의 모습을 눈으로 좇았다. 야자와는 한가운데에 앉아 반 애들과 담소를 나누거나 반 전체를 향해 지시를 내렸다. 어제의 흔적은 남아 있지 않고 표정도 부드러웠다.

그 모습에 안도하는 동시에 한편으로는 죄책감이 드는 건 기분 탓일까. 아침에 아라타와 대화를 나누려고 4반 교실을 찾아갔지만 그는 그곳에 없었다. 방금까지 있었다는 말을 듣고 나를 피한다는 것을 직감했다. 미카미네 반에도 갔는데 아라타와 둘이 나갔다는 말을 듣자 이 문제를 해결하려면 시간이 걸리겠다는 생각에 머리가 복잡해졌다.

"모여라!"

누구 목소리였을까. 그 한마디에 학생들은 운동장으로 가서 줄을 섰다. 나도 줄을 서기 위해 자리에서 일어났다. 왼쪽 대각선 앞에 선 아라타는 나를 돌아보지 않았다.

이제 어떡하지. 병에 걸렸다는 사실을 밝히면 바로 해결될 수도 있다. 하지만 나는 아직 마음을 굳히지 못했다. 죽음은 두렵지 않다면서 친구들에게 사실대로 말하는 건 주저하다니 정말 바보가 따로 없다. 동시에 그게 가장 어려운 일이라는 생각도 들었다.

가에데도 나와 같았을까. 요즘 들어 가에데는 자신이 얼마 안 있으면 죽는다는 사실을 알았을 거라는 생각이 자꾸 든다. 거듭 입에 올리던 미래를 향한 약속과 얼버무리던 말과 내 손에 들어온 이 노트가 그 생각을 뒷받침했다.

내가 병을 숨기는 것 때문에 야자와 두 사람에게 의심을 받는다면 그게 과연 의미가 있는 일일까. 누군가의 마음을 상하게 하면서까지 숨기고 싶지는 않다. 다만 사실을 알게 된 누군가가 슬퍼하는 모습을 보고 싶지 않아서 입을 다물고 있을 뿐이다.

"지금부터 체육대회를 시작합니다!"

단상에 오른 한 학생이 개회를 선언했다. 그러자 다들 자기 자리를 찾아 흩어졌다. 나는 묵묵히 반 아이들의 뒤를 따라갔다.

앞에서 걷는 야자와의 옆얼굴만 시야에 들어왔다.

"아, 죽겠다."

떠들썩한 운동장을 빠져나와 자판기 앞에 섰다. 유일하게 출전한 50미터 달리기에서 4위라는 어중간한 순위를 기록했다. 고만고만한 성적으로 우리 반이 우승하는 데 공헌하지도, 그렇다고 딱히 걸림돌이 되지도 않은 나는 마지막 체육대회에서 내 역할을 끝냈다는 생각에 마음이 놓였다. 매번 느끼지만 운동은 절대로 좋아지지 않는다.

자판기의 탄산음료 버튼을 눌렀다. 떨어질 때의 충격으로 빠글빠글 올라오는 거품을 보고 뚜껑을 따려던 손을 멈췄다. 이대로 열었다가는 내용물이 분수처럼 시원하게 뿜어져 나오겠지. 하는 수 없이 페트병을 들고 운동장으로 돌아가기로 했다.

그때 "와아" 터져 나오는 함성을 듣고 대체 뭔 일인가 싶어 반 아이들이 모여 있는 쪽으로 빠르게 걸어갔다.

"파이티잉!"

운동부 남학생들이 티셔츠 소매를 걷어 올린 채 근육질의 팔뚝을 드러내고 있었다. 각 반 대표로 뽑힌 3학년 선수 여덟 명이 출발선에 서 있었고 그중에는 아라타도 있었다. 카랑카랑한 목소리가 울려 퍼지며 체육대회의 메인 이벤트 중 하나인 미션 달리기가 시작되려는 참이었다.

"어디 갔다 왔어?"

야자와가 인파를 헤치고 나왔다. 페트병을 보여주자 운동 중에 탄산이라니, 하며 한심한 눈빛으로 쳐다보기에 내 차례가 끝났으니 상관없지 않냐고 대꾸했다.

"이번에 이기면 우리 반이 우승할지도 몰라."

우리 반 대표 이름을 부르면서 응원하는 야자와에게 잘됐네, 라고 빈정거리듯 한마디 했다. 나는 우리 반이 우승하거나 말거나 관심이 없었다. 야자와가 우승에 집착하는 걸 아니까 이기면 좋겠다고 제삼자처럼 바라볼 뿐이었다.

"운동을 싫어해도 이기면 기분 좋지 않아?"

"물론 이기면 좋지만, 딱히 관심 없어."

내 말에 야자와가 제대로 비뚤어졌다고 타박했지만, 나는 그런 말을 들어도 싸다고 생각했다. 이윽고 거품이 줄어든 탄산음료 뚜껑을 열고 한 모금 마셨다. 강력한 탄산이 목구멍을 훑고 지나가자 신음이 흘러나왔다. 첫 모금은 항상 이렇다.

"미션 말이야, 올해 주제는 뭐야?"

"친구, 관심 있는 사람. 참, 라이벌도 있어."

"진짜 싫다."

"싫어하는 선생님도 들어 있어. 선택받는 선생님은 좀 안됐지만."

"그러다가 점수 깎이면 어쩌려고."

"그럴 수도. 수험생인데 그런 일로 점수 깎이면 억울해서 죽고 싶을 거야."

야자와에게 이끌려 맨 앞줄에 자리를 잡고 앉았다. 파란색 시트 위에 빽빽이 모여 앉은 아이들은 하나같이 파이팅을 외치며 열렬히 응원했다.

"시작한다."

탕! 총소리가 울렸다. 일제히 달려 나가는 여덟 명의 선수와 오늘 중 최고로 흥분한 관중들.

몇십 미터를 질주한 끝에 제일 먼저 미션 카드를 뽑은 사람은 우리 반 대표였다. 주변을 둘러보던 그는 우리 반 운동부 남학생 이름을 불렀다. 불려 나온 남학생에게 미션 카드를 보여주더니 발목에 끈을 묶었다. 거기서부터 결승점까지는 두 사람이 이인삼각으로 달려야 하는 경기였다.

"주제가 뭘까?"

"글쎄."

다음으로 주변을 두리번거리는 아라타의 모습이 시야에 잡혔다. 이어서 눈이 딱 마주쳤다. 나와 야자와는 얼굴을 마주 보며 나갈 준비를 했다. 그런데 아라타는 갑자기 얼굴빛이 흐려지더니 우리를 그대로 지나쳤다.

"미카미, 얼른 와."

아라타는 조금 떨어진 위치로 가서 미카미의 손을 잡아끌었다. 그러더니 발목에 끈을 묶고 이인삼각으로 달리기 시작했다. 키가 작은 미카미와 아라타는 보폭이 맞지 않아서 결승점을 통과하기까지 시간이 걸렸다.

최종적으로 우리 반 대표가 1등으로 결승 테이프를 끊자 반 아이들의 우렁찬 환호성이 운동장을 뒤흔들었다. 그 남학생이 높이 들어 올린 미션 카드에는 '마지막으로 연락한 사람'이라고 적혀 있었다.

"이러다 우승이 현실이 될 수도 있겠어!"

야자와는 팔짝팔짝 뛰며 기뻐했지만 결승선을 통과한 아라타가 미션 카드 내용을 입 밖으로 내뱉은 순간 모든 게 달라졌다.

"관심 있는 사람."

순식간에 평소처럼 밝게 웃는 아라타를 둘러싼 아이들이

환호하는 소리가 일었다. 옆에 있던 미카미의 얼굴이 진한 회색으로 변했다. 나는 얼굴이 발그레해져서 그렇다는 것을 깨달았다.

침착하게 끈을 풀고 웃으며 미카미에게 고맙다고 말하는 아라타와 부끄러워서 고개를 들지 못하는 미카미를 향해 잘 어울린다고 말하는 목소리도 들렸다. 갑작스러운 전개에 머리가 멍해졌다. 무심코 옆을 쳐다보니 야자와의 눈동자가 흔들리고 있었다.

아, 저러다 울겠다. 그렇게 생각한 건 야자와의 우는 얼굴을 알고 있어서였다.

나만 그런 변화를 알아차린 것 같아서 야자와에게 뭐라 말을 건네야겠다고 마음먹었다. 그런데 근처에 있던 다른 애가 먼저 야자와에게 말을 붙였다. 야자와는 금방 표정을 바꿨고, 나는 야자와가 그 자리를 떠날 때까지 아무 말도 하지 못했다.

결국 우리 반이 체육대회 우승을 차지했다. 마지막에 한 미션 달리기가 우승으로 이끈 듯했다. 폐회식이 끝난 뒤 댄스파티가 열렸지만 나는 참가하지 않고 운동장 구석에서 신나게 춤추는 아이들을 구경했다.

교실로 돌아오고 종례가 끝나자마자 누군가가 "뒤풀이

는 고깃집이다!" 하고 외쳤고, 그 말에 반응하듯 아이들은 무리를 지어 교실을 나갔다. 나는 교복으로 갈아입고서 아직도 자리를 지키고 있는 야자와에게 말을 걸었다.

"어이."

"왜?"

"안 가?"

"뒤풀이? 할 일이 있어서 이따가 가려고. 먼저 가."

이 반에서 내가 친구라고 부를 만한 사람은 너밖에 없는 거 모르냐고 태클을 걸려다가 의기소침해 있는 야자와를 보고 긴 숨을 내쉬었다.

"……얼마나 걸리는데?"

"어, 왜……."

"기다려 줄게, 같이 가자."

조금 전의 두 사람과 관련된 일이라는 게 짐작이 가고도 남았다. 아직도 야자와를 몰아붙이고 있다면 내가 끼어들어서 제대로 설명해야겠다고 결심했다. 야자와는 눈빛을 반짝이며 나를 쳐다보다가 웃음을 터뜨렸다.

"배려하는 거야?"

"내 잘못도 있으니까."

"배려도 할 줄 아는구나."

"……먼저 갈게."

"미안, 미안, 고마워."

야자와가 자리에서 일어섰다. 가방만 남겨두고 교실 문을 열었다.

"얘기하고 올게."

나는 뛰어가는 야자와를 지켜보다가 다시 자리에 앉아 노트를 펼쳤다. '운동 중 탄산음료 마시기'에 줄을 쳤다. 운동 중이라고 해도 될지 모르겠지만 그게 그거지 뭐. '누군가를 응원하기'에도 선을 그었다. 3년 동안 오늘만큼 열심히 응원한 적이 없었다. 우승에는 관심이 없었지만 어쨌거나 목청껏 응원을 보냈다. 이 정도면 합격점 아닌가.

그나저나 지금까지 상당히 많은 항목을 완수했다. 앞으로 몇 개가 더 남았는지 정확히는 모르겠지만 가에데는 욕심이 많았다. 그리고 이런 시시한 것들이 정말 가에데의 소원이 맞는지도 여전히 의심스러웠다. 내가 아는 가에데는 비록 현실적인 면이 있긴 해도 소원을 말하라고 하면 훨씬 더 가능성이 희박한 일을 입에 올릴 법한 사람이었다.

살짝 열린 창문으로 5월의 바람이 불어 들어왔다. 체육대회가 끝나고 인기척이 사라진 교정에는 항상 들려오던 운동부의 구령 소리마저 자취를 감췄다. 조용한 공간과 초여름날의 오후라는 시간이 졸음을 몰고 왔다. 눈꺼풀이 무거워서 눈을 감았다 떴다 했다.

잠깐 눈 좀 붙여도 되겠지. 야자와가 깨워줄 거라 생각하며 책상에 푹 엎드렸다.

"그러니까 이렇게, 숨이 멎을 것 같은 색이라고!"

"몰라."

내가 듣는 둥 마는 둥 해도 가에데는 계속 말했다. 가에데는 고등학교 교복을, 나는 중학교 교복을 입고 있었다. 내 멱살을 움켜쥔 가에데의 손을 뿌리쳤다. 그래도 가에데는 포기하지 않고 똑같은 짓을 반복했다.

"심장을 꽉 움켜쥐는 듯한 느낌."

"심장을 잡혀본 적이 없어서."

"장단 좀 맞춰주면 안 돼?"

내 눈은 색깔을 인식하지 못한다. 가에데는 그 사실을 익히 알고 있다. 알면서도 끊임없이 색깔에 관한 설명을 늘어놓았다. 내가 매몰차게 뿌리치지 않는 한 이어지겠지.

심장을 꽉 움켜쥐는 듯한 느낌이 드는 색이라니. 종잡을 수 없는 시시한 대화. 기억할 가치도 없는 일상의 연속. 이런 날이 영원히 이어지리라 믿었다.

가에데가 내 가슴 언저리에 손을 올렸다. 얼굴이 가까워졌다. 둘 사이의 거리는 수십 센티미터. 보통은 둘 중 한쪽이 민망해서 고개를 돌리겠지만, 오랫동안 이 정도 거리를 유지하며 살아온 우리는 아직 눈을 피할 필요를 느끼지 못했다.

"여기를 쿡 찌르는 색깔."

"네 느낌이 그렇다면 그게 맞겠지."

나는 모른다고 똑같은 대답을 수도 없이 반복했다. 그런데도 가에데는 아랑곳하지 않았다.

"나와 유고와……."

색.

그때 한심하게도 눈썹 끝을 내린 채 입술을 한 번 깨물고 다시 생긋 웃던 가에데가 무슨 색에 관해 이야기했더라? 아아, 진짜 하나도 기억나지 않는다. 기억나지 않는 게 아니라 깨끗이 삭제된 걸까. 가에데가 죽고 난 후로 하루하루가 너무 즐거워서? 뇌가 기억을 갱신해서?

가에데가 남긴 리스트 때문에 달라진 일상이 가에데를 지우고 있다. 기억을 흐리게 만들고 있다.

눈이 번쩍 떠졌다. 내 그림자만이 텅 빈 교실 바닥에 깔려 있었다. 시계를 확인하니 겨우 몇 분이 지났을 뿐이었다.

 잠이 덜 깬 눈으로 주위를 둘러봤지만 야자와는 보이지 않고 연락도 없었다. 찾으러 가야겠다는 생각에 자리에서 일어나 야자와의 가방을 챙겨 들고 교실을 뒤로했다. 사람 목소리가 희미하게 들렸다. 그 목소리를 따라 두 건물 사이를 잇는 복도까지 걸어갔다.

 "없네……."

 창밖을 살펴보니 바로 밑에 아까 탄산음료를 샀던 자판기가 놓여 있었다. 발소리를 듣고 반사적으로 몸을 앞으로 내밀었다.

 "기다려."

 야자와였다. 앞장서서 걷는 사람도 낯설지 않았다. 아라타였다. 두 사람의 얼굴은 보이지 않아도 목소리는 또렷이 들렸다.

 "할 얘기가 있어."

 "그게 뭔데? 유고랑 사귄다는 얘기?"

 "아니야!"

 "그럼 둘이서 뭘 숨기는 건데? 요즘 진짜 이상하더라, 특히 너."

 "내가 뭘……."

"리스트 도와주고 있다는 건 알아, 아는데 거리감이 이전이랑 완전히 다르잖아. 화해한 뒤로 계속 이상했어."

"그건……."

말문이 막힌 야자와를 보며 그냥 말해버려야겠다고 결심했다. 야자와가 의심을 받고 추궁을 당하면서까지 감출 필요는 없었다. 그쪽으로 가려는 찰나 다부진 목소리가 귓가를 울렸다.

"말 못 해."

"어째서?"

"내가 할 수 있는 말이 아니니까. 오노가 직접 말하지 않으면 의미가 없어."

방금 전까지 크게 동요하던 나는 순식간에 달라진 야자와의 목소리를 듣고 그 자리에 멈춰 섰다.

"하기 어려운 말이니까 오노가 직접 말할 때까지 기다려 줘."

"넌 어떻게 아는 건데?"

"우연히 들었을 뿐이야. 내가 말해줄 수 있는 건, 오노가 상대방을 걱정해서 좀처럼 말을 꺼내지 못한다는 것까지야. 그러니까 제발 기다려 줘."

"알아듣게 말해."

"사귀는 건 아니야. 그날 일 때문에 두 사람이 오해하게 했다면 사과할게."

창문에 등을 기대고 주저앉았다.

"야자와, 너 진짜 바보구나."

중얼거린 힘없는 목소리는 두 사람에게 들리지 않을 터였다. 의심까지 받으면서 숨길 필요 없는데. 고지식하게 버티면서까지 입을 다물기를 바라진 않았다. 하지만 야자와는 천성이 착한 애라 내가 두 사람에게 말할 때까지 자기 입으로는 절대로 말하지 않을 것이다.

"그렇지만, 유고를 좋아하는 건 맞잖아."

생뚱맞은 소리를 듣자 고개가 저절로 그쪽으로 돌아갔다. 아라타는 터무니없는 착각을 하고 있었다. 야자와가 아니라고 부인했지만 아라타는 순순히 받아들이지 않았다.

"내가 계속 찾던 사람은 아라타 너였어."

나는 이번에야말로 손잡이를 꽉 잡고서 상체를 창문 밖으로 완전히 내밀었다. 내 머리는 이 상황을 따라가지 못했다. 이러면 훔쳐보는 건데. 두 사람에게 미안한 마음이 들었다. 그러면서도 발을 떼지 못했다.

"어릴 때, 못생긴 내게 유일하게 다정하게 대해준 사람이 너였어. 이사 갈 때는 다시 만나길 바란다면서 미산가 팔찌를 건넸고. 하지만 난 스스로에게 자신이 없었어. 자신감을 가지고 내가 좋아하는 스타일대로 예쁘게 꾸미면, 다음에 우리가 만났을 때 친해질 수 있을 줄 알았어. 어렵게 다시 만났는데, 넌 나를 알아보지 못하더라."

침을 꿀꺽 삼켰다. 작년에 야자와가 말한 소꿉친구가 아라타였다니.

"······알고 있었어."

"아니······."

"네가 그때 그 애라는 걸 한눈에 알아봤어."

그리고 나는 알아차렸다. 아라타가 전에 말한 옛날에 좋아했던 사람이 야자와라는 것을. 아라타가 끼고 있던 하늘색 팔찌가 어릴 적 야자와에게 받은 선물이라는 것을.

짧은 침묵을 이어가다 야자와가 "왜?"라며 먼저 입을 열었다.

"화려한 내 모습이 마음에 안 들었어? 옛날이 더 나았어?"

아라타는 뭐라 말이 없었다. 하지만 침묵은 긍정이나 다름없었다.

"예전의 나는······ 미카미와 똑같았잖아."

지금 좋아하는 사람과 옛날에 좋아했던 사람. 아라타가 그렇게 말했을 때 무슨 말인지 알아듣지 못했다. 의논 상대를 잘못 골랐다고 생각했다. 그런데 그게 아니었다. 바로 내 옆에서 일어난 일이었다.

아라타는 정말 미카미를 좋아하는 걸까. 미카미가 착하고 좋은 애라는 건 인정한다. 친절한 우등생, 야자와는 반대로 조신한 여자애. 하지만 당시 야자와가 그런 모습이었다면, 지금 아라타는 미카미에게서 야자와의 흔적을 찾고 있는 건 아닐까.

친구로서 아라타를 옆에서 지켜봐 왔기에 나는 안다. 미카미에게는 보여주지 않는 눈빛으로 야자와를 볼 때가 있었다. 거기에 사랑이라는 감정이 실려 있는지 어떤지 모르겠지만 눈빛이 다르다는 건 알고 있다.

분명 아라타는……

"그만하자."

야자와의 한마디에 현실로 되돌아온 나는 황급히 그쪽으로 눈을 돌렸다. 야자와는 아라타를 남겨두고 가버렸다. 혼자 남은 아라타는 머리를 벅벅 긁다가 반대쪽으로 걸어갔다.

그냥 놔둬도 괜찮을까.

그러나 내용이 내용인지라 내가 끼어들면 안 될 것 같았다. 이건 두 사람의 문제였다.

나 역시 가에데와의 문제에 누가 참견하면 달갑지 않을

테니까. 비록 가에데는 이제 없지만.

해가 지고 어슴푸레한 보랏빛이 밤의 장막을 드리우기 시작했다. 나는 자리에서 일어나 학교 건물로 돌아가기로 했다. 야자와가 올라올 방향으로 걸음을 옮겼다. 계단을 내려가던 도중에 밑에서 올라오던 야자와와 시선이 마주쳤다. 파리하다 못해 종잇장 같은 얼굴이 간신히 울음을 참고 있었다. 나를 보고 애써 웃음 짓는 야자와가 말문을 열기 전에 내가 먼저 말했다.

"아무 말 안 해도 돼."

이 한마디로 통했다. 야자와의 얼굴에서 억지웃음이 사라졌다. 그 얼굴은 일그러지기 일보 직전처럼 보였다.

"저질러 버렸어."

나는 아무 말도 할 수 없었다.

"난 아닌가 봐. 이런 모습으로는 무리래."

"그런 말은 안 했잖아."

"눈빛이 그렇게 말했어."

야자와는 두 계단 아래에 서서 고개를 떨어뜨렸다.

"난 안 된대."

그렇게 말하는 야자와의 목소리와 몸이 바르르 떨렸다. 씩씩한 척하려고 애를 써도 뜻대로 안 되는 모양이었다. 필사적으로 울음을 삼키는 야자와를 향해 손을 내밀었다.

그날 야자와를 울렸던 일을 후회하면서.

"야자와, 춤추는 거 좋아해?"

"뜬금없이 뭐야."

"됐으니까, 빨리 대답해."

"싫어하지는, 않아."

"좋았어."

야자와의 손을 잡고 빠르게 계단을 뛰어 내려갔다. 뒤에서 넘어지겠어, 위험해, 라는 목소리가 들렸지만 멈추지 않고 달렸다. 실내화도 갈아 신지 않고 건물 밖으로 나갔다. 어둠이 세상을 감싸기 직전이었다.

아무도 없는 운동장에서 야자와와 얼굴을 마주 보았다.

"참고로 난 싫어해."

"그럴 줄 알았어."

"그래도 마지막이니까."

조금 전 야자와가 춤추는 모습을 멀찍이 떨어져서 지켜봤는데 아라타가 마음에 걸리는지 표정이 하나도 즐거워 보이지 않았다. 나는 스마트폰으로 음악을 검색했다. 야자와는 지금 뭐 하는 거냐며 말끝을 흐렸다.

"아까는 춤도 안 추더니."

"맞아, 추기 싫었어."

"그럼 왜……."

"소원이 이뤄진다잖아."

야자와가 놀란 토끼 눈을 하고 나를 쳐다보았다.

"연애든 뭐든 소원이 이루어진다면, 아라타와의 일도 어떻게든 해결될 거야."

"……오글거려."

"지금 내가 할 수 있는 최선의 위로는 이게 다야. 더는 기대하지 마."

두 사람의 사이가 틀어진 원인은 나에게도 있다. 남을 위로하는 건 내 취미가 아닐뿐더러 해본 적도 없다. 그렇기에 위로하는 방법은 잘 모르지만 야자와가 댄스파티에 진심이었다는 것만은 알고 있다. 아라타와 둘이 춤을 추고 싶어 했다는 것도.

"문화제 때는 아라타랑 둘이 춰."

"그때는 같이 안 춰줄 거야?"

"그때 난 없으니까."

음악이 흘러나오기 시작했다. 야자와의 손을 잡고 허리에 손을 올렸다. 왈츠라고 부르기 민망할 정도로 내 춤 솜씨는 지지리도 형편없었다. 그래도 리듬에 맞춰 몸을 움직였다. 밤이 내려앉은 교정에서 단둘이, 무대 뒤에서 연습하는 것 같은 수준의 춤을 선보였다.

야자와의 눈썹이 축 처지는 게 보였다. 마주 잡은 손에 힘이 실리는 것도 느껴졌다.

"울어도 돼."

"뭐래."

"참는 거보다는 우는 게 훨씬 나아. 아니면 나를 두들겨 패도 되고."

"폭력은 안 돼."

"괜히 사이에 끼이게 해서 미안해."

천천히 몸을 움직이며 사과의 말을 입에 올렸다. 야자와가 턴을 한 순간, 차가운 물방울이 내 얼굴로 날아왔다. 눈을 내리깔고 입술을 꼭 깨문 야자와는 울고 있었다. 뚝뚝 흐르는 눈물방울을 닦지도 않고 흐느껴 울며 춤을 추는 야자와의 머리가 내 가슴에 닿았다.

"걱정 마, 분명 이루어질 거야."

"……진짜 원하는 소원은 안 이루어지는데?"

"……아라타와는 다시 좋아질 거야."

"왜."

죽는 건데?

야자와의 이 말에 허리를 감고 있던 손을 등으로 옮겨 아이를 달래듯 토닥여 주었다. 야자와는 왜, 어째서, 하며 웅얼거렸고 나는 교복 셔츠가 축축해지는 것을 알면서도 몸을 떼지 않았다.

오늘이 추억 속으로 밀려났을 때, 야자와는 더 이상 곁에 없는 나를 떠올려 줄까. 첫사랑이었던 소꿉친구와 사이가 어긋나서 몇 달 뒤면 죽는 친구에게 위로를 받았던 일은 결코 좋은 추억이 되진 못하겠지. 그렇더라도 이 방법밖에 없다.

올곧고 요령이 없는 야자와가 내가 죽고 난 뒤에도 혼자서 울지 않기를 바랄 뿐이었다.

"그러니까, 아무 일도 없다니까."
"네가 뭔가 숨기는 거 말고는 아무 일도 없다?"
"그래! 야자와는 아무 잘못 없어!"

체육대회가 끝나고 일주일 동안 야자와에 관한 오해를 풀기 위해 여러 번 아라타를 찾아갔다. 아라타는 사흘은 나를 투명 인간 취급하고 나흘째에 겨우 내 눈을 쳐다봐 주더니 오늘 드디어 대화에 응했다.

"나한테 못 하는 말을 야자와한테는 했다는 거지?"
"그건 어쩔 수 없는 상황이었어."

"와, 나 제대로 충격받았어. 그런 일은 나한테 먼저 말해 줄 줄 알았는데."

계절은 6월로 접어들었다. 반팔을 꺼내 입었지만 밤에는 아직도 서늘했다.

내 눈은 연분홍색을 인식하기 시작했다. 두 달 전이라면 마음껏 즐겼을 그 꽃은 벌써 지고 없었다. 야자와가 찍어놓은 사진에는 남아 있을까. 나중에 물어봐야겠다고 생각하면서 복도에 선 채 아라타와 눈싸움을 이어갔다. 아니라고 해도 믿어주지 않는 아라타를 보다 자연스레 표정이 사나워졌다.

"됐고, 둘 중 뭐에 화가 난 건데?"

"둘 중?"

"내가 뭔가를 숨기는 거랑 야자와랑 가깝게 지내는 거. 내 생각엔 후자 같지만."

아라타의 눈썹이 꿈틀거렸다. 연애 감정에 둔한 나도 그 정도는 안다. 함께 시간을 보내왔기에 더욱 그렇다. 아라타는 야자와를 의식하는 게 틀림없고 야자와는 아라타를 내내 마음에 품어왔다. 당당하게 아라타 옆에 서고자 달라진 야자와와 그런 변화를 받아들이지 못하는 아라타. 제삼자인 나로서는 둘이 빨리 사귀라고 말해주고 싶었지만 아마도 야자와는 나 때문에 우선순위를 바꾼 듯했다.

아라타는 바닥에 시선을 고정한 채 뭐라고 웅얼거렸다. 내가 되묻자 고개를 쳐들고 어린애 같은 표정으로 한 번 더 입을 움직였다.

"둘 다!"

"뭐?"

"네가 나한테 숨기는 것도 싫고, 야자와랑 둘만 친하게 지내는 것도 싫다고!"

"애냐?"

생떼를 쓰는 아라타에게 시선이 쏠렸다. 타일러도 자꾸 억지를 부리는 아라타의 팔뚝을 낚아채고 아무도 없는 계단 뒤편으로 끌고 갔다. 끌려오는 동안에도 계속 싫다는 말을 되풀이하며 아우성을 치기에 제발 조용히 하라고 부탁했으나 아라타는 듣는 시늉도 하지 않았다.

"내가 너랑 더 친하잖아!"

"그래, 더 친하지."

"그러면 나도 알아야지!"

"……친하니까 모르는 게 나을 수도 있어."

나는 벽에 등을 붙이고 서서 어리둥절해하는 아라타를 내려다보았다. 아라타는 교복이 더러워지는 것도 아랑곳하지 않고 바닥에 퍼질러 앉아 있었다. 무릎을 껴안은 채 몸을 움츠리고 앉은 아라타는 아무리 봐도 동갑이라는 느낌이 들지 않았다.

"왜 야자와였어?"

"실수로 말했어. 그때 야자와가 옆에 있었고."

"그 일이랑 연말에 둘이 싸웠던 거랑 관련 있어?"

"있지. 그게 원인이었어."

"야자와가 죽어라 감추는 이유는?"

"애가 착해서 나를 생각해서 그러는 거야. 너도 알잖아."

어릴 때부터 봐왔으니 아라타도 야자와가 어떤 사람인지 잘 알 터였다.

"좋아하는 건 아니고?"

"내가 야자와를? 아냐, 절대 아냐."

"후우……."

안도의 숨을 내쉬는 아라타에게 내가 처음부터 그렇게 말하지 않았냐고 하자 미안하다는 대답이 돌아왔다. 오해가 풀려서 다행이었다. 그 부분을 오해하면 나도 곤란하고 야자와에게도 미안하니까.

"아라타, 미카미 좋아해?"

"예전의 야자와랑 닮았어. 좋아한다기보다는 여러모로 의논 상대가 되어줘서 고맙게 생각하고 있어."

"의논?"

"진로 같은 거. 미카미도 미션 달리기 때 왜 그렇게 됐는지 알고 있어. 내가 사정을 설명했거든."

"야자와한테 열받아서 그랬다고?"

"응. 나중에 야자와랑 제대로 이야기하라면서 나무라더라."

"역시 미카미야……."

반듯한 성격의 미카미는 미션 달리기 때 자기를 불러내서가 아니라, 야자와와 제대로 이야기하라고 아라타를 나무랐다.

"지금의 야자와 모습은 싫어?"

"글쎄다, 당황스럽긴 해도 싫지는 않아."

"그럼 왜……."

"설마…… 지난번에 우리가 대화하는 거, 들었어?"

끝까지 숨길 수 없다는 걸 알고 고개를 끄덕였다. 아라타가 머리를 싸안았다.

"그냥 삐쳐서."

"……너, 똑바로 설명 안 하면 야자와가 계속 오해할 거야."

"나도 알아."

실수했다며 기운을 잃은 아라타 옆에 쪼그리고 앉았다. 말해야겠다고 다짐했다. 하지만 지금껏 숨겨왔던 일을 털어놓으려고 입을 열자 목소리 대신 이산화탄소만 밖으로 새어 나왔다.

"사과할게."

"그래, 되도록 빨리."

"……노력해 볼게."

한쪽 손에 쥐고 있던 노트를 펼쳐서 아라타에게 보여주었다. 아라타는 내 손가락이 가리키는 문장을 보더니 눈을 번뜩이며 싱긋 웃었다.

"선 넘네."

"본인한테 말해."

"이대로 할 우리도 마찬가지고."

먼저 일어선 아라타가 내게 손을 내밀었다. 나는 그 손을 잡고 일어섰다. 등을 툭툭 두드려 주자 힘내게, 라며 두 주먹을 불끈 쥐는 아라타를 향해 어색하게 웃어 보였다.

앞으로 모든 일이 원만하게 해결되길 기대하면서.

245. 밤중에 학교 건물 안에서 술래잡기하기

이걸 본 순간 어이없다는 생각이 가장 먼저 들었다. 지금까지 완수한 항목 중 제일 심하다고 봐도 무방할 만큼 너무 무모해서 기가 막혔다. 물론 그런 점이 가에데답기도 했다.

6월의 어느 날 밤 9시. 교문 앞에 서서 팔짱을 꼈다. 한 손에는 노트를 꼭 움켜쥐고서.

"들키면 정학이겠지?"

"최악의 경우에는 퇴학이야."

우물우물 묻던 야자와의 얼굴이 새파랗게 질렸다. 나는 퇴학을 당해도 상관없지만 세 사람은 처분을 받으면 곤란하다. 만약 들켰을 때를 대비해 내가 전부 책임지기 위한 변명거리를 준비해 두었지만 실제로 얼마나 통할지는 알 수 없는 노릇이었다.

"진짜 들어가기 싫다."

"너 무서운 거 싫어하잖아."

"악!"

야자와가 등 뒤에서 날아온 소리에 놀라서 펄쩍 뛰자 아라타는 제대로 한 건 했다는 표정으로 능글거리며 웃었다. 저러다 한 소리 듣지. 내 예상대로 아라타는 야자와에게 볼을 꼬집혔다.

어떤 대화가 오고 갔는지는 모르겠으나 두 사람의 관계는 원래대로 돌아와 있었다. 야자와가 아직 사귀는 사이는 아니라고 했지만 그건 시간문제 아닐까. 나는 두 사람이 빨리 사귀기를 바랐다. 느긋한 아라타와 성격은 불같아도 바로바로 용서해 주는 야자와는 잘 어울리는 한 쌍이었다.

미카미가 대뜸 내 옆으로 다가왔다.

"이거."

갖고 있던 비닐봉지 안에는 물총이 들어 있었다.

"미, 미카미?"

"왜, '물총 싸움 하기'라는 항목도 있었잖아. 한꺼번에 해치우면 되겠다 싶어서."

"큰일 났다, 미카미가 불량해지고 있어!"

얼결에 튀어나온 내 목소리를 듣고 두 사람이 돌아보았다. 미카미를 착실한 애라고 믿었던 야자와는 진심으로 뜨악했고, 아라타는 일이 재미있게 돌아간다며 태평하게 말했다.

"들키면 어떡해."

"괜찮아. 오늘은 점심때까지 비가 왔고, 내일은 아침부터 하루 종일 비가 온다고 하니까. 건물 안이 젖어 있어도 비가 와서 그렇다고 생각할 거야."

계획적인 범행. 미카미가 물총은 복도에서만 쏘고 교실에 물이 묻으면 확실하게 닦으라면서 걸레와 물총을 하나씩 나눠주었다. 어쩌다 이렇게 됐을까. 이런 제안을 하는 애가 아니었는데.

"입시 스트레스 때문이야."

미카미가 이걸로 스트레스를 날려버리겠다며 물총을 거머쥐는 바람에 우리 셋은 벙찐 표정으로 서로의 얼굴을 쳐다보았다. 교문을 넘어 안으로 들어온 순간부터 전투는 시작되었다.

"힘이 넘치네, 미카미!"

복도를 펄펄 날아다니며 물총을 쏘아대는 미카미를 간신히 따돌렸다. 술래잡기를 시작하고 10분이 지나는 동안 나는 방어에만 집중하고 전투력이 넘치는 미카미와 아라타는 정신없이 공격을 퍼부었다. 계단을 내려가 텅 빈 교실 안으로 뛰어 들어갔다. 복도에는 여기저기 물방울이 튀어 있었다.

"무리야, 이러다 죽겠어."

거친 호흡을 가다듬으며 교단에 등을 기대고 숨었다. 술래잡기가 시작되고 처음으로 앉았다. 보잘것없는 내 체력은 벌써 한계를 드러냈다. 이렇게 뛰어본 게 얼마 만일까. 어릴 적 기억밖에 없었다.

빠르게 복도를 뛰어다니는 발소리를 듣고 입을 틀어막았다. 발소리가 멀어졌다. 어디 숨었냐고 외치는 걸 보니 이번에는 아라타가 술래인 듯했다. 이 멤버와 술래잡기를 하다 내가 술래가 되면 반격하기 어려울 것 같았다. 나와 비슷할 줄 알았던 미카미는 누구보다 이 시간을 즐기고 있었다. 아라타의 체력이야 두말하면 입 아프고 야자와도 운동신경이 좋았다.

그러고 보니 술래잡기를 시작한 후로 야자와를 한 번도 보지 못했다. 4층짜리 건물 안을 누비고 다녔는데도 야자와와는 마주친 적이 없었다. 시작도 하기 전부터 겁에 질려 있었는데 어딘가에 숨어 있으려나.

제한 시간은 30분. 남은 20분 동안 무사히 도망칠 수 있을까.

옷 안에 넣어두었던 노트를 꺼냈다. 절대로 젖으면 안 되지만, 그렇다고 아무 데나 놔두고 싶지도 않았다. 248번에 '물총 싸움 하기'라고 적혀 있었다.

가에데가 좋아할 만한 놀이라고 생각했다. 밤에 어둠이 내린 학교에서 술래잡기와 물총 싸움을 하는 가에데의 모습이 쉽게 그려졌다. 물총을 거머쥔 가에데가 웃으며 복도를 뛰어다녔다. 귀신이 나오는 거 아니냐며 무서워하다가도 일단 시작되면 언제 그랬냐는 듯이 뺨을 실룩거리며 신나게 물총을 쏘아대는 모습이 눈앞에 아른거렸다.

"충분히 가능해."

돌이켜 보니 예전에도 비슷한 일이 있었다. 나는 한 손에 물총을 거머쥐고서 기억의 서랍을 열었다.

"유고, 이쪽이야!"

"기다려!"

아주 어릴 때였다. 앞장서 달려가는 가에데를 필사적으로 쫓아갔다. 팔에는 물총을 끼고 있었다.

"오늘 꼭 갚아주고 말겠어!"

"안 그래도 돼."

"되긴 뭐가 돼! 맨날 당하기만 하면 안 된다고 오빠가 그랬어!"

집 근처 숲속에 낯익은 뒷모습이 여럿 있었다. 내 눈이 남들과 다르다는 이유로 괴롭힘을 당하던 시절이었다. 이웃에 사는 나보다 두세 살 더 많던 개구쟁이들은 걸핏하면 나를 놀렸다. 그때마다 가에데가 나를 지켜줬는데, 그러던 어느 날 드디어 되갚아 줄 날이 왔다고 말한 것이다.

우리는 물총을 들고 나무 뒤에 숨었다. 가에데의 한쪽 손에는 스마트폰이 들려 있었다. 어디서 가져왔냐고 묻자 오빠 몰래 갖고 나왔다고 했다.

"시작한다."

나는 고개를 끄덕이고 개구쟁이들의 등을 향해 물총을 쐈다. 물총에 맞은 아이들은 물에 빠진 생쥐 꼴이 되었다. 아이들은 골난 표정으로 우리 쪽으로 다가오다가 가에데가 효과음을 깐 순간 안색이 창백해졌다.

"용서 못 해……."

동영상 사이트에서 흔히 찾을 수 있는, 공포를 조성하는 목소리였다. 범상치 않은 여자가 원한을 주절거리며 앞으로 다가오는 영상이 눈에 들어왔다. 뻔히 보이는 속임수였다. 하지만 이런 꾀를 궁리해 낸 사람도, 당하는 타깃도 모두 어린아이였다. 개구쟁이들은 여자의 목소리를 듣자 울음을 터뜨리면서 도망쳤다. 그중 한 명은 넘어져서 반쯤 흘러내린 바지 사이로 속옷을 보여주며 달아났다.

"성공이다!"

"대성공이야! 봤어? 저 애들 얼굴?"

"진짜 바보 같았어!"

"저런 애들은 상대도 안 돼!"

우리는 깔깔 웃으며 집으로 걸음을 돌렸다. 문득 손에 쥐고 있던 물총이 눈에 들어왔다.

둘의 눈이 마주쳤다. 누가 먼저 히죽 웃었을까. 우리는 서로의 얼굴을 향해 물총을 겨눴다. 물방울이 사방으로 튀고 옷이 흠뻑 젖었지만 개구쟁이들을 손가락질하고 숨이 넘어갈 듯 웃으며 달렸다.

가에데는 온몸이 물에 젖었는데도 바보처럼 웃기만 했다.

하얀 이를 드러내고 실눈을 뜬 채 환하게 웃었다. 그때 나는 뭐라 말할 수 없는 감정에 휩싸였다.

너무 눈이 부셔서 눈을 돌렸다. 가에데가 왜 그러냐며 이상하다는 듯 물었지만 나는 심장이 오그라드는 기분이었다.

그날 그토록 눈이 부셨던 이유가 뭔지도 모르고 확인해 보지도 못했는데 가에데는 떠나고 없다.

입가에 저절로 미소가 번지는 걸 느끼며 정신을 차렸다. 손에 쥔 물총도, 밤의 학교도 색이 있는데 내 머릿속의 가에데는 변함없이 무채색이다. 색이 흘러넘치는 세상에서 오직 한 사람, 가에데만 회색이었다. 누구보다 밝게 웃고 누구보다 빛나는 사람이었건만.

가에데만 색채가 없는 과거에 남아 있구나.

그런 생각과 함께 몸이 튀어 오르면서 교탁에 부딪치는 바람에 둔탁한 소리가 났다. 복도에서 들려오던 발소리가 멎고 교실 문이 천천히 열렸다. 조심스러운 목소리가 들려왔다.

"오노……?"

나는 얼굴을 내밀고 그쪽을 쳐다보다가 여태 한 번도 본 적 없는 색깔에 시선이 닿은 순간 할 말을 잃고 말았다. 섬찟 놀라는 동시에 나를 알아본 야자와의 얼굴에 안도하는 빛이 번졌다.

야자와의 피부가 빛깔을 머금고 있었다.

나는 연신 눈을 끔뻑거렸다. 내 쪽으로 걸어오는 야자와를 보고도 뭐라 말이 나오지 않았다. 야자와의 피부는 밝았고, 그래서인지 눈가에 그려진 회색빛 아이라인이 두드러져 보였다. 속눈썹은 반짝반짝 빛이 났다. 피부색 때문에 화장이 한결 돋보였다.

피부색은 온기가 느껴진다. 언젠가 가에데는 이렇게 말했다. 내 시야에 비친 색깔이 가에데가 바보처럼 계속하던 설명과 연결되었다.

사람은 무척 차가운 생물일 거라고 멋대로 상상했었는데 피부색을 확인하고 나니 그렇지 않은 것 같았다. 색깔이 사람의 인상을 바꾸는구나. 사람의 체온이 따뜻한 것도 이 색에서 비롯됐을 거라고 생각하자 왠지 몰라도 수긍이 갔다.

"다행이다…… 술래가 아니어서……."

경계하는 눈빛으로 다가오는 야자와가 평소보다 훨씬 매력적으로 느껴지는 것도 이제야 사람의 몸에서 가장 많은 부분을 차지하는 색을 볼 수 있게 되어서가 아닐까.

시선을 아래로 내렸다. 물총을 쥔 내 손에 색이 비쳤다.

살색이다. 그런데 야자와와는 달랐다. 야자와가 더 밝았다. 작은 차이를 느끼며 눈을 깜빡이고 있는데 야자와가 이쪽으로 와서 쓰러지듯 주저앉았다.

"아무도 없어서 무서웠어……."

"시끄럽게 떠들면서 뛰어다니던데."

"지금은 조용해, 지쳤나 봐."

야자와는 힘이 빠졌는지 좀 쉬어야겠다며 칠판에 기대고 앉아 물총을 무릎 위에 올려놓았다. 길이가 짧은 셔츠에 그려진 꽃은 노란색이고, 검은색 반바지 주머니에서 삐져나온 스마트폰 케이스는 연분홍색이고, 굽이 높은 운동화는 신호등의 파란불과 비슷한 색이었다. 밝은색 머리카락은 뒤에서 하나로 묶었다. 머리 장식은 흰색이었다.

입술만 빼고 전부 빛깔을 머금고 있었다.

"무슨 말이든 해봐, 무서우니까."

거의 모든 색이 입혀진 야자와의 모습은 일종의 감동을 자아냈다.

그런데 왜일까. 그날처럼 강렬하게 눈이 부시진 않았다. 가슴에 난 구멍이 커졌다. 그 구멍은 계절이 바뀔 때마다 점점 더 커졌다. 분명 기뻤는데, 세상에 색이 하나둘 스며들 때마다 감격했는데, 지금은 가슴이 아파서 견딜 수가 없었다.

눈시울이 뜨거워졌다.

"오노? 너 괜찮아?"

나를 걱정하는 목소리를 들어도 입이 떨어지지 않았다. 안경을 벗고 두 손에 얼굴을 파묻었다. 얼굴을 덮은 손가락의 색도 보였다. 주름마저도 그냥 선이 아니라 색이 있다는 것을 알았다. 손톱은 색이 조금 흐릿했다.

말이 나오지 않았다. 머리를 쓸어 올리며 내 얼굴을 쳐다보는 야자와를 향해 아무것도 아니라는 말만 내뱉고 입을 다물었다. 나도 내가 느끼는 이 감정이 뭔지 알지 못해 아무것도 아니라는 말밖에 할 수가 없었다.

눈꺼풀 안쪽에서 아른거리는 소꿉친구는 여전히 회색이었다. 가에데를 떠올리며 머릿속을 헤맸지만 가에데는 꿈속에서조차도 무채색이었다.

마음을 다잡고 다시 안경을 썼다.

"앗, 잠깐만."

야자와가 말리는 통에 초점 없는 눈을 그쪽으로 돌렸을 때였다.

물방울이 내 얼굴을 향해 날아왔다.

"뭐야!"

"성공이다! 다음 술래는 너야!"

흥분한 야자와가 "작전 성공!" 하고 외치며 달아났다. 나는 급하게 얼굴을 닦고 안경을 고쳐 썼다.

"거기 서, 야자와! 절대 용서 못 해!"

교실 밖으로 뛰쳐나가 복도 끝으로 도망치는 야자와를 쫓아갔다. 다시 숨이 차기 시작하자 가슴속의 구멍은 머릿속에서 지워졌다.

"와, 유고가 졌다!"

"아이스크림, 아이스크림!"

"잘 먹을게."

교문 앞, 시무룩한 나와는 다르게 밝은 세 사람의 얼굴을 겨냥해 물총을 쐈다. 셋 다 비명을 질러댔지만 무시하고 계속 공격했다.

결국 그날 밤 나는 종료 시각까지 한 사람도 찾지 못했다. 내게 아이스크림을 얻어먹기 위해 셋이 작당하고 숨은 거였다. 마지막 순간 나는 세 방향에서 날아든 물총 세례를 맞고 머리부터 발끝까지 쫄딱 젖었다. 노트 표지도 살짝 젖었는데 바람을 쐬면 금방 마를 정도였다.

나는 젖은 머리를 쓸어 넘긴 다음, 술래잡기가 끝난 후 내게 공격을 받고 비라도 맞은 것처럼 흠뻑 젖은 세 사람을 옆에 세워둔 채 리스트에 줄을 쳤다. 그러고 나서 우리 넷은 축축하게 젖은 상태로 편의점에 들어가 아이스크림을 하나씩 사서 집으로 돌아갔다.

미카미가 들키지 않아서 다행이라며 불량스럽게 씩 웃자 야자와는 진심으로 놀라 두세 발짝 뒤로 물러났다. 다행히 이튿날은 일기예보에서 말한 대로 하루 종일 비가 내려서 우리의 범행은 완전범죄로 막을 내렸다.

사랑의 색

어느덧 여름이 찾아왔다.

나를 제외한 세 사람은 학원과 오픈 캠퍼스 프로그램 등으로 여름방학 일정이 꽉 차 있었다. 야자와와 아라타는 그 와중에 아르바이트까지 했다.

나는 웬만한 색은 다 볼 수 있게 되었지만 작년처럼 방에서 혼자 시간을 흘려보냈다.

여름방학 때는 시간을 내기 어려울 거라 예상한 세 사람은 방학 전에 집중적으로 리스트에 매진할 수 있도록 도와주었다. 하나라도 더 끝내자며 잠잘 시간까지 쪼개가면서 안간힘을 써준 덕분에 방학을 앞둔 무렵에는 같이 할 수 있는 모든 항목을 완수했다.

'바다 보러 가기'라고 적혀 있는 것을 보고는 학교가 끝나기 무섭게 전철을 타고 바다로 달려갔고, '한밤중에 불꽃놀이 하기'를 보고는 밤에 공원에 모여 불꽃놀이를 하다가 신고를 당할 뻔하기도 했다.

방학이 시작되기 전에는 그토록 응축된 시간을 보냈는데 지금은 특별한 계획 없이 평온한 휴가를 즐기고 있다.

인생의 마지막 여름방학이니 차분하게 보내는 것도 나름대로 의미가 있을지 모른다. 굳이 할 필요가 없는 숙제를 일찌감치 끝내고 기나긴 여름날을 부모님과 함께 보냈다. 부모님 가슴에 대못을 박고 먼저 세상을 떠나는 불효자가 할 수 있는 일은 별로 없다는 사실을 알고 있다. 그래도 작게나마 보답하고 싶었다. 내가 이렇게 말하자 부모님은 옆에 있어 주는 것만으로 충분하다면서 눈물을 쏟아냈다. 두 사람은 코앞까지 다가온 아들의 죽음을 두려워하면서도 내게 평소처럼 지내달라고 부탁했다. 눈물이 나지 않는 나는 죄책감을 느끼는 게 고작이었다.

살고 싶다고 생각한 적은 없다. 그렇지만 죽고 싶었던 적도 없다. 나는 다른 사람들이 생각하는 것 이상으로 될 대로 되라는 심정으로 살아왔다. 그런 마음은 살날이 64일밖에 남지 않은 지금도 여전하다. 죽기 싫다고 신에게 매달리지 않았다. 어쩔 수 없는 일이라고 체념했기 때문이다.

만약 죽고 싶지 않은 이유를 하나라도 찾는다면 신에게 애원하게 될까. 하지만 애석하게도 나는 내 인생이 이미 만족스러웠다. 작년보다 훨씬 즐겁고 충만했다. 색깔이 보이기 시작하면서 친구가 생겼고, 리스트 덕에 경험한 적 없는 즐거움도 맛보면서 알차게 보냈다. 이러니저러니 해도 가에데가 최근 1년 동안 내 삶을 바꿔놓은 건 사실이었다.

그냥 무채병에 걸리기만 했더라면 이전과 다르지 않은 생활을 계속했을 것이다. 밤에 학교에 잠입하거나 친구들과 크리스마스 파티를 열거나 누군가와 데이트하는 일은 없었을 터였다. 눈을 감는 마지막 순간까지 변함없이 시시한 일상을 이어갔으리라.

예전의 나라면 그건 그것대로 받아들였을 것이다. 하지만 지금은 다르다.

화사한 세상과 넓어진 교우 관계와 여러 가지 경험이 내 인생을 꽉 채워주었다. 무채병에 걸리고 나서 더 많이 웃었다. 부모님에게 "요즘 잘 웃는구나"라는 말을 들을 때마다 두 사람에게는 미안했지만 병에 걸린 후로 세상이 다르게 다가온다는 생각을 떨쳐버릴 수 없었다.

그런데도 왠지 가슴속에 구멍이 뻥 뚫려 있다. 바람이 쉴 새 없이 부는 느낌이 든다. 밤에 학교에서 술래잡기를 한 뒤 그 구멍은 더 커졌다. 기쁨과 벅찬 감동을 느끼는 순간에도 구멍은 점점 커져만 갔다. 엄청난 허무감이 가슴 한가운데를 차지한 채 비켜주지 않는다. 이런 감정도 리스트 때문이겠지.

나는 노트를 넘겼다.

364. 금목서 향기 맡기

리스트는 여기서 느닷없이 끝이 났다. 마지막 페이지는 찢겨 나가고 없었다. 가에데는 무슨 생각으로 노트를 찢어버렸을까. 365번에 뭐가 적혀 있을지 가늠이 되지 않았다.

리스트가 계절에 맞게 끝이 난 건 가에데가 1년에 걸쳐 하고 싶은 일을 적어뒀기 때문이리라. 공허한 마음이 북받쳐 오르는 이유는 내가 가에데를 대신해서일 테고.

내가 대리 만족을 한다고 해서 가에데의 소원이 이루어지지는 않는다. 가에데는 직접 해보고 싶어서 여기다 적었을 테니까. 처음부터 불가능한 일임을 모르지 않았다.

가에데는 자신에게 남은 빛이 거의 다 꺼져가는 것을 알고 1년 동안 해보고 싶은 일들을 이 노트에 적었을 것이다. 그런 확신이 들었다.

내가 대신 완수한들 가에데는 이제 없다. 가에데는 아무것도 해보지 못하고 죽었다. 그게 진실이다. 하나씩 해내기 위해 친구들과 애를 쓰고, 그렇게 완수해 나갈 때마다 성취감에 사로잡혔다. 하지만 가에데는 없다. 원래대로라면 전부 가에데가 누려야 했을 시간이다.

처음부터 알고 있었지만 하나씩 완수하면 할수록 더 큰 허무가 스며들었다. 행복감을 느낄 때마다 머릿속의 회색빛 가에데가 아스라이 멀어지는 기분이 들었다. 가에데의 소원을 이뤄주고자 시작한 일인데 언제부터인가 그 자체를 즐기는 나를 발견했다.

단지 가에데를 위해서야, 그렇게 믿고 싶었지만. 어쩌면 처음부터 목적에서 벗어나 있었는지 모른다. 마지막 1년 동안 이 리스트를 통해 성취감을 얻고 싶다며 제멋에 취해 있었는지도 모르겠다.

혼자 있는 시간이 길어질수록 생각은 점점 더 부정적으로 변했다. 이러고 있어서는 안 되겠다 싶어서 침대에서 일어나 앉았다. 오후 5시가 지났는데도 태양은 저물 기미가 보이지 않았다. 여름은 낮이 길다. 태양이 뜨겁게 내리쬐고 하늘은 옅은 파란색을 뿜어냈다.

오늘 저녁에는 야자와와 만나기로 약속했다. 유일하게 내

병을 알고 있는 야자와는 나머지 두 사람에게는 비밀로 하고 일주일에 한 번씩 나를 보러 왔다. 편의점에 들러서 음료수나 아이스크림을 하나씩 물고 공원에서 대화를 나누는 시간이 여름방학 일상에 녹아들었다.

나는 아직도 아라타와 미카미에게 사실을 털어놓지 못했다. 그러나 야자와는 재촉하지 않았다. 죽음이 찾아오기 직전만 아니면 된다고 했다. 아무리 나라도 '곧 죽습니다, 그동안 고마웠습니다', 이런 짓은 못 한다.

다만 아직 결심을 굳히지 못했을 뿐이다.

고민만 하다가 다시 드러눕기 전에 자리에서 일어났다. 줄곧 외면했던 그 장소에 가보면 결심이 설 수도 있겠다는 생각이 들어서였다.

아래층으로 내려가서 거실에 있던 엄마에게 나갔다 오겠다는 말만 하고 집을 나섰다. 에어컨이 틀어져 있던 방에서 땡볕 아래로 나오자 현기증이 날 지경이었다. 여름을 좋아하는 사람은 어떻게 이런 무더위를 좋아할 수 있는 걸까. 가에데도 여름만 되면 기운이 넘쳤는데 그 이유가 궁금했다.

편의점에서 500엔짜리 꽃다발과 음료수를 샀다. 500밀리짜리 페트병을 억지로 주머니에 쑤셔 넣었다. 10분 정도 버스를 타고 가다가 안내 방송을 듣고 꽃다발을 쥔 손으로 벨을 눌렀다.

버스에서 내려 다시 밖으로 나왔을 때는 장소 탓인지 조금 시원한 느낌이 들었다.

"결국 왔네."

버스 정류장에서 5분쯤 걷다 보니 사람이 살았던 증거인, 같은 간격으로 늘어선 회색 비석이 시야에 들어왔다.

나는 처음으로 가에데의 산소를 찾았다.

위치를 말로만 들은 터라 기억을 더듬으며 나아갔다. 줄지어 선 비석 주위에 사람 그림자는 얼씬도 하지 않았다. 오늘처럼 햇볕이 쨍쨍 내리쬐는 날 성묘를 오는 인간은 없겠지. 아무도 없는 편이 낫다. 그렇지 않으면 혼자 온 의미가 없으니까.

얼마나 오래 걸었을까. 어쩌면 겨우 몇 분밖에 안 지났을지도 모른다. 찜통더위는 오래 걸은 듯한 느낌을 주는 대신 체력을 빼앗아 갔다. 이윽고 흰색 백합이 인사를 건네는 무덤이 눈앞에 나타났다. 묘비에 새겨진 이름을 보자 숨이 막혔다.

내 키보다 훨씬 낮은 회색 비석이 거기 서 있었다. '이즈미가의 묘'라고 적힌 이 무덤 안에는 한 사람만 잠들어 있다. 조성 대대로 내려오는 무덤이 아니라 오직 한 사람을 위해 새로 만들었다. 하지만 그 안에 아무것도 없다는 사실을 나는 알고 있다.

무덤 앞에 가지고 온 꽃다발을 바쳤다. 제대로 꽃병에 꽃을 마음은 들지 않았다. 이런 날은 그래봤자 금방 시들고 말 테니까. 내가 무덤에는 어울리지 않는 화사한 꽃을 고른 이유는 가에데가 백합을 좋아하지 않는다는 사실을 알아서였다.

분홍색과 노란색 소국, 이름도 모르는 연보라색 꽃, 그리고 커다란 회색빛 달리아. 세상이 온통 무채색이던 시절에 가에데가 이 꽃은 빨간색이라고 여러 번 말해줘서 아직 보이지 않는 회색빛 달리아가 그 색이라는 건 알고 있다. 가장 진한 회색을 골랐으니 아마 맞을 것이다.

왜 하필이면 먼저 놓여 있던 꽃이 흰색 백합일까. 가에데는 절대로 좋아하지 않을 텐데.

"어어."

나는 가에데가 여기 없다고 확신하며 무뚝뚝하게 인사를 건넸다. 혹시 있다면 인사가 그게 뭐냐며 불만을 터뜨렸겠지. 하지만 바람은 불어오지 않고 태양만 뜨겁게 작열할 뿐이었다. 아무런 변화도 없고 가에데는 목소리를 들려주지도, 모습을 보여주지도 않았다.

"어차피 여기 없는 거 아니까 안 왔던 거야."

내가 알기로 가에데는 어느 한곳에 머무르는 성격이 아니다. 혹시라도 사후 세계가 존재하고 자유롭게 돌아다닐 수 있다면 이렇게 색깔이 없는 장소가 아니라 화려한 세상 위를 날아다니고 있을 것이다.

가에데의 유해가 담긴 작은 유골함은 본가에 놓여 있다. 나는 본 적 없지만 분명 소중하게 다뤄지고 있을 것이다. 누구보다 사랑받았던 사람이니까. 가족과 친구는 물론이고 모든 이들에게 사랑받았던 가에데. 아무리 소꿉친구일지언정 그런 사람이 내 곁에 있었다는 사실이 의아할 따름이다.

과거 가에데의 몸이었던 유골을 가에데라고 인정할 수 없었다. 그래서 보러 가지 않았다. 얼마 안 되는 뼈만 남긴 채 재가 되어버린 가에데. 그 유해를 소중히 여겨야 한다는 건 알지만 그게 가에데라는 생각은 들지 않았다.

사람은 죽으면 21그램 가벼워진다고 한다. 그게 영혼의 무게라는 말에는 나도 찬성한다.

왜냐하면 가에데는 이렇게 좁은 장소에 머물러 있을 사람이 아니니까.

"이거, 거의 다 했어. 이제 스무 개도 안 남았어."

무덤 앞에서 어디를 가도 들고 다니는 노트를 꺼내 팔랑팔랑 넘겨도 대답이 없었다. 당연하다. 가에데는 이 세상 어디에도 없으니까.

"내가 해봤자 의미도 없겠지만."

그렇지 않다고 말해주길 바랐다. 가에데가 옆에 있었다면 '대신했다고? 유고 네가?' 하며 감격하지 않았을까.

"나, 곧 죽는대."

쪼그리고 앉아 이글거리는 태양 때문에 축 처진 백합을 쿡쿡 찔렀다.

"무섭지는 않아. 다른 사람들한테는 미안하지만. 넌 달랐지?"

나와 달리 가에데는 인생을 즐겼다. 매사에 최선을 다하고 항상 웃음을 잃지 않았던 천진난만한 여자애. 감정이 풍부해서 병에 걸렸을 때도 거뜬히 나을 거라며 미소를 지었지만, 그것이 허세였음을 지금은 안다.

"머지않아 동료가 한 명 늘어날 거야……."

웃기지도 않는 농담을 건넬 수 있는 상대는 가에데뿐이었다. 그런 말을 들어줬으면 하는 사람은 이제 이곳에 없지만.

"물어보고 싶은 게 있어. 어차피 대답해 주지 않더라도."

그날 병실에서, 가에데는 아무것도 아니라고 얼버무렸다.

"무슨 말을 하려던 거였어?"

정적만 감돌고 대답은 들리지 않았다.

"기억해 달라고 말하고 싶었어? 아니면 다른 거였어?"

가에데는 자신의 존재가 지워질까 겁을 냈다. 사람의 뇌에는 한계가 있어서 기억에도 용량이 정해져 있다고 했다. 자신이 먼 기억 속으로 사라지는 것을 두려워했다.

하지만 그건 기우였다. 왜냐하면······.

"아."

등 뒤에서 들려온 목소리에 나도 모르게 발딱 일어났다. 돌아보니 성인 여성이 서 있었다. 예전 모습이 많이 사라지긴 했지만 내가 아는 얼굴이었다.

"가에데의······."

"소꿉친구 맞지? 잘 지냈어?"

그 사람은 가에데의 고등학교 동창이었다. 둘이 붙어 다니는 모습을 자주 봤고 몇 번 얘기도 나눈 적이 있어서 기억이 났다.

"성묘하러 왔어?"

"네에······."

"뜻밖이네, 가에데는 절대로 안 올 거라고 하던데."

"그럴 생각이었어요."

"가에데는 여기 없다고 생각했어?"

"그건 지금도 그렇게 생각해요."

"하긴. 가에데라면 어디 먼 곳을 훨훨 날고 있겠지."

건조한 웃음소리가 울렸다. 그녀는 쓰고 있던 양산을 접더니 한쪽 손에 쥐고 있던 꽃다발을 무덤 앞에 올렸다. 무덤과는 거리가 먼, 부케라고 해도 믿을 것 같은 꽃다발이었다. 장소에는 어울리지 않아도 가에데라면 이런 꽃을 더 좋아할 것 같았다.

"자주 와요?"

"방학 때만. 외국에서 유학 중이라서 방학이 길 때만 들어오거든."

"아아."

그래서 스타일리시하구나. 일본에서는 흔히 볼 수 없는 시원시원하고 멋스러운 옷차림에서 능력 있는 여성이라는 느낌이 물씬 풍겼다.

"여기 없는 걸 알면서도 자꾸 오게 되네."

의지할 데가 여기밖에 없어서일지도 모르겠다는 말을 듣고도 잠자코 묘비만 쳐다보았다. 그녀는 두 손바닥을 마주했다. 수십 초간 이어진 그 기도는 가에데에게 가닿았을까.

"어, 그건."

그녀는 내가 들고 있던 노트를 가리켰다. 나는 노트를 내밀었다. 이게 뭔지 아는 걸까. 옛날 생각이 난다며 웃었다. 눈썹을 늘어뜨리고 약간 울 것 같은 표정으로.

"하고 있었구나."

"……가에데의 어머니께 받았어요."

"주인을 찾아서 다행이야. 가에데가 죽은 뒤 어떻게 됐는지 궁금했거든."

"주인을 찾았다고요?"

그 말이 마음에 걸려서 고개를 갸웃했다. 마치 처음부터 내 손에 들어올 걸 알고 있었다는 말투였다.

표지를 들여다보던 그녀가 어리둥절한 표정을 지었다.

"어?"

"왜요?"

"그게, 제목이 달라. 이상하네."

나는 놀라서 입을 다물지 못했다. 내가 무슨 뜻인지 묻기도 전에 그녀가 먼저 뭔가를 눈치챘다.

"잠깐만 줘봐."

노트를 받아 들더니 표지에 붙은 흰색 테이프에 손톱을 갖다 댔다. 그러더니 기다란 손톱으로 테이프 끄트머리를 긁기 시작했다.

"뭐 하는 거예요?"

"미안, 잠깐만 기다려 줘."

그녀는 테이프 끄트머리를 잡고 단번에 잡아당겼다. 테이프 밑에 검은색 글자가 적혀 있었다.

나는 그 글자를 본 순간 할 말을 잃었다.

"……어?"

안 그래도 이상하다 싶었다. 왜 노트 표지에다 흰색 비닐 테이프를 붙여놨는지 궁금했다. 심지어 체육관 바닥에나 붙일 법한 불투명 테이프였다. 무대에서 위치를 표시할 때 쓰는 비닐 테이프를 왜 여기다 붙여놨을까.

하지만 나는 가에데라면 그럴 수 있다고 받아들였다. 귀여운 마스킹 테이프를 고를 나이이긴 해도 매사 꼼꼼하지 못한 가에데의 성격을 감안하면 집에 있던 테이프로 대충 붙였을지도 모른다고. 아마도 틀린 글자를 감추기 위해 붙였을 거라고. 수정액으로 지우기 귀찮아서 테이프를 붙였다고. 분명 그럴 거라며 내 멋대로 생각했다.

그런데 지금 시야에 꽂힌 한 문장이 그 모든 예상을 뒤집었다.

'내가 죽은 후 유고가 행복해지기 위한 365가지 리스트.'

매미 울음소리가 사방을 뒤흔들고 이마에서 땀이 줄줄 흘러내렸다. 갑자기 들이닥친 진상을 뇌가 받아들이지 못해 머릿속이 새하얘졌다.

이게 뭐야. 무슨 뜻이야. 의미를 알 수 없어서 머리가 어질어질했다. 아무것도 몰랐던 내가 딱해 보였는지 그녀는 미안한 얼굴로 말을 이었다.

"가에데는 자기가 살 가망이 없다는 걸 진작에 알고 있었어."

새하얀 머릿속에 떨어진 그 한마디가 먹물처럼 퍼지며 뇌를 탁하게 만들었다.

"곧 죽는다고 하더라고. 거짓말하지 말라고 했더니 100퍼센트 확실하다면서 웃었어."

치료를 받아도 수명이 조금 더 연장될 뿐이라는 말도 했다고.

그녀는 눈을 내리깔았다.

"자기가 죽는다는 사실을 알고 나서 가에데가 뭐라 했는지 알아? '내가 죽으면 유고는 혼자 남아'라고 했어."

그 말이 머릿속을 더욱 거칠게 휘저었다.

"유고가 혼자 남는다고. 삶의 기쁨도 모르고 어른이 될 가능성이 크다며 네 걱정만 했어. 자신이 죽고 나면 자기 존재를 잊어버릴 정도로 즐거운 기억만 잔뜩 만들고 행복해지길 바란다고 했어."

그녀는 천천히 눈을 뜨고 노트를 가리키며 말했다.

"자기가 해보니까 재밌었던 일들, 해보고 싶었지만 하지 못한 일들을 여기다 적어서 너한테 하게 할 거라고 했어. 모조리 끝냈을 때는 소중한 사람들에게 둘러싸여 행복하게 살고 있을 거라면서. 활짝 웃으며 말이야."

선뜻 그려지는 가에데의 웃는 얼굴이 지금의 나를 한없이 고통스럽게 만들었다.

"그러니까, 이 노트에는 나나 다른 친구들과 가에데가 함께 놀면서 즐거워했던 추억이 가득 들어 있어. 그리고 가에데가 너한테 경험하게 해주고 싶었던 일들도 담겨 있고."

"말도 안 돼."

"1년은 365일이잖아? 그러니 365가지를 경험하고 나면 네가 자기를 잊을 수 있을 거라고 생각한 거야. 그런데 원래 제목대로 적어놓으면 안 할 것 같으니까 바꾼 거겠지."

가에데답다며 미소 짓는 그녀를 바라보며 나는 텅 빈 머리를 감쌌다.

처음부터 나를 위해 만든 노트였다.

이렇게 적어놓으면 아무것도 모르는 아주머니가 노트를 내게 줄 것까지 예상하고 선택한 제목이었다. 그래서 이해가 안 되는 내용이 한가득 적혀 있었구나.

의심스러운 점이 전혀 없지는 않았다. 인형 뽑기 게임에서 경품을 뽑아보지 않았을 리가 없다. 누워서 감자칩을 먹는 일쯤은 가에데에게 일상다반사였을 테고, 방과 후에 햄버거를 먹으러 간 적도 한두 번이 아니었을 것이다. 여행도 크리스마스 파티도 가에데라면 당연히 경험해 봤을 터였다. 그런데도 사이사이에 등장하는 항목들 때문에 눈치채지 못했다.

3점 슛은 못 넣는다. 제야의 종을 쳐본 적도 없다. 자기는 해볼 마음이 전혀 없었으면서 내게는 시켜도 된다고 생각했다.

끝까지 쓸데없는 참견이나 하고 말이야.

"마지막까지 완수해 줘. 오지랖이 넓긴 해도 가에데는 누구보다 너를 아꼈으니까."

그녀는 내게 노트를 넘겨주더니 양산을 쓰고 가버렸다. 그 자리에 우두커니 선 채 미동도 하지 못하는 내 그림자만 길게 뻗어 있었다.

시간이 얼마나 흘렀을까. 문득 하늘로 눈길을 보냈다. 낯선 색이 눈에 들어온 순간 너무 눈이 부셔서 시선을 돌렸다. 그 색의 이름을 나는 아직 모른다. 하지만 왜인지 심장을 움켜쥐는 듯한 느낌이 들었다.

걸음을 서둘렀다. 버스 정류장까지 전력 질주하며 왔던

길을 되돌아갔다. 시간표를 보니 버스가 오려면 아직 멀어서 노트를 꽉 거머쥐고 집 쪽으로 달렸다. 한 번도 멈추지 않고 정신없이 계속 달렸다. 어스름이 깔리기 전에 꼭 알아내고 싶었다.

그 색의 이름을.

시야 끝에 오랜만에 보는 뒷모습이 들어왔다.
"저기요!"
앞서가던 여성이 돌아보았다. 가에데의 어머니였다. 땀이 눈을 가릴 정도로 흘러내리고 숨이 턱끝까지 찬 나를 보더니 깜짝 놀란 듯 다가왔다. 아주머니가 뭐라고 하기 전에 내가 먼저 입을 열었다.
"종이!"
"종이?"
"이 노트 마지막 페이지요! 못 보셨어요?"
노트를 펼쳐 맨 뒷장을 보여주었다. 아주머니는 난처한 표정으로 대답했다.
"일단, 우리 집에 갈래?"
그대로 가에데네 집으로 향했다. 오랜만에 본 현관에는 이전과 똑같은 사진이 놓여 있었다. 아무렇게나 널브러져 있던 가에데의 신발만 자취를 감췄다.

에어컨이 켜진 실내에 발을 들이자 땀으로 젖은 셔츠가 무척 차갑게 느껴졌다. 익숙한 가에데의 집이건만, 아무것도 바뀌지 않았건만, 가에데가 없다는 사실 하나만으로 다른 세상에 온 기분이 들었다.

"잘됐다, 마침 도움이 필요한 참이었는데."

"무슨 일인데요?"

"가에데의 방을 치우는 중이거든."

나는 계단을 올라가는 아주머니를 뒤따라가다가 그 자리에 우뚝 멈춰 섰다.

"왜요……."

"곧 1주기잖니. 그냥 놔두기도 좀 그래서. 때마침 사촌 여동생네 딸아이가 책상이 필요하다고 하니 가에데가 쓰던 걸 주면 좋겠다는 생각이 들었어."

"전부 다 줘버리려고요?"

"언젠가는 그래야겠지? 저대로 두면 가에데도 안 좋아할 테니까."

가에데의 흔적이 사라진다. 아직 1년도 지나지 않았는데 가에데가 숨 쉬던 공간이 달라지고 있다.

"정리를 좀 했어. 버릴 물건들은 한데 모아놓고……."

가에데의 방문이 열렸다. 그 방은 내 기억과 많이 달랐다. 침대 매트리스는 세워져 있고, 참고서가 차지하고 있던 책상 위는 깨끗이 정돈되어 있었다. 벽에 붙어 있던 포스터는 뜯겨 나가고, 옷장 안은 말끔히 정리되었다. 쓰레기봉투 몇 개가 방 한가운데에 놓여 있었다.

얼굴이 굳어지는 것을 느꼈다.

"계속 그냥 놔두면 가에데가 화내겠지?"

"그럴…… 거예요."

가에데니까. 언제까지 과거에 매여 살 거냐며 질책하고도 남았다. 이런 리스트까지 만들어 두었을 정도니까. 하지만 쉽게 인정할 수 없었다.

눈앞의 광경을 기쁘게 받아들일 수 없었다.

"죄송해요, 잠깐만 혼자 있게 해주세요."

"……그래. 좋을 대로 해."

아주머니가 어깨를 두드려 주고 나가자 빈방 안에 덩그러니 혼자 남았다. 1년, 아니, 더 됐으려나. 가에데가 입원한 후로 이 방에는 거의 오지 않았다. 그러니 달라진 게 당연한데. 그런데 왜 이런 기분이 드는 걸까.

쓰레기봉투를 열고 안을 뒤졌다. 작아진 지우개, 다 쓴 펜, 과자 포장지 등 대체 언제부터 썩히고 있었냐고 묻고 싶은 쓰레기가 가득했다. 청소를 자주 하는 성격이 아닌 건 알았지만 어릴 때 만든 비즈 액세서리가 나왔을 때는 무심코 제발 좀 버리라고 타박하고 말았다.

잡동사니로 가득한 쓰레기봉투를 보자 여긴 없겠다 싶었다. 침대 서랍에 있을까. 그래서 열어봤더니 순정 만화만 잔뜩 들어 있었다. 최근에 완결된 만화책이 중간까지 모아져 있었다. 그랬다, 결국 가에데는 이 만화책을 끝까지 보지 못했다. 가에데가 좋아하던 캐릭터가 주인공에게 차였다는 건 인터넷으로 결말을 찾아보고 알았다.

그렇다면 옷장 안인가. 옷장을 열자 가에데가 즐겨 입던 짤막한 상의가 여러 벌 나왔다. 요즘 이게 유행이라며 배꼽을 훤히 드러낸 채 허리에 손을 올리고 뽐내던 가에데에게 춥겠다고 빈정거리던 기억이 떠올랐다. 아무리 찾아도 천 조각밖에 나오지 않았다.

마지막으로 이미 정리가 끝난 책상 서랍을 하나하나 열어보기로 했다. 그런데 맨 위 서랍은 잠겨 있었다. 나는 한숨을 푹푹 쉬면서 구석에 놓여 있던 쓰레기통을 뒤집었다. 예상대로 셀로판테이프로 고정한 열쇠가 쓰레기통 바닥에 붙어 있었다.

옛날부터 가에데는 뭔가를 숨겨야 할 때면 이 서랍을 이용했다. 점수가 형편없는 시험지나 망가뜨린 물건 등 떳떳하지 못한 것들은 전부 이 서랍에 넣고 열쇠는 아무도 모르게 쓰레기통 바닥에 붙여놓았다.

의외로 이 서랍은 오랫동안 들키지 않았고, 열쇠가 있는 장소를 아는 사람도 가에데와 나뿐이었다.

열쇠로 서랍을 열었다. 서랍 안에서 낙제점을 받은 시험지가 얼굴을 내밀었다.

"버리라고."

죽고 나서 이런 게 발견되면 한 번 더 죽고 싶어질 것 같았다. 하는 수 없이 시험지를 접어서 호주머니에 넣었다. 네 명예를 위해서 내가 책임지고 버려줄게. 시험지 여러 장을 정리하고 있는데 손끝에 뭔가가 걸렸다. 서랍 맨 밑에 깔려 있던 것을 끄집어냈다. 바스락거리던 그것은 찢어진 종이였다.

'타임캡슐이……'

노트 마지막 페이지의 일부분이었다. 글자가 잘려서 내용을 이해할 수 없었다. 하지만 왠지 마음에 걸렸다.

어릴 때 둘이서 공터에 타임캡슐을 묻은 적이 있었다. 기억이 흐릿해서 장소가 진짜 거기가 맞는지도 헷갈렸다.

그나저나 왜 마지막에 타임캡슐 이야기를 꺼냈을까. 노트에 타임캡슐에 관한 내용은 한 번도 나오지 않았다.

"뭐 좀 찾았니?"

가에데의 어머니가 문을 열고 들어왔다.

"차 가져왔어."

아주머니는 보리차가 든 컵을 책상 위에 내려놓고 조용히 나가려 했다.

"잠깐만요."

"왜 그러니?"

"가에데가 타임캡슐에 대해 얘기한 적 있어요?"

아주머니가 고개를 갸우뚱거렸다. 잠시 생각하는 듯하다가 맞다, 하며 말문을 열었다.

"가에데가 세상을 떠나기 며칠 전이었는데, 친구 하나가 병실로 찾아왔었어."

"……나한테는 시험 기간이니까 오지 말라고 했으면서."

가에데가 죽기 전 2주는 정기 시험과 기간이 겹쳤다. 가에데는 내 성적이 걱정됐는지 당분간 면회 금지라며 자기 마음대로 못을 박았다. 한번 결정하고 나면 남의 말을 듣는 성격이 아닌지라 나는 울며 겨자 먹기로 그 제안에 동의했다. 곧 일시적으로 퇴원도 할 수 있을 것 같다고 해서 그때 집에 오면 만나면 되겠다고 가볍게 생각했다.

놀아서시 그럼 갈게, 하고 팔을 들어 인사한 뒤 얼굴도 보지 않고 병실을 나선 게 나와 가에데의 마지막이었다.

"가에데가 불렀나 봐. ……아마 작별 인사를 하려고 그랬을 거야."

"작별 인사……."

"너한테는 숨겼나 본데, 다른 사람들한테는 다 말했었어."

말했다니 뭘요? 웃으면서 '나는 곧 죽어'라고 말했다는 거예요?

어째서 나에게는…….

내가 입술을 깨무는 모습을 봤는지 아주머니는 눈썹을 내리고 미안하다며 말을 이었다.

"어쩌면 가에데는, 너한테 말해버리고 나면 자기가 죽는다는 사실을 인정하는 게 된다고 생각했을지 몰라."

"무슨 말이에요?"

"……시간이 얼마 없다는 걸 알고 있었어. 농담하듯 실실 웃으면서 말했지만, 실은 누구보다 받아들이기 힘들었을 거야."

가에데는 수긍하는 척하는 연기를 잘했다. 늘 그랬다. 자유분방하고 할 말은 꼭 해야 직성이 풀리는 성격이면서도 인정하고 싶지 않은 상황에서는 웃음으로 무마하며 본심을 숨겼다.

가에데를 속속들이 잘 안다고 생각했지만 실은 그렇지 않았다.

"그 친구랑 얘기할 때 타임캡슐이라는 말이 들렸어. 그러고는 뭔가를 건넸고."

"그게 뭔데요?"

"제대로 안 봐서 뭔지는 모르겠지만, 잘 부탁한다고 했어."

"……그다음에는요?"

"친구가 공터 위치를 물어보더라. 왜, 거기 있잖아, 버스 정류장 뒤쪽에……."

거기가 틀림없다. 머리보다 몸이 먼저 움직였다. 아주머니의 말이 끝나기도 전에 찢어진 종이를 거머쥐고 노트를 말아 바지 주머니에 쑤셔 넣은 채 인사도 없이 가에데네 집에서 나왔다. 그 장소가 어디인지 확실하게 알았기 때문이다. 기억 속에 잠들어 있던, 어린 시절의 우리가 마주 보고 웃는 장면이 뇌리를 스쳤다.

햇볕에서 자글자글 소리가 나는 오늘 같은 날 전속력으로 달린 내가 미친놈이었다. 도중에 야자와에게서 전화가 걸려와서 숨을 헐떡이며 받았다.

"약속 시간 지났는데, 지금 어디……."

"버스 정류장 뒤쪽 숲속 공터!"

"뭐어?"

"모종삽 있어?"

"그런 게 있겠어?"

"그럼 됐어! 나 늦을 거야!"

"잠깐만……."

전화를 끊고 앞만 보고 내달렸다. 근처 버스 정류장 뒤쪽으로 출입을 막기 위해 임시로 둘러놓은 러버 콘과 울타리를 풀쩍 뛰어넘었다. 발바닥에 찌릿한 충격이 가해졌으나 나무 숲을 향해 거침없이 돌진했다.

우뚝 솟은 나무들을 일일이 손으로 만져보면서 확인했다. 내 기억이 맞다면 그날 가에는 돌로 표시했다. 비록 자그마한 가위표였지만 그때 우리는 만족하며 헤벌쭉 웃었다.

"어디야."

그 당시 내 키를 생각하면 지금보다 훨씬 눈높이가 낮았을 것이다. 허리를 숙이고 손으로 나무를 더듬었다. 내 기억은 거기까지였다.

"부탁이니까, 제발 좀 나타나 줘."

시간이 얼마나 흘렀을까. 실제로는 그다지 길지 않았을 수도 있다. 하지만 이미 나는 손가락 하나 까딱하기 힘들었다. 푹푹 찌는 날 죽을힘을 다해 달렸다. 다리가 후들거려서 더는 걷지도 못할 것 같은 바로 그때였다.

한쪽에 흙이 소복이 쌓여 있었다. 아주 작은 산을 닮은 그곳에는 왜인지 모르겠지만 나뭇가지가 한 개 꽂혀 있었다. 그 순간, 무릎을 꿇고 바닥에 철퍼덕 주저앉았다. 나뭇가지 뒤로 보이는 나무에 아주 자그마한 가위표 비슷한 모양이 새겨져 있었다. 나는 나뭇가지를 뽑아 던지고 산을 망가뜨렸다.

손이 시커매지는 것도 개의치 않고 흙을 파냈다. 손톱 밑이 거무튀튀해지고 흙냄새가 코끝을 찔러도 멈출 수 없었다. 얼굴에서 떨어진 땀방울이 흙을 적셨다. 나무들 사이로 비치는 햇살이 한줄기 희망처럼 느껴졌다.

30센티미터 정도 팠을 때였다. 손톱 끝에 뭔가가 닿았다. 나는 미친 듯이 흙을 팠다. 땡땡. 쇠붙이 소리가 파묻혀 있던 기억을 건져 올리는 듯했다.

이윽고 눈앞에 과자 상자가 나타났다. 그러자 기억이 선명하게 되살아났다. 가에데가 좋아했던 튤립 모양 비스킷. 20센티미터 정도 되는 네모난 철제 통. 떨리는 손으로 상자를 들어 올렸다.

입고 있던 셔츠에 손을 문질렀다. 나무에 등을 기대고 앉아 뚜껑을 열었다. 그런데 손이 떨려서 열 수가 없었다.

피곤해서가 아니었다. 이제야 두려움이 나를 엄습했다.

이 안에 뭐가 들어 있을까. 가에데의 진심을 아는 게 감당할 수 없을 정도로 겁이 났다.

왜냐하면 가에데는 이미……

바람이 얼굴에 닿자 반사적으로 고개를 들었다. 눈앞에 가에데가 서 있었다.

"가에데……?"

가에데는 회색이었다. 나를 보더니 입술을 달싹거렸다. 교복을 입은 모습을 보고 내가 만들어낸 환상이라는 것을 알았다. 그럼에도 가에데를 향해 손을 내밀었다.

나는 상자를 끌어안고 버스 정류장 쪽으로 가는 가에데를 쫓아갔다. 가끔씩 돌아서서 뭐라 뭐라 말하며 웃는 그 모습이 이루 말할 수 없이 그리웠다.

눈물겹게 보고 싶었다.

얼마 전까지만 해도 당연한 광경이었는데. 바로 옆에 있었는데. 나는 희미해진 기억은 사라진 게 아니라 깊숙이 묻혀 있을 뿐이라는 사실을 깨달았다.

잊는다는 건 지우는 게 아니라 잠시 묻어두는 것이었다.

즐거운 기억이 쌓여갈수록 과거의 추억은 깊숙한 곳으로 밀려난다. 모래알처럼 손가락 사이로 빠져나가 사라졌다고 착각했을 뿐, 실은 줄곧 거기 있었다. 어느 날 문득 서랍

밑바닥에 깔려 있던 기억이 고개를 쳐드는 순간이 찾아온다면…….

그 기억이 무엇과도 바꿀 수 없을 만큼 눈부신 동시에 괴롭기 때문일 것이다.

바아보. 가에데의 입술이 그렇게 움직였다.

누구 보고 바보래? 마음대로 사라지기나 하고. 네 멋대로 혼자 각오하고 아무런 말도 없이 끝내는 걸 난 원하지 않았다고.

아니다, 내가 바보였다. 계속 관심 없는 척했으니까.

실은 단 하루도 잊을 수 없었으면서.

가에데는 울타리를 뛰어넘더니 멈춰 섰다. 그리고 나를 향해 미소를 보냈다.

어쩐지 그 울타리가 경계선처럼 느껴졌다.

"기다려, 가지 마."

하지만 가에데는 즐겁다는 듯이 빙글빙글 돌며 도로 쪽으로 사라져 버렸다.

"가에데!"

발을 내딛다가 울타리에 걸려 균형을 잃고 넘어지는 바람에 얼굴부터 땅에 처박혔다. 손안에서 빠져나간 상자가 시끄러운 소리를 내며 굴러갔다. 고개를 들자 가에데가 화들짝 놀란 표정으로 상자를 가리키고 있었다. 뚜껑이 열려서 내용물이 여기저기 흩어졌다.

"나와 유고와……."

이번에는 눈을 피하지 않았다. 가에데는 이어서 뭐라고 하려다가 채 말이 끝나기 전에 온데간데없이 사라졌다.

홀로 남은 나는 그 자리에 멍하니 앉아 있었다. 납덩이처럼 무거운 몸을 간신히 일으켜 상자가 있는 쪽으로 한 걸음씩 다가갔다. 온몸이 욱신거렸다. 넘어질 때 피가 난 모양이었다. 두 손이 따끔따끔하고 팔꿈치는 벌겋게 물들고 얼굴은 따가웠다. 그런 꼴로 상자를 살펴보았다.

어지럽게 흩어져 있는 종이 메달, 색이 변한 도토리, 특이하게 생긴 돌멩이, '당첨'이라고 적힌 하드 막대기. 어릴 적 보물들이 바닥에 떨어진 채 빛났다.

상자 안에는 봉투가 하나 들어 있었다. 다른 물건들과 달리 새것처럼 보이는 흰색 봉투는 가에데가 친구에게 부탁해 새로 넣은 것임을 직감했다. 그 자리에 쭈그리고 앉아 봉투를 꺼내 검지로 열었다.

종이 한 장이 손끝에 스쳤다. 앞부분이 찢겨 나가고 없는 그 종이는 아까 찾은 종이의 일부인 듯했다. 봉투 안에 종이가 한 장 더 들어 있어서 나는 그것을 먼저 펴보았다. 딱 한

줄이 종이 한복판을 차지하고 있었다.

365. 행복하게 살기

하지만 그 아래, 두 줄을 그어 지운 문장을 나는 보고 말았다. 작은 글씨는 거의 지워졌지만 차마 지우지 못한 마음이 거기 있었다. 나는 그 문장을 읽었다.

그건 가에데의 진심이 담긴 소원이었다.

365. 오노 유고는 이즈미 가에데를 잊지 않고 죽을 때까지 좋아하면서 살아가기

떨리는 입술을 꽉 깨물고 봉투 안에 남아 있던 나머지 종이 한 장을 꺼냈다.

그건 사진이었다. 검은색 중학교 교복을 입은 나와 고등학교 교복을 단정치 못하게 입은 네가 나란히 서 있는 사진. 색깔이 그 사진을 빈틈없이 감싸고 있었다. 계절은 가을이었고 내 눈에 비친 단풍은······.

가에데가 제일 좋아했던 빛깔을 머금고 있었다.

"제일 좋아하는 색은 뭐지?"
"아, 지겨워."

어릴 때부터 가에데는 자기가 제일 좋아하는 색이 뭔지 내게 묻기를 좋아했다. 수십 번이나 반복하다 보니 묻지 않아도 대답할 수 있는 지경에 이르렀다. 집으로 돌아가는 길, 한 발짝 앞서 걷던 가에데가 뒤를 돌아보았다. 오후 5시가 지나 해가 뉘엿뉘엿 넘어가고 있을 때였다.

가에데 뒤로 단풍나무가 주르르 늘어서 있었다. 잎이 떨어진 금목서 향기가 코끝을 스쳤다. 가에데는 그 모습을 보고 예쁘다고 말하면서 내 대답을 기다렸다.

"빨간색이잖아."

"정답!"

"도대체 몇 번째야……"

"왜 좋아하는지도 말했었나?"

"당연하지."

항상 이어지던 그 말을 오늘은 내가 먼저 입에 올렸다.

"가에데와 내 색이니까."

"딩동댕! 단풍나무 이파리와 석양의 색! 우리의 색이니까!"*

"기뻐하시니 참 다행입니다."

색깔을 보지 못하는 나는 가에데의 눈에 비친 빨간색이 어떤 색인지 알지 못했다. 그래도 길게 늘어서 있는 나무가 가에데의 이름과 똑같은 단풍나무라는 것과 가에데가 좋아하는 색으로 물들어 있다는 것쯤은 알고 있었다. 가에데는 손끝으로 나무를 가리키며 저기 봐봐, 하면서 해맑게 웃다가 천천히 스마트폰을 꺼냈다.

"뭐 하려고?"

"사진 찍게."

"됐어."

"뭐, 어때. 셀카야."

웃어봐, 하면서 내 왼쪽에 꼭 붙어 선 가에데는 등 뒤의 나무들과 하늘을 담아 능숙하게 사진을 찍었다. 화면 속에서 나는 얼빠진 표정을 지었고, 가에데는 만면에 웃음을 띠었다.

나는 여느 때처럼 작게 한숨을 내쉬었지만, 그러면서도 볼 때마다 환하게 웃어주는 사람이 있다면 이 단풍나무들도 좋지 않을까 생각했다.

"근데 한 가지 이유가 더 있어."

"뭔데?"

가에데는 붉은 석양을 가리키며 대답했다.

"뜨거워서 살짝 만지기만 해도 화상을 입을 것 같지만, 그런데도 만져보고 싶어서 가슴을 아리게 하는 색."

---

* 가에데楓는 '단풍나무'라는 뜻이고 유고夕푬의 이름에는 '저녁 석' 자가 들어간다.

"뭔 소리야."

"너무 눈이 부셔서 눈을 돌리게 하고, 숨을 멎게 하는 색……"

그러더니 팔을 벌리고 티 없이 웃으면서 이렇게 말했다.

"사랑의 색."

"너, 바보야?"

가에데가 좋아했던 색깔이 사진 속 세상을 지배했다. 뜨거워서 살짝 만지기만 해도 화상을 입을 것 같지만, 그런데도 만져보고 싶어서 가슴을 아리게 하는 색.

"난 딱히 죽고 싶지 않은데, 그렇다고 살고 싶다고 생각한 적도 없어."

너와 나의 색.

"특별한 이유 같은 건 없어. 내 눈이 남들과 다르다는 것도 나름대로 받아들였고. 하지만 앞으로도 이대로 똑같이 산다면 과연 살아가는 의미가 있을까, 문득문득 그런 생각이 들었어."

무채색으로 이루어진 별 볼 일 없는 인생이었다.

"하지만, 하지만 말이야. 내 옆에서 태평하게 웃어주는 사람이 있다면, 아무 차이 없다는 양 보이지 않는 색깔을 계속 가르쳐주는 사람이 있다면, 이런 내 인생도 나쁘지 않겠다고 생각했어."

 네가 옆에 있어줬기에 나는 그런 하루하루를 사랑할 수 있었다.

 지면이 색을 갈아입었다. 얼굴을 들자 기울어진 태양이 보였다. 눈을 찌를 듯한 강렬한 색채가 하늘을 점령하고 있었다. 석양이다. 사진 속 세상과 똑같이 태양이 저물어 가는 색.

 "이건 아니잖아."

 시선을 떨궜다. 주머니에서 무언가 툭 떨어졌다. 화면에 금이 간 스마트폰을 주워 들고 그날 이후로 한 번도 본 적 없는 폴더를 열었다. 손에 들린 사진과 달리 홀쭉하게 야윈 가에데가 선명한 색의 물결 속에서 미소를 머금고 있었다.

 "네가 먼저 죽는 건 반칙이지."

 안경 렌즈에 물방울이 떨어졌다. 한 방울, 또 한 방울. 시야가 희뿌옇게 보여서 안경을 벗었다. 손가락을 움직이자 다른 사진이 나타났다. 언제 찍었을까. 분명 제멋대로 찍었겠지만. 아직 건강하던 시절의 가에데가 뺨을 노을빛으로 물들이고 입술은 빙그레 풀어진 채 웃고 있었다.

 "……쉴 새 없이 쫑알거렸잖아. 하늘빛이 어쩌고, 단풍나무 색이 숨을 멎게 하네 마네. 앞으로도 내가 모르는 것들에 관해 계속 얘기해 줘. 그러면 나는 어이없어하며 웃을게. 늘 그랬으니까."

기억 속에서는 회색이었던 네가 색을 띠고 있었다. 머리부터 발끝까지 색이 입혀진 네 모습은 마치 한 폭의 그림처럼 아름다웠다. 사진 속의 가에데는 예쁘고 귀엽고 눈이 어릿어릿할 정도로 눈부시고 더할 나위 없이 화사하고······.

사랑스러웠다.

"알고 싶지 않았어."

알기 싫었다. 그날 느꼈던 강렬한 눈부심도, 눈을 돌려도 심장이 요동치고 그러면서도 한 번 더 보고 싶게 만드는 감정도.

이제 와서 그게 사랑이라고 알려주면 어떡해.

"색깔이 보일 때마다 네가 했던 말들을 떠올리고 괴로워할 거였으면 차라리 안 보이는 편이 나았어."

가에데는 자신을 잊지 않기를 바랐다. 하지만 끝내 말로 하지는 못했다.

"색깔이 보여도, 옆에 네가 없으면 아무런 의미가 없잖아."

나는 하염없이 너를 생각했다. 뭘 하든, 어디를 가든, 네 기억이 나를 붙잡고 놓아주지 않았다. 숨 쉬듯 너를 떠올렸다.

네가 없는 하루하루를 당연하게 받아들이고 상실감을 느끼지 않았던 건 네가 내 머릿속에서 계속 살아 숨 쉬고 있었기 때문이다.

"먼저 죽을 거면서 이런 건 왜 남겨두고 난리야."

내가 죽은 후 유고가 행복해지기 위한 365가지 리스트? 웃기지 말라 그래. 1년은 무슨. 고작 1년 만에 내가 너를 잊고 행복해질 거라고 진심으로 믿은 건 아니지?

내가 그렇게 말하긴 했다. 1년이면 희미해지는 기억도 있다고. 하지만 그건 대수롭지 않은 일상을 두고 한 말이었다. 네가 내 옆에 머물렀던 날들을 잊을 리 없잖아.

맨날 같이 있었으면서 그렇게 나를 몰라? 나는 그렇게 간단히 변할 수 있는 인간이 아니야. 나도 네가 떠나고 나서야 비로소 깨달았지만.

"계속 함께할 거라고 했잖아. 약속 지켜, 바보야."

그 약속을 어기고 이런 거나 남겨놓고 가버리면 나더러 어쩌란 말이야.

"아침에 눈을 뜨면 내게 연락해 주고, 밖에 나가면 나를 기다리고 있다가 깔깔 웃어주던 네가 돌아올 수 있다면 나는……."

저녁노을에 눈이 시렸다. 숨이 막히고 콧물이 멈출 줄 몰랐다. 눈물이 둑처럼 터져서 머리가 지끈거렸다.

그랬다, 나는 언제나.

"다른 건 아무것도 필요 없었어."

너만 있으면 충분했다.

다시는 가에데를 만날 수 없다는 사실을 깨달은 뇌가 비명을 질러댔다. 감정이 끝없이 흘러넘치고 슬픔이라는 한마디 말로는 다 표현할 수 없는 충격이 내 몸을 덮쳤다. 나는 호흡곤란을 느끼며 꺼이꺼이 목 놓아 울었다.

왜 울어? 꼴사납게. 이런 목소리도 들리지 않았다.

이제 다시는 그 손을 잡을 수 없다. 두 번 다시 그 목소리를 들을 수도 없다. 나는 영원히 그 체온을 느낄 수 없다.

선명한 색채를 띤 네가 내 앞에 나타나 웃어주는 일은 없겠지.

나는 바보였다. 너무나 어리석어서 소중한 것을 전부 놓쳐버리고 말았다. 그토록 가까이 있던 존재를 알아보지 못하고 당연하게 여겼다. 훨씬 더 아껴줄 수 있었는데. 다정하게 말을 걸어줄 수 있었는데.

하지만 나는 병실에서 불안에 떨던 네게 괜찮을 거라는 말 한마디조차 해주지 못했다. 문자에 답장도 잘 안 하고 네 손을 잡아주지도 않았다.

그런 내가 너무 한심해서 죽고 싶을 지경이었다.

네가 죽을 거라고는 꿈에도 생각하지 못했다. 너는 공기처럼 항상 내 옆에 있었으니까. 늘 그랬듯이 해맑게 웃으며 돌아오리라고 믿었다. 천진난만하게 웃으면서 고생했다고 말해줄 줄 알았다.

네가 없는 하루하루는 상상도 한 적이 없었다. 실제로 네가 떠난 후에 내가 아무렇지 않게 지낼 수 있었던 건 네 기억이 나를 지켜줬기 때문이다.

이 리스트를 보면서 너를 느꼈기 때문이다.

"……패스트푸드점 로고 색이 보여. 노래방 불빛은 거슬리고. 신호등의 파란불은 파란색이 아니었어. 하늘 색은 수시로 달라지더라. 석양을 보면 눈이 부시고."

네가 보던 세상의 빛깔을 하나하나 손꼽아 보았다.

"네가 좋아하던 아이스크림이 새로 나왔는데 맛이 끔찍했어. 내가 실제로 본 색깔은 네 설명이랑 완전히 다르더라. 어쩜 그렇게 설명을 못 하냐?"

진짜 심하게 형편없었다. 빨간색을 제외하고는 확 와닿는 색이 하나도 없었다.

사랑의 색. 언제부터 좋아했어? 언제부터 마음에 담았던 거야? 난 쭉 모르고 있었어. 하지만 지금은 알아.

"난 어릴 때부터 계속 너를 좋아했어."

입으로 내뱉고 나니 수긍이 갔다. 빠르게 뛰던 심장이 원래 속도로 돌아왔다.

실은 줄곧 좋아했다. 앞으로도 변함없이 같이 있을 거라 생각하고, 그 감정에 너무 익숙해져서 알아차리지 못했을 뿐이다. 네가 없는 내 인생은 상상조차 할 수 없었다. 네가 누구와 사귀든 결국엔 내게로 돌아올 거라고, 우리는 그렇게 나이를 먹어갈 거라고 믿어 의심치 않았다.

그랬기에 굳이 말로 하지 않았다.

어리석은 나 자신에게 진저리가 났다. 끊임없이 북받쳐 오르는 슬픔을 이기지 못하고 쪼그려 앉았다. 노을빛이 신발 앞코에 걸렸다. 바보같이 눈물만 쏟아내고 있던 사이 조금씩 어둠이 짙어지면서 발소리가 가까워졌다. 곧 그 소리는 멈추고 내 이름을 부르는 목소리가 들렸다.

네 목소리는 아니었다.

"오노?"

고개를 들고 일그러진 시야 속에서 목소리의 주인을 찾았다. 그 사람은 바닥에 떨어져 있는 노트를 보고 얼굴을 찡그렸다. 그리고 떨리는 목소리로 이렇게 말했다.

"봐, 좋아했던 거 맞잖아."

그 말뿐이었다. 야자와는 그 자리에 서서 말없이 눈물을 흘렸다.

"멋있다."

"뭐가……."

"이렇게 엉망이 될 정도로 지금도 그 사람을 좋아하는 마음이."

야자와는 울먹이는 목소리로 멋있어, 엄청 멋있어, 하며 말을 이었다.

"누군가를 그리워하면서 울 줄 아는 사람이었어, 너는."

떨리는 입술을 세게 물고 억지웃음을 지으며 눈물을 흘리는 야자와를 향해 묵묵히 고개를 끄덕였다. 해는 벌써 지고 밤의 어둠이 내린 가운데, 나는 목이 쉬도록 펑펑 울었다.

다음 날, 나는 리스트에 '아침 해 보기'가 있다고 거짓말을 하고 아침 일찍 세 사람을 불러냈다.

집합 장소인 공원에 세 사람이 먼저 와 있었다. 새빨갛게 부어오른 야자와의 눈을 보고 걱정하던 아라타와 미카미가 발소리를 듣고 내 쪽을 돌아보았다. 야자와만큼이나 눈이 퉁퉁 부은 나를 보더니 놀라서 어쩔 줄 몰라 했다.

야자와와 눈빛을 교환했다. 야자와가 고개를 끄덕이자 나는 숨을 길게 내쉬었다.

"그동안 말하지 못한 게 있어."

아라타와 미카미의 몸이 얼어붙었다. 등 뒤로 아침노을이 피어나는 것이 느껴졌다. 세 사람의 얼굴에 스며든 찬란하게 빛나는 그 색깔을.

"나는……."

너에게 보여주고 싶었다.

우리의 색

　최근 들어 컨디션이 영 안 좋아서 병원을 찾았다. 그랬더니 뜻밖에도 입원을 하게 되었다. 너무 갑작스러워서 이게 무슨 일인지 이해가 되지 않았다. 하지만 주위 사람들의 반응을 보고 내 몸 상태가 별로 좋지 않다는 걸 알아챘다. 어제까지만 해도 아무 탈 없이 지냈는데 말이다.

　유고가 문병을 왔다. 건강해 보인다면서 검사 때문에 식사를 제한해야 하는 내 앞에서 푸딩을 먹었다. 절대 용서할 수 없다. 언제 퇴원하냐고 묻기에 나도 모른다고 대답했다.

병명을 글자로 써버리면 현실을 인정하는 것처럼 보이니 적지 않겠다. 오늘도 유고가 찾아와서 안 그래도 궁금했던 만화책을 주고 갔다. 입원한 뒤로 거의 매일 온다. 내가 부르지 않은 날도 온다. 심심해서 왔다고 하지만, 난 유고가 조금이라도 더 친구들과 어울리고 놀러도 다녔으면 좋겠다.

살이 빠졌다. 지난달보다 눈에 띄게 홀쭉해졌다. 죽어라 다이어트할 때는 그렇게 안 빠지더니 병에 걸리니까 순식간이었다. 마음에 안 들어, 이왕이면 예쁘게 살을 빼고 싶었는데. 이러면 또 걱정을 끼칠 것 같다. 시간이 남아돌아도 침대 밖으로 나갈 수 없다. 엄마가 가져다준 어릴 때 쓴 일기장을 펼쳐보았다.

유고와 처음 만났던 날의 일이 적혀 있었다. 그때 나는 그애의 안경 렌즈에 맺힌 눈물방울, 그것에 비친 석양이 참 예쁘다고 생각했다. 유고라는 이름을 듣고 바로 수긍했다. 아아, 너의 색이어서 예쁜 거구나.

그날부터 내가 이리저리 끌고 다니던 남자아이는 타인과 원만하게 지내지 못해 주위 사람들에게서 멀어졌고, 자라면서 타인에게 차갑게 굴고 더는 울지도 않게 되었다.

그렇지만 내 앞에서는 늘 똑같았다. 그 아이가 어이없어하는 표정을 수백 번 넘게 봤지만 그 빛깔은 바래지 않았다.

내가 보는 세상이, 너의 색이, 얼마나 아름다운지 어떻게 하면 알려줄 수 있을까. 나는 평생 그 생각만 하면서 살아왔다. 전해질 리 없는데도 네가 나를 뿌리치지 않으니 설명을 멈추지 않았다.

빙빙 돌고 돌았다. 사랑에 빠진 내 모습에 도취해 상대의 멋진 부분만 좋아하다가 현실을 자각했다. 경험을 쌓아가다 보니 문득 깨닫게 되는 날이 찾아왔다. 누군가를 좋아할 때도 그 사람과 같이 있고 싶은 마음이 들지 않았던 건 같이 있고 싶은 사람이 오래전부터 내 옆에 있었기 때문이라는 것을. 내 마음을 알아차리고 나자 이 관계가 깨질까 봐 겁이 났다. 내가 좋아한다고 말하면 너는 어떤 표정을 지을까? 내 손을 놓아버릴까? 다시는 원래대로 돌아갈 수 없을지도 모른다. 이래서 소꿉친구는 어렵다.

옛날에 내가 썼던 일기를 지금 다시 꺼내 보면서 이 글을 쓰고 있다. 잘했어, 나. 그때 고백하지 않아서 다행이다. 만약 그때의 내가 말했더라면 유고가 병실에 오지 않았을지도 모르니까. 혹시 사귀게 됐더라도 우리에게 미래는 없으니까.

내가 죽는다는 사실을 알았을 때 가장 먼저 떠오른 생각은 말하지 않아서 다행이라는 것이었다. 그다음에는 내가 떠난 뒤의 유고가 걱정스러웠다. 내가 너무 붙어 있었던 게 문제였는지 유고에게는 친구가 거의 없다는 걸 알고 있었다. 내가 없어도 유고는 나름대로 잘 살아갈 것이다. 원래 그런 아이니까.

그렇지만, 아마도, 나이에 맞게 신나게 즐기지는 못하겠지. 유고는 내가 겪은 일의 10분의 1도 경험하려 하지 않을 거란 걸 나는 안다. 그래서 경험하게 해주고 싶다. 내가 해보고 즐거웠던 일을, 해보지 못한 일을, 보여주고 싶었던 풍경을, 가르쳐주고 싶었던 이야기를, 그리고 세상을, 네가 사랑하길 바랐다.

내가 없는 세상에서 네가 행복해질 수만 있다면 더 이상 아무것도 바라지 않는다.

그래서 마지막으로 오지랖을 떨어보기로 했다. 네가 그랬지, 1년만 지나면 희미해질 기억들뿐이라고. 나를 과거로 밀어내 주면 좋겠어. 나라는 존재는 손가락 사이로 스르르 빠져나가 기억조차 나지 않게 사라지고 즐거운 기억만 넘쳐나기를. 색깔이 보이지 않아도, 내가 없어도, 네가 행복하게 살아갈 수 있기를. 넌 괜한 참견이라고 한 소리 하겠지만.

　아아, 그런데, 솔직히 말하면.
　잊지 말아줘. 내가 살았다는 것을. 네 옆에 있었다는 것을. 줄곧 좋아했다는 것까지. 내 입으로 말하지는 않겠지만.
　사실은, 사실은 말이지.
　앞으로도 평생 네 옆에 있을 줄 알았어. 네가 내 옆에 있어 줄 거라고 생각했어. 같이 있겠다고 약속해 놓고 먼저 죽어서 미안해.
　실은 네가 누구보다 사랑이 많은 사람이라는 걸 나는 알아. 내가 죽더라도 너는 눈물을 보이지 않겠지만, 어느 날 어디선가 감정이 폭발하겠지. 내가 지켜본 너는 그런 사람이니까.
　그러니까, 잊지 말아달라는 말은 안 할게.
　좋아했던 마음도, 앞으로 일어날 일도, 전부 감추고 네가 행복해지기만을 바랄게.

　그렇지만, 혹시라도 기억해 준다면, 너무 가혹할지도 모르지만 한마디만 하게 해줘.
　이 일기가 너를 얽어매는 저주가 되지 않기를. 네가 이 일기를 보기 전에 눈감을 수 있기를.

내가 끝까지 포기할 수 없었던 서툰 감정.

세상에서 가장 아름다운 색은, 유고, 너의 색이었어.

구름 한 점 없는 화창한 가을날이었다. 어제 내린 비를 맞고 떨어진 금목서 꽃잎이 지면을 주홍빛으로 물들였다. 가슴에 빨간색 볼펜을 꽂고 한 손에는 노트를 든 채 목적지로 향했다.

365일/365일. 가에데가 죽은 지 꼭 1년이 지났다. 가에데는 이 세상에서 얼마나 멀어졌을까. 내 머릿속에서도 조금씩 지워지고 있다. 앞으로 한 걸음 나아갈 때마다 잿빛 추억은 어딘가로 사라져 간다. 그게 인생이라는 것을 나는 알고 있다.

가에데의 진심을 알아차린 다음 날 친구들에게 내 병에 관해 이야기했다. 아라타는 할 말을 잃었고 미카미는 울음을 터뜨렸다. 야자와는 발끝을 노려보며 입술을 질끈 깨물었다. 내가 숨겨왔던 이야기가 친구들에게 상처를 주었다. 상처 입은 세 사람의 얼굴을 보자 심장에 가시가 박힌 듯 쓰라렸다. 슬픔에 잠긴 사람들의 얼굴을 보는 것보다 더 슬픈 일은 없다.

세 사람은 어쩔 수 없는 현실을 받아들였다.

그리고 남은 시간을 아쉬워하며 나와 함께 시간을 보냈다. 그들은 일분일초라도 더 오래 함께하고자 나와 보내는 시간을 우선시했다. 나는 세 사람의 미래가 더 중요하다고 생각했지만, 아라타는 지금 눈앞에 있는 사람을 소중히 여기지 않을 이유가 없다고 말해주었다.

지난 1년이라는 시간이 우리에게 진한 우정을 선물해 주었다. 그것도 전부 가에데가 꾸민 계획의 일부였지만. 모든 상황을 미리 예상하고 리스트를 남긴 네가 나를 너무 잘 알아서 놀라는 동시에 너라면 충분히 그럴 수 있다고 받아들이는 나 역시 너를 잘 안다고 생각했다.

그렇기에 냉정하게 되짚어 보니 네가 숨기려고 했던 진심이 눈에 보였다. 너라면 그럴 수 있다고 생각했다. 왜냐하면, 너는 잊어달라고 말할 사람이 아니니까. 할 수만 있다면 타인의 기억 속에서라도 영원히 머물고 싶어 할 사람이니까.

그래서 나는 이 노트가 너의 사랑으로 만들어졌다는 걸 알면서도 최후의 순간에 가벼운 반항을 하기로 마음먹었다.

나의 행복과 미래를 기대하며 남긴 이 리스트가 내 삶에 마지막 1년의 추억을 선사하게 되리라고는 너도 상상하지 못했겠지.

사진 속 장소에 도착했다. 울긋불긋한 단풍잎이 거리를 화려하게 장식하고 있었다. 벤치에 걸터앉아 황홀한 풍경을 눈으로 감상했다.

고개를 젖히자 곱게 물든 단풍나무 이파리가 파란 하늘을 뒤덮고 있었다. 손끝에서 금목서 향기가 묻어났다. 바람은 살짝 쌀쌀했다. 조금 눅눅한 벤치는 짙은 갈색을 띠었다. 틈새에 낀 나뭇잎은 붉은색으로 옷을 갈아입기 전에 떨어졌는지 노르스레했다. 벌레 먹은 초록색과 시들어 버린 흑갈색이 섞인 이파리까지.

세상은 색채로 넘쳐났다.

며칠 전 가에데의 일기장을 받았다. 내가 병에 걸린 것을 알고 가에데의 어머니가 전해주고 갔다. 나는 우리가 처음 만났던 날부터 가에데의 마지막 순간까지 기록된 그 일기를 혼자 읽었다. 그 누구와도 공유할 수 없는 너의 말들을 하나도 잊고 싶지 않아서 한 글자 한 글자 눈에 새겼다.

때때로 페이지를 넘기지 못하고 손을 멈춘 채 새하얀 노트에 눈물 자국을 얼마나 많이 만들었는지 모른다.

하지만 다 읽고 나자 깨달은 게 하나 있다.

결국 우리는 늦게 알아차렸을 뿐 같은 마음을 품고 있었다. 당연했던 일상이 무너질까 두려워서 끝내 놓아버린 선택이 불러온 결과였다.

이대로 우리 둘 다 계속 살아 있었다면 뭔가 달라졌을까. 아니, 똑같았을 것이다. 어차피 곁에 있을 때는 소중함을 못 느끼는 법이니까.

네가 내 손이 닿지 않는 곳으로 떠나고 시간이 꽤 흐른 뒤에야 나는 내 감정을 깨달았다. 상실을 통해 값진 깨달음을 얻었다. 당연한 일상이란 어디에도 없다는 것을.

갑자기 전화가 걸려 왔다. 작별 인사라면 이미 마쳤는데 화면에 야자와의 이름이 떠올랐다.

가족들과 친구들은 내가 마지막 소원을 이루기 위해 이곳에 오는 것을 허락했지만, 여기서 혼자 마지막 순간을 맞이하고 싶다고 했을 때 그들의 얼굴에 스친 슬픈 표정을 나는 결코 잊지 못한다.

하지만 이것만은 절대 양보할 수 없었다. 내 의지로 마지막 순간을 선택할 수 있다면 나는 이 자리에서 삶의 끝을 맞이하고 싶었다.

너의 색, 단풍나무가 보이는 이곳이 좋았다.

"여보세요."

통화 버튼을 눌렀다. 수화기 너머에서 코를 훌쩍이는 소리가 들렸다.

"잘 지냈어?"

"나야 잘 지내지, 웬일이야?"

"음, 미안."

피식 웃음이 새어 나왔다. 상대는 이별을 아쉬워하고 있는데 나는 예상했던 것보다 더 희망적으로 현실을 받아들이고 있다.

"고마워."

"응?"

"나, 야자와 네가 아니었으면 그날 일어나지 못했을 거야."

그날. 가에데의 진짜 소원을 알았던 날. 야자와는 밤이 되도록 주저앉아 엉엉 우는 내가 울음을 그칠 때까지 묵묵히 함께 있어주었다.

"그 얘길 왜 지금 해?"

"말해야 할 것 같아서."

"오노, 넌 가만 보면 사람 설레게 하는 말을 참 잘해."

"웬 헛소리야?"

"뭐, 그게 좋을 때도 있지만."

야자와가 숨을 들이마시는 소리가 들렸다.

"꼭 전해."

"야자와……."

"한참 뒤에, 똑똑히 전했는지 확인할 거야."

"……진짜 한참 후에 와야 한다."

"물론이지."

후후 소리 내 웃는 야자와 덕분에 마음이 한결 가벼워졌다. 그럼 끊을게, 하며 평소처럼 인사하는 야자와에게 속으로는 무척 고마워하면서도 겉으로는 아무렇지 않은 척 안녕, 하고 전화를 끊었다.

화면이 바뀌더니 연분홍빛이 깔렸다. 봄에 야자와가 찍어 준 벚꽃 사진이다. 벚꽃은 꽃물결을 이룰 때는 눈처럼 하얗게 보이지만 몇 송이만 모여 있을 때는 연분홍색을 띤다. 손가락으로 화면을 밀자 집 근처 풍경들이 얼굴을 내밀었다. 색을 인식하면서부터 평범한 일상을 도려낸 익숙한 풍경이 새롭게 다가왔다.

입 주변이 미소로 느슨하게 풀어지는 것을 느끼며 짧은 숨을 내뱉고 스마트폰을 껐다. 좋은 친구를 많이 사귀었네, 하는 가에데의 목소리가 들린 것 같아 싱긋 미소가 지어졌다.

따스한 햇살이 나를 감싸자 졸음이 몰려왔다. 머릿속의

생각을 말로 바꿔가며 빨간색 펜을 손에 쥐고 노트 여백에 한 자 한 자 꾹꾹 눌러썼다.

"잘 살았어."

네가 바라던 대로 삶을 즐겼다.

"살면서 깨달았어."

네가 없는 내 삶이 얼마나 허전한지를.

"줄곧 너를 좋아했어."

너와 함께한 지난날은 최고로 행복한 시간이었다.

"그러니까, 나중에 대답해 줘."

365. 오노 유고는 이즈미 가에데를 잊지 않고 죽을 때까지 좋아했다고 전하러 가기

다 쓰고 나서 흡족해하며 노트를 덮었다. 그걸 무릎 위에 올리고 고개를 들자 훅 불어온 바람에 단풍잎이 눈부시게 쏟아졌다.

"너의 색."

스적대며 떨어지는 단풍잎을 눈에 담자 가슴이 벅차올랐다.

"나의 색."

활활 타오르는 석양이 머릿속에 아른거렸다.

"사랑의 색."

그저 바라만 봐도 가슴이 시큰해서 닿지 않을 걸 알면서도 손을 뻗고 싶어졌다.

"우리의 색."

붉은빛이 시야를 가로질렀다. 서서히 눈을 감았다. 눈꺼풀 안쪽에서 처음 만났던 날의 네 모습에 색채가 덧입혀졌다. 석양을 등지고 내 쪽으로 손을 뻗는다. 볼을 빨갛게 물들이고 찬란하게 빛나는 너는 영원히…….

이 세상에서 가장 아름다운 색이다.

네가 남긴 365일

초판1쇄 발행 2025년 9월 22일
초판5쇄 발행 2025년 12월 10일

지은이 유이하
옮긴이 김지연

책임편집 오윤나
디자인 형태와내용사이
책임마케팅 최혜령, 박지수, 도우리, 양지환
마케팅 콘텐츠 IP 사업본부
해외사업 한승빈, 박고은
경영지원 백선희, 권영환, 이기경, 최민선
제작 제이오

펴낸이 서현동
펴낸곳 (주)오팬하우스
출판등록 2024년 5월 16일 제2024-000141호
주소 서울시 강남구 테헤란로 419, 11층(삼성동, 강남파이낸스플라자)
이메일 info@ofh.co.kr

ⓒ 유이하

ISBN 979-11-94979-03-6 (03830)

모모는 (주)오팬하우스의 출판 브랜드입니다.

- 이 책은 저작권법에 따라 보호받는 저작물이므로 무단전재와 무단복제를 금지하며, 이 책 내용의 전부 또는 일부를 이용하려면 반드시 저작권자와 (주)오팬하우스의 서면동의를 받아야 합니다.
- 책값은 뒤표지에 표시되어 있습니다.
- 잘못된 책은 구입하신 서점에서 바꿔드립니다.